CANDACE CAMP

Un Hombre PELIGROSO

Editado por Harlequin Ibérica.
Una división de HarperCollins Ibérica, S.A.
Núñez de Balboa, 56
28001 Madrid

© 2007 Candace Camp. Todos los derechos reservados.
UN HOMBRE PELIGROSO, Nº 44
Título original: A Dangerous Man
Publicada originalmente por HQN Books.
Traducido por Jesús Gómez Gutierrez

Todos los derechos están reservados incluidos los de reproducción, total o parcial. Esta edición ha sido publicada con permiso de Harlequin Enterprises II BV.
Todos los personajes de este libro son ficticios. Cualquier parecido con alguna persona, viva o muerta, es pura coincidencia.
™TOP NOVEL es marca registrada por Harlequin Enterprises Ltd.

®™ son marcas registradas por Harlequin Enterprises Limited y sus filiales, utilizadas con licencia. Las marcas que lleven ™ están registradas en la Oficina Española de Patentes y Marcas y en otros países.

I.S.B.N.: 978-84-671-5101-5

Prólogo

La pira se dispuso en la playa. Era un montón de troncos, ramas y restos de madera recogidos de la orilla, que empaparon con queroseno para que ardieran deprisa y se alcanzara una temperatura elevada. Encima colocaron dos sencillos tablones que a su vez se apoyaban en dos palos cruzados, clavados de tal forma que formaban una equis enorme. Y sobre los tablones descansaba un cuerpo inerte, envuelto en una sábana. Un cuerpo de hombre, pero anónimo, que precisamente por eso resultaba más descarnado y solitario.

La viuda se mantuvo a cierta distancia, alta y escultural, imponente en un luto severo. Estaba tan cerca como se lo habían permitido. Las autoridades habían intentado disuadirla e incluso enviaron un sacerdote para hacerla entrar en razón. El cura dijo que era un acto demasiado perturbador para la delicada sensibilidad femenina, demasiado violento para que fuera testigo.

—Sospecho que será aún peor para mi esposo —observó Eleanor, lady Scarbrough.

Cualquiera que la conociese habría notado la advertencia implícita en el tono neutro de sus palabras. Las autoridades italianas no tenían experiencia con ella, pero descubrieron que Eleanor Townsend Scarbrough no solía perder una discusión y al final accedieron a sus deseos sin más condición que el sitio donde debía situarse. Incluso renunciaron a la tesis de la sensibilidad femenina y la sustituyeron por el hecho de que el olor sería insoportable si se acercaba más.

Así que ahora estaba en una loma, de pie y recta, mirando hacia el lugar donde descansaba el cadáver de sir Edmund Scarbrough. La brisa le aplastaba el largo manto negro contra el cuerpo y agitaba el velo. Ella se estremeció y pensó con amargura que no debería hacer tanto frío en la soleada costa del Reino de Nápoles.

El hombre bajo y voluminoso que se encontraba a su lado la miró con inquietud. En circunstancias menos sombrías habría sido una pareja casi cómica; ella tan alta y derecha, él tan bajo y rechoncho; sobre todo teniendo en cuenta sus inútiles esfuerzos por interpretar el papel de macho protector. La tocó en un brazo, pero bajó la mano y la llevó a la espalda de la mujer. No se atrevía a establecer más contacto físico con la inflexible figura. Al final, la miró, contempló la escena que se desarrollaba ante ellos y apartó la vista con consternación.

—No creo que... debe de tener frío... por favor, lady Scarbrough...

Eleanor le dedicó una mirada rápida.

—No se preocupe, *signore* Castellati, no es preciso que se quede conmigo. Estaré bien.

La expresión del hombre denotó horror ante el comentario.

—No, no, no...

Castellati empezó a hablar en italiano. Hablaba tan deprisa que Eleanor no pudo entenderlo todo, pero sí lo suficiente para comprender que el empresario de ópera no estaba preocupado por sí mismo sino por su incomodidad y aflicción. Terminó el apasionado discurso con una mirada a la pira.

—Gracias, *signore*. Usted me ha sido de gran ayuda.

Eleanor lo dijo con sinceridad, mientras le daba un golpecito amistoso en el brazo. Por patético que pudiera resultar, había demostrado valentía al acompañarla a pesar de su evidente desagrado e incluso miedo por la ceremonia.

No se había separado de ella durante los últimos días. Había estado a su lado desde que echaron en falta a sir Edmund, que había salido a navegar y no volvió. Castellati era el productor de la ópera de Edmund, de modo que tenía motivos económicos evidentes para interesarse por su bienestar. Y era cierto que, en más de una ocasión, Eleanor habría preferido que la dejara sola. Pero la había ayudado mucho en los trámites con las autoridades italianas.

Por supuesto, Eleanor también contaba con el apoyo de Darío Paradella, el mejor amigo de Edmund en Nápoles. Lamentablemente, estaba tan deprimido por su muerte que no le había servido de nada; y en cualquier caso, era un hombre de ideas liberales y no se llevaba bien con las autoridades napolitanas.

—Ah, *ma donna bella*... —dijo Darío, mientras la tomaba de la mano—. Es tan triste, tan triste... era un genio.
—Sí.

En ese momento encendieron la pira. Las llamas se extendieron por la madera impregnada de queroseno y empezó a consumir los pedazos más pequeños. Los hombres que la habían encendido se alejaron con precipitación. Varios, se santiguaron.

Era una escena macabra. El cuerpo tapado y sin vida, las llamas ascendiendo hacia él. Eleanor se estremeció y se sintió culpable. ¿Cómo era posible que hubiera muerto? Edmund era demasiado joven para morir. Tal vez había cometido un error al llevarlo a Nápoles.

Había creído que podría ayudarlo, mejorar su vida y su salud. Pero se había engañado al pensar que podía robar una víctima a la muerte. Se había dejado llevar por la soberbia y el resultado no podía ser más amargo.

Esperaba que el clima de Nápoles le sentara bien. Edmund estaba prácticamente consumido por la enfermedad y no había ninguna cura contra eso, pero los médicos estuvieron de acuerdo en que el clima húmedo de Inglaterra empeoraría su estado. Allí, en cambio, podría disfrutar del calor y de la brisa marina. Estaría lejos de su exigente familia y podría dedicarse a componer, sin interferencias, en el país donde más se apreciaba la ópera.

Pero había fallecido.

La pira ardía con virulencia y las llamas ya habían envuelto el cadáver. Notó el olor a carne quemada a pesar de la distancia. A su lado, Castellati sacó un pañuelo, se tapó la boca y la nariz y se giró. Hasta Darío apartó la mirada.

Eleanor no se permitió esa debilidad. Siguió mirando, leal a su última obligación. Era todo lo que podía hacer por su marido.

Contemplaría la pira hasta que lo consumiera, recogería las cenizas y esperaría hasta el estreno de la ópera en Nápoles. Sólo entonces, volvería con ellas a Inglaterra.

Anthony, lord Neale, rompió el sello de la nota que el criado acababa de llevar y la leyó con rapidez. Suspiró. Su hermana mayor, Honoria, le informaba de que iba a pasar a verlo aquella tarde. Conociéndola como la conocía, sospechó que su carruaje no llegaría mucho después que el mensajero.

Le tentó la idea de avisar a los establos para que ensillaran su caballo y de fingir que no había recibido su mensaje. Pero, desgraciadamente, no podía hacer tal cosa; sólo habían transcurrido seis meses desde el fallecimiento de sir Edmund y, por molesta que pudiera ser Honoria, no podía actuar de forma grosera ante el dolor de una madre.

Arrojó la carta a la mesa, llamó al criado y envió recado al mayordomo para que supiera que su hermana tomaría el té con él y que tal vez se quedara a cenar.

Después, se acercó al balcón y miró al exterior. Era su vista preferida; desde allí se podía contemplar el amplio patio delantero, el camino y los árboles que estaban más allá de la entrada a la finca. Pero en ese momento no vio nada. Sus pensamientos estaban en otra parte, en su sobrino, muerto a edad temprana. No había mantenido una relación estrecha con Edmund; tampoco con el resto de sus familiares, detalle que Honoria atribuía, sin duda, a un defecto de su carácter. Sin embargo, apreciaba a Edmund y siempre lo había tenido por un hombre prometedor y de talento. Se entristeció mucho al saber de su muerte y estaba seguro de que el mundo sería más gris sin su música.

La pérdida de Edmund no había sido una sorpresa. Era un hombre de salud frágil y era evidente que no tendría una vida larga. Pero perderlo así, en un accidente repentino, resultaba aún más doloroso. Anthony se preguntaba si aún seguiría vivo de no haber cometido la estupidez de casarse con una mujer tan obstinada.

En aquel momento, y a pesar del desagrado que le producía Eleanor Townsend, ahora lady Scarbrough, Anthony había dado su beneplácito al viaje a Italia porque pensó que el clima cálido y soleado haría más bien a Edmund que los húmedos inviernos de Inglaterra. Además, creyó que le convenía alejarse de las frecuentes exigencias y quejas de su madre.

Pero, desde su muerte, se sentía culpable y creía haberle fallado por no haberlo convencido para que permaneciera en Inglaterra. Anthony no se engañaba; el motivo principal por el que no había ido a hablar con sir Edmund había sido, simplemente, la renuencia a visitarlo en su casa y a correr el peligro de encontrarse con lady Eleanor.

Siempre que pensaba en ella, se sentía dominado por una mezcla de emociones inquietantes. Por una parte, el disgusto ante el intenso deseo que despertaba en él; por otra, el enfado ante su aparente incapacidad de controlarse. Deseó que la tierra se la tragara. Lady Eleanor era una mujer imposible en todos los sentidos, y por tal razón, también era imposible de olvidar.

Había pasado un año desde su último encuentro. Pero todavía recordaba cada segundo. Perfectamente.

Anthony llamó a la puerta de la casa de Eleanor Townsend y esperó, deseando estar en otro sitio, en cualquier otro sitio. Lamentaba haber prometido a su hermana que hablaría con la prometida de sir Edmund.

Estaba allí en contra de su voluntad. Todo en él se rebelaba contra la idea de entrometerse en la vida de sus familiares. Era un hombre independiente que deseaba vivir sin la interferencia de los demás y que procuraba actuar en consecuencia.

Pero Honoria se lo había rogado con las manos dramáticamente apretadas contra su voluminoso pecho. Debía salvar a su hijo de las garras de una cazadora de fortuna, le había dicho. Edmund era tan joven e inexperto, en opinión de su madre, que había cometido el error de pedirle a una aventurera de Estados Unidos que se casara con él. Estaba convencida de que Eleanor Townsend lo había seducido con sus cantos de sirena y de que se alejaría de él a cambio de una suma generosa de dinero.

Honoria, que de hecho era su hermanastra, le recordó sus responsabilidades como cabeza de familia y especialmente las obligaciones contraídas con ella. Su madre había fallecido durante el parto de Anthony, y Honoria enfatizó que entonces sólo tenía catorce años y que prácticamente lo había criado. Tampoco olvidó mencionar que él, más que nadie, sabía el daño que podía causar una aventurera seductora en busca de fortuna.

Anthony era muy consciente de sus responsabilidades familiares, que le habían reiterado una y otra vez durante su infancia; pero también sabía que Honoria solamente apelaba al sentido de la responsabilidad cuando éste coincidía con sus propios deseos. En cuanto a la argumentación de que casi había sido una madre para él, era tan falsa que no le conmovía; Honoria se había casado cuando Anthony tenía cinco años y lo había dejado al cuidado de su vieja niñera y de una sucesión de institutrices hasta que tuvo edad suficiente para enviarlo a estudiar al internado de Eton.

En circunstancias normales, habría rechazado su petición y habría dejado bien claro que entre sus responsabilidades no se encontraba la de interferir en la vida privada de un hombre hecho y derecho de veinticuatro años. Sin embargo, Edmund era diferente. Poseía una extraña inocencia, muy rara de encontrar en un joven de la aristocracia, y un talento que asombraba y sobrecogía a Anthony. Sospechaba que Edmund era un genio musical, pero su experiencia vital y su capacidad para enfrentarse al mundo eran tan pequeñas como grande su carácter artístico. Era el miembro de la familia al que más apreciaba, y detestaba la idea de que se quedara atrapado entre las malas artes de su madre y su prometida.

Además, Honoria tenía razón en un punto. En efecto, él, más que nadie, sabía el daño que podía causar una cazadora de fortunas. Su padre se había casado con una cuando Anthony sólo tenía dieciséis años, y la mujer se las arregló para cavar una fosa tan amplia entre los dos hombres que estuvo a punto de arruinar su relación.

Así que Anthony cedió a los ruegos de su hermana y ahora se encontraba allí, de pie, frente a la casa de Eleanor Townsend, albergando la vana esperanza de que no hubiera nadie.

La puerta se abrió en ese preciso momento y Anthony se encontró ante un hombre que no se parecía nada al común de los criados. Era bajo, de hombros anchos y tan fuerte que la ropa apenas disimulaba su musculatura. Tenía una oreja deformada, una nariz que evidentemente se había roto más de una vez y dos o tres cicatrices en el rostro. Más que un criado, parecía un púgil o un rufián.

Anthony sacó una tarjeta y se la dio.

—Soy lord Neale.

A diferencia de lo que habría hecho cualquier criado o mayordomo británico, el hombre no extendió una bandejita de plata para que dejara la tarjeta en ella. Cogió la tarjeta de su mano, la examinó con gesto de desconfianza y, por fin, asintió.

—Le diré que está aquí.

El hombre se marchó y lo dejó en el vestíbulo de la casa. Anthony no salía de su asombro. Era la primera vez en toda su vida que lo dejaban plantado en un vestíbulo durante una visita de cortesía. Su título y sus riquezas siempre le valían una reverencia, y acto seguido lo acompañaban a la mejor sala de espera que hubiera en la casa.

De encontrarse en su caso, cualquier otra persona se habría sentido ofendida. Pero Anthony lo encontró divertido.

Honoria ya le había advertido que la señorita Townsend y el personal de su casa eran decididamente «de fuera». En primer y más importante lugar, era estadounidense. En segundo, estaba soltera y vivía en Londres sin ningún tipo de carabina, a menos que se tuviera por tal a la joven india y a los dos niños que viajaban con ella. Y en tercero, Honoria había enviado criados para que espiaran la casa y habían descubierto que el personal de la señorita Townsend consistía en una abigarrada mezcla de personas de varios países, incluidos no solamente dos niños de dudosa paternidad, estadounidense el uno y francés el otro, sino la india que cuidaba de los niños y un africano que vestía de caballero más que de criado y que, según los espías de Honoria, era el consejero financiero de la mujer.

Anthony echó un vistazo a su alrededor. La decoración, aunque escasa, era elegante. Fuera lo que fuera la señorita Townsend, demostraba tener buen gusto.

Se preguntó si se encontraría con la arpía que había imaginado Honoria. Su hermanastra era muy dada a los excesos dramáticos, por no mencionar que le sobraba celo protector en lo relativo a su hijo. Pero la salud de Edmund había sido mala desde la infancia; sufría catarros con frecuencia y los médicos habían anunciado a Honoria, más de una vez, que su hijo no pasaría de aquel invierno.

La fragilidad de Edmund y el propio carácter de su madre convirtieron a Honoria en una mujer tan inflexible que lo mantuvo bajo sus faldas hasta después de que se convirtiera en hombre. En determinado momento, Edmund se zafó e insistió en marcharse a Londres y vivir su vida. Pero Honoria siempre encontraba una excusa para ir a verlo; cuando no era la preocupación por su salud, se inventaba algún problema y le pedía ayuda. Estaba tan obsesionada con Edmund que se había olvidado de su último marido y no hacía ningún caso a su hija, Samantha. Lo que, en opinión de Anthony, era más que conveniente para la joven.

Honoria no entregaría fácilmente a su hijo a otra mujer. Anthony sospechaba que ni una santa se habría ganado la aprobación de lady Honoria Scarbrough.

Sin embargo, tampoco podía desestimar su petición. Aunque la riqueza y el título de Edmund no fueran tan importantes como los de Anthony, se bastaban y sobraban para llamar la atención de una mujer sin escrúpulos. Además, teniendo en cuenta la constitución frágil de Edmund y la frecuencia con la que sufría fiebres y dolencias pulmonares, cualquier cazafortunas llegaría a la conclusión de que sólo tendría que desempeñar el papel de esposa durante unos años para convertirse, después, en una viuda rica. El propio Edmund era consciente de la gravedad de su situación, y así lo confesaba en privado.

Al oír pasos, Anthony se giró. Y se quedó totalmente quieto. La mujer que avanzaba hacia él era impresionante.

Alta, escultural, de cabello negro y rizado y brillantes ojos azules. Los pómulos prominentes y la mandíbula firme le daban un aire que tal vez resultaba demasiado fuerte, pero que en todo caso se suavizaba por el efecto de su boca, grande y de labios generosos, y por el enorme atractivo de su mirada. Llevaba un vestido azul, demasiado audaz para una soltera, y caminaba con confianza, cabeza alta y mirada al frente.

Anthony sintió una oleada de deseo físico tan intenso que lo asombró. Era un hombre acostumbrado a controlar las emociones, y a sus treinta y cinco años de edad, creía haber dejado atrás la pasión adolescente. Pero aquella mujer...

Dio un paso hacia ella sin darse cuenta. Entonces comprendió lo que estaba haciendo, se detuvo y echó mano de toda su fuerza de voluntad para controlar el deseo.

Era evidente que estaba ante la mujer que había conquistado el corazón de Edmund. También era evidente que Honoria tenía razón al pensar que sólo pretendía la fortuna de su hijo. No había posibilidad alguna de que una mujer como aquélla quisiera contraer matrimonio con un hombre sin experiencia y con mermas físicas. De hecho, a Anthony le sorprendió que no anduviera tras un título y una riqueza mayores.

Poseía el tipo de belleza que inspira a los poetas y desata guerras. Se comportaba con la naturalidad y la confianza de una mujer plenamente consciente de su poder. De haber sido una joven tímida, o una joven inocente recién llegada de provincias, Anthony podría haber creído que se enamorara de su sobrino; tal vez cegada por su talento, o movida por el impulso maternal de cuidar de él.

Pero no había ingenuidad en ella. Era una mujer fuerte, segura, en la flor de la vida. La idea de que se hubiera enamorado de Edmund resultaba, sencillamente, ridícula. Y Anthony sabía reconocer a las mujeres bellas que intentaban aprovecharse de hombres demasiado débiles, o demasiado solitarios, para distinguir la trampa.

Eleanor Townsend lo miró con desconfianza, detalle que lo convenció un poco más de sus malas intenciones. Anthony pensó que una mujer inocente no habría demostrado cautela al conocer a un familiar de su prometido.

—¿Lord Neale? ¿Usted es el tío de Edmund?

Él asintió, irritado por el hecho de que la voz de la mujer, algo ronca y con un leve acento de Estados Unidos, aumentara su deseo.

—Sí.

Eleanor arqueó una ceja y Anthony supo que su monosílabo había sonado grosero. Nunca había sido un hombre que se sintiera especialmente cómodo en sociedad; disfrutaba de las conversaciones inteligentes, pero no había desarrollado el arte de hablar de cosas intranscendentes. Despreciaba la trivialidad y la gente lo consideraba demasiado categórico y casi antisocial; su título y fortuna eran el único motivo por el que todavía lo invitaban a las mejores fiestas de la ciudad, aunque asistía muy pocas veces. Sin embargo, el tono seco de su respuesta no guardaba relación alguna con ese aspecto de su carácter; había contestado así porque le incomodaba el deseo que sentía por aquella mujer.

—¿Qué le parece si charlamos en el salón? —preguntó ella—. Siento que Edmund no esté en casa...

Eleanor avanzó por un corredor y Anthony la siguió.

—No esperaba que estuviera. En realidad he venido a verla a usted, señorita Townsend —afirmó.

—¿En serio? Me siento halagada.

A Anthony no le pasó desapercibido su tono de ironía. Al llegar al salón, ella se sentó en una butaca, lo invitó a acomodarse y lo miró con frialdad. Lord Neale se sentó, demasiado consciente de su escrutinio.

—Lady Honoria Scarbrough, mi hermana, me ha pedido que hable con usted —dijo, sin preámbulos.

—Ah.

—Ella... yo... en fin, creemos que no puede casarse con Edmond.

Anthony se maldijo en silencio. Sus palabras habían sonado aún más torpes de lo habitual en él, e incluso estuvo a punto de ruborizarse. La presencia de Eleanor hacía que se sintiera como un niño.

—¿En serio? ¿Por qué no? ¿Hay algún tipo de impedimento? —preguntó, con tono seco y levemente sarcástico.

Él esperaba que reaccionara con indignación, y se sintió extrañamente decepcionado por su aplomo.

—Es una simple cuestión de decencia —dijo, brusco.

—Creo que sería bastante más indecente que Edmund residiera en mi casa sin el beneficio del matrimonio, ¿no le parece? —observó, retándolo con sus ojos azules.

La mirada de Eleanor tuvo el efecto de una chispa en la yesca. Anthony se sintió dominado por una súbita rabia.

—Supongo que ya había imaginado que su familia se opondría a la boda —replicó, molesto.

—Por supuesto. Estoy segura de que sería una gran pérdida para ustedes.

Las palabras de Eleanor sonaron como un látigo. Anthony no estuvo seguro de lo que había querido decir, pero su desprecio era evidente. Ahora sabía que razonar no serviría de nada, así que decidió ir directamente al grano.

—Estoy dispuesto a pagar.

—¿Pagar? —preguntó, con un tono que sonó a ronroneo—. ¿Me ofrece dinero a cambio de que renuncie a casarme con Edmund? Y dígame, ¿en qué suma había pensado?

Eleanor se cruzó de brazos. Durante un instante, Anthony pensó que iba a aceptar la oferta. Se sintió esperanzado, pero también decepcionado en cierto modo, y pronunció una suma superior a la que tenía en mente.

Ella se levantó. No fue un movimiento rápido, sino tan elegante y poderoso que Anthony comprendió su error. Había subestimado a su contrincante. Eleanor nunca aceptaría esa oferta.

—Lamento saber que su preocupación por Edmund es puramente monetaria. Pero descuide, no le informaré sobre lo sucedido. Por motivos que encuentro del todo inexplicables, su sobrino lo admira; y no seré yo quien rompa esa ilusión.

Los ojos de Eleanor brillaron con furia mientras

hablaba. Y para sorpresa y disgusto de Anthony, aquello alimentó aún más su deseo.

—Lo siento —continuó—, pero debo rechazar su oferta. Dígale a lady Honoria que es demasiado tarde. Su hijo ya se ha librado de sus garras. Sir Edmund y yo nos casamos ayer con un permiso especial.

Anthony no volvió a ver a Eleanor, ahora convertida por su matrimonio en lady Scarbrough. Dos meses más tarde, Edmund y ella se marcharon a Italia. Un año después, sir Edmund había muerto.

El sonido de ruedas en el vado despertó a Anthony de su ensueño. Había llegado el carruaje de su hermana. Uno de los criados salió de la casa, corrió hacia el coche y abrió la portezuela.

Honoria iba de luto, y el color negro aumentaba el aspecto frágil de su figura. Llevaba un velo por encima de la pamela, pero lo levantó al llegar a los escalones de la entrada y dejó que cayera a ambos lados, con elegancia.

Anthony pensó que el dolor de Honoria no era tan intenso como para que descuidara su imagen. Sin embargo, prefirió borrar ese pensamiento y se recordó que su hermana mayor acababa de perder a su único hijo y que su pesar era real. Después, se dirigió a la entrada para recibirla.

—Honoria...
—¡Oh, Anthony...!

Los ojos azules de Honoria se llenaron de lágrimas. Extendió los brazos hacia él, y su cuerpo se inclinó de tal modo que Anthony pensó que se iba a desmayar.

La tomó entre sus brazos y la llevó rápidamente al sofá del salón. Conocía muy bien a su hermana, y no quiso darle ocasión de interpretar toda una escena de dolor fingido.

—¿A qué se debe tu visita? —preguntó, directamente.

—Oh, Anthony... —repitió ella, llevándose una mano al corazón—. ¡Esa mujer ha asesinado a mi hijo!

Las palabras de su hermana lo dejaron sin habla.

No tuvo que preguntar a quién se refería. Sólo podía ser la persona que se había ganado el título de «esa mujer», pronunciado siempre en tono despectivo. Pero la acusación de asesinato resultaba excesiva incluso para Honoria.

Anthony frunció el ceño.

—¿Qué te hace pensar que lo matara? No puedes acusar de asesinato a nadie sin tener pruebas —afirmó.

—Me ha escrito. Vuelve a Londres.

—Me parece perfectamente normal, Honoria —comentó Anthony, preguntándose si ése sería el único motivo del enfado de su hermana.

—¿Normal? No hay nada normal en esto —declaró, borrando con ira su manto de tristeza—. Viene con las cenizas de Edmund. ¡Con sus cenizas!

—Pero Honoria, ¿es que no quieres que Edmund descanse en...?

—Sí, por supuesto, quiero que sus cenizas estén aquí —lo interrumpió—. Pero hasta eso me lo ha negado esa mujer. Quería enterrarlo en Inglaterra y ella lo ha quemado, Anthony...

—Sí, ya lo sé, Honoria.

—¿Comprendes el horror de lo que ha hecho? Ni siquiera tengo su cuerpo para enterrarlo en el mausoleo de los Scarbrough. Es una bruja. Primero se lo llevó a ese país terrible, tan lejos de su hogar, y sé que sólo lo hizo por molestarme. Y ahora... ahora me lo ha quitado para siempre, me ha robado hasta la posibilidad de llorar su cadáver. Es una indecencia. ¡Es un sacrilegio!

Anthony sabía que muchas personas tenían prejuicios religiosos contra la incineración. Pero era la primera vez que los oía en boca de su hermana.

—¿Preferirías que lo hubieran enterrado en Nápoles? De esta forma, al menos tienes sus cenizas.

—Ésa no es la cuestión —dijo, mirándolo con irritación—. Para empezar, no debió marcharse a Italia; debió permanecer aquí, donde yo podía cuidarlo. Ella se lo llevó precisamente para alejarlo de mí. Sabía que si lo separaba de su familia, nadie podría protestar si le ocurría algo malo. Edmund no estaría muerto si se hubiera quedado en Inglaterra.

Honoria empezó a sollozar otra vez. Anthony suspiró.

—Edmund era un hombre hecho y derecho, Honoria. Ella no lo obligó a marcharse y nosotros no podríamos haberlo obligado a quedarse.

—Podrías haber hecho algo más para evitarlo.

—¿Cómo podía adivinar que Edmond se iba a matar

en un accidente de vela? —respondió, intentando razonar con su hermana—. Ni siquiera sabía que le gustara navegar.

—¡Exacto! —exclamó Honoria, en tono triunfante—. Edmund odiaba ese tipo de actividades. Ya sabes lo que pensaba sobre montar a caballo y sobre los deportes en general.

—Sí.

—¿Y bien? ¿Es que todavía no has caído en la cuenta? ¿Cómo podemos saber que Edmund murió realmente en un accidente de vela? La única prueba que tenemos, si es que eso es una prueba, es la carta que me escribió esa mujer.

Anthony dudó. Su hermana era bastante histérica y sentía una notable inclinación por el drama, pero tenía razón en ese punto. Resultaba extraño que Edmund hubiera salido a navegar. Siempre había detestado las actividades al aire libre, que encontraba incomprensibles en los demás y del todo absurdas en su caso. Por otra parte, sus pulmones eran tan débiles que no se podía someter a ningún ejercicio físico intenso. Y le aterrorizaba la idea de hacerse daño en las manos y no ser capaz de interpretar música.

Honoria notó que su hermano dudaba y decidió presionarlo.

—¿Por qué otro motivo habría querido incinerar a mi hijo? Es sospechoso. Antinatural. ¿Por qué lo quemó en una pira? Tal vez, porque tenía algo que ocultar. A un cadáver se le puede hacer una autopsia. Se pueden encontrar restos de veneno incluso después de la muerte, según tengo entendido.

—Sí, es verdad.

—Pero si no hay cuerpo que exhumar, no se puede encontrar ningún veneno. Ni un golpe en la cabeza, ni ningún otro tipo de herida. Nadie puede demostrar que Edmund no murió en un accidente —dijo.

A pesar de las palabras de su hermana, Anthony no podía creer que Eleanor pudiera ser una asesina.

—Pero, ¿cuál sería el móvil? —preguntó—. ¿Qué motivo podía tener para matarlo?

Honoria lo miró con ironía.

—El dinero, por supuesto.

—Ya tenía acceso a su fortuna. Y sospecho que Edmund no era un marido exigente, ni mucho menos.

—Vamos, Anthony... ¿no se te ocurre ninguna razón por la que una mujer se quiera librar de su esposo? Tal vez se enamoró de otro. Tal vez estuviera harta de tener que pedirle dinero. Incluso es posible que Edmund se negara a concederle todos sus caprichos. No sería sorprendente que se hubiera casado con él pensando que moriría en pocos meses. Y entonces, al ver que su estado no empeoraba, decidió acelerar el proceso.

—Honoria...

—No estoy diciendo ninguna tontería, Anthony. Olvida que eres un hombre. Olvida su cara bonita y su elegante figura. Las mujeres son perfectamente capaces de asesinar para lograr lo que desean.

—Estoy seguro de ello. Pero creo que no tenemos motivos para pensar que esa mujer, en concreto, pueda ser una asesina.

—Creo que Edmund averiguó sus intenciones. La quitó de su testamento, Anthony... un hombre sólo haría eso si descubre que su mujer se ha casado con él por dinero. O si mantiene una aventura con otro. O tal vez, las dos cosas al mismo tiempo.

—¿Edmund la quitó del testamento?

—Sí. No le deja ni un céntimo.

Anthony frunció el ceño. Le parecía muy extraño que un hombre como Edmund dejara a su difunta esposa sin medios para sobrevivir.

—Pero Honoria... eso demuestra que no lo mató. Sería absurdo. Si él moría, ella lo perdía todo —observó.

—Es posible que no lo supiera, que no estuviera al tanto del cambio del testamento. Además, todavía tiene una forma de echar mano a su fortuna. Edmund se lo ha dejado todo a su hermana; con excepción de la mansión, que pasa a sir Malcolm. En realidad no alcanzo a imaginar por qué hizo eso. A fin de cuentas soy su madre y...

—¿Quieres decir que no te ha dejado nada? —preguntó, con escepticismo.

—Bueno, me ha dejado algo, sí... pero es una miseria. Supongo que las madres tenemos que soportar esas cosas —declaró, con gesto de mártir.

—¿Y qué quieres decir con eso de que lady Eleanor todavía puede quedarse con el dinero de Edmund? —dijo, volviendo al tema.

—¡Que la ha nombrado fiduciaria! —exclamó, indignada—. Tendrá toda su fortuna en fideicomiso hasta que Samantha sea mayor de edad y reciba el dinero.

—No tiene sentido. Es ilógico que quitara a lady Eleanor del testamento y que le encomendara la fortuna de Samantha. Faltan seis años para que llegue a la mayoría de edad...

—Quién sabe por qué actuó de ese modo. Edmund nunca fue especialmente inteligente en lo relativo al dinero.

Anthony pensó que Edmund había salido a su madre en ese sentido, pero tuvo la sabiduría de guardarse el comentario.

—Sea como sea, esa mujer tendrá la oportunidad de robar todo el dinero que quiera —continuó Honoria—. Me escribió para decirme que me explicará lo del testamento cuando traiga las cenizas del pobre Edmund a casa. Pero yo no necesito sus explicaciones. Sé lo que pretende hacer. Mi pobre hija y yo viviremos en la pobreza mientras ella se dedica a malgastar la fortuna de Samantha.

—Tranquilízate, Honoria. No permitiré que os suceda eso.

Aunque Honoria fuera muy dada a las exageraciones, Anthony estaba sinceramente preocupado por lo que le había dicho. Su teoría del asesinato le parecía absurda, pero tampoco la podía desestimar. Si lady Eleanor tenía el control de la fortuna de Samantha, podría hacer lo que quisiera con el dinero. Y en cualquiera de los casos, había elementos en la muerte de Edmund que resultaban muy sospechosos.

—¿Cómo se lo vas a impedir? Se ha librado de que la acusen de asesinato y ahora controla el dinero de Samantha.

—Iré a verla —aseguró—. Y le dejaré bien claro que si ocurre algo extraño, lo que sea, tendrá que vérselas conmigo.

Eleanor bajó del carruaje y se quedó unos segundos allí, de pie, contemplando su casa. Era un edificio elegante, de piedra blanca y líneas limpias y simétricas, que le alegró el corazón. Había estado un año lejos de él, y hasta ese momento no había caído en la cuenta de lo mucho que lo echaba de menos.

Los niños bajaron del carruaje a toda prisa. Estaban muy contentos, porque llevaban todo el día de viaje y estaban deseando salir.

—¡Mira! ¡Estamos en casa!

Su niñera, la tranquila y pequeña india llamada Kerani, los siguió a paso bastante más lento.

—Esperad, por favor... —dijo con suavidad.

Los niños se detuvieron de inmediato. Tenían tanto afecto a la mujer que no necesitaron que lo repitiera.

En ese momento, uno de los criados abrió la puerta principal. El primero en salir fue Bartwell, su mayordomo y amigo, que le dedicó una gran sonrisa.

—¡Señorita Eleanor!

Eleanor pensó que, por la expresión de Bartwell, cualquiera habría dicho que habían transcurrido varios meses y no unos cuantos días desde que se habían visto por última vez. Cuando su barco atracó en el puerto, la servidumbre se adelantó para abrir la casa y prepararla. Ella y los niños se quedaron en la costa; el viaje en barco había sido tan largo como aburrido y pensó que necesitaban un descanso. Además, era una magnífica excusa para librarse de la asfixiante compañía del señor y la señora Colton-Smythe.

Hugo Colton-Smythe era un hombre de mediana edad; primo de un barón sin importancia y funcionario, viajaba con su esposa, Adelaide, en el mismo barco de Eleanor. Al verla sola, decidieron servirle de compañía respetable. Sólo habían pasado seis meses desde la muerte de Edmund, y consideraron que Eleanor no estaba en condiciones de afrontar las exigencias de la vida social, ni siquiera en un ámbito tan restringido como el de un buque. Incluso añadieron que necesitaba protección frente a otros pasajeros; en su opinión, había demasiados extranjeros y alguno de ellos podía ser un aventurero con intención de abusar de una viuda rica.

Eleanor sabía que sólo pretendían ayudarla. El único motivo egoísta que albergaban era el obvio placer de poder decir, después, que habían viajado en compañía de lady Scarbrough. Pero su conversación mundana y su sofocante y conservadora forma de entender la vida terminaron por resultarle cargantes.

Cuando llegaron a Inglaterra, supuso que insistirían en acompañarla a Londres. Así que tomó la decisión de enviar a Bartwell a la casa y permanecer unos cuantos días en la costa. Era una forma perfecta de librarse de ellos.

Eleanor saludó al mayordomo con una sonrisa de felicidad y un abrazo. Sabía que pocas personas entendían que hubiera elegido a un mayordomo tan extraño. Era un púgil retirado que había trabajado para su padre desde que era niña, y la quería tanto como si hubiera sido su hija. Cuando Eleanor cumplió quince años, su padre la envió a un colegio de Inglaterra; Bartwell la acompañó y la protegió, por lo que le estaba profundamente agradecida.

—Espero que todo esté en orden... —dijo ella.
—Oh, como siempre, señorita —sonrió él—. Su cocinero francés es algo cascarrabias, pero hemos arreglado la casa para usted y para los pequeños.

Bartwell se giró entonces hacia los niños y asintió a modo de saludo a la tímida india antes de invitar a Nathan a darle unos directos en la palma de las manos y de admirar el sombrero nuevo de Claire.

Eleanor volvió al carruaje y sacó la caja de teca que la había acompañado desde la costa. Oscura y hecha con la mejor de las maderas, estaba bellamente tallada y los goznes y cierres eran de oro.

De repente, se le hizo un nudo en la garganta. Pero logró contenerse y murmuró:

—Ya estás en casa, cariño.

Justo entonces, oyó una voz grave a su espalda.

—Bienvenida, señorita Elly. Pero, por favor, deje que me encargue del equipaje...

Eleanor se volvió y sonrió.

—Hola, Zachary. Me alegro de verlo.

Zachary también se había convertido en objeto de las habladurías del vecindario, como bien sabía Eleanor. Era de piel oscura, prácticamente del tono de la caja que acababa de recoger, y a algunos vecinos les parecía escandaloso que hubiera contratado a un negro no como criado sino como consejero financiero.

Zachary y su madre habían sido esclavos. El padre de Eleanor se los compró a un terrateniente del sur de Estados Unidos y les dio la libertad cuando volvió a casa. La madre pasó a ser la cocinera, pero el señor Townsend notó que el chico era muy inteligente y prefirió que recibiera una buena educación. Al terminar los estudios, empezó a trabajar para él. Y así fue hasta la muerte del señor Townsend, momento en el cual se puso al servicio de Eleanor. Ahora se encargaba de sus asuntos económicos.

Eleanor le dio la caja sin dudarlo. Zachary y Bartwell eran dos de las tres personas en quien más confiaba; la otra era su querida amiga Juliana. Además, Zachary había sido un gran admirador de Edmund, con quien había dedicado más de una velada a charlar sobre ópera y música en general.

—Déjalo en la salita de música, por favor.

—Por supuesto.

Eleanor entró en la casa y los demás la siguieron. El resto del servicio estaba esperando en el interior; se habían puesto en fila para saludarla y ella se encontraba tan cansada que lo lamentó. Sin embargo, no era mujer que olvidara sus responsabilidades, así que dedicó unos minutos a cada uno. Habló con los que habían viajado con ellos desde Nápoles y dejó que Bartwell hiciera las presentaciones con los que no conocía.

Los niños desaparecieron escaleras arriba. Eleanor dio el sombrero y el manto de viaje a un criado y se dirigió a la sala de música. Una vez dentro, cerró la puerta, se detuvo y echó un vistazo a su alrededor. Era la habitación de la casa donde Edmund había pasado más tiempo y, en consecuencia, también era la que despertaba más recuerdos en ella. Al ver el solitario piano, sin Edmund sentado ante él como en tantas ocasiones, sintió una profunda tristeza.

Se acercó y se acomodó en el banco acolchado. El atril estaba vacío, y las velas de los candelabros, apagadas. Era evidente que habían limpiado la habitación, porque no había una mota de polvo en ninguna superficie. Pero, a pesar de ello, tuvo la sensación de encontrarse en un lugar abandonado.

Pensó en la primera vez que vio a sir Edmund, durante una velada musical en la mansión de Francis Buckminster. Eleanor ya se dedicaba por entonces a patrocinar las artes; no poseía talento artístico, pero sentía verdadera pasión por los creadores y siempre había dedicado parte de su fortuna al mecenazgo. En todos los lugares donde había vivido, en Nueva York, en Londres, en París, era famosa por organizar encuentros con otros mecenas, escritores, compositores y artistas en general. Pero en Londres no frecuentaba los círculos más aristocráticos; su nacionalidad estadounidense y el hecho de que su familia perteneciera a la burguesía y no a la nobleza, le cerraban las puertas de la élite londinense. En cambio, tenía un círculo muy amplio de amistades y conocidos en el mundo del arte, así que disfrutaba de una vida social con miembros de todos los estratos.

Sir Edmund interpretó una de sus sonatas en la velada, y Eleanor quedo extasiada no solamente por su virtuosismo al piano sino también por la belleza de la composición, que a punto estuvo de provocar sus lágrimas. Comprendió en seguida que aquel hombre rubio, pálido y de constitución frágil, era un genio.

Durante el transcurso de las semanas siguientes se hicieron amigos. A diferencia de la mayoría de los artistas que conocía, Edmund no necesitaba ayuda económica; pero a medida que lo conocía mejor, descubrió que tenía necesidades distintas y no menos perentorias. Su salud era muy precaria; sufría violentos ataques de tos que lo dejaban agotado y le confesó que estaba enfermo de tisis. Ella pensó que el clima húmedo de

Inglaterra no le haría ningún bien, pero Edmund se limitó a sonreír y a decir que no podía marcharse cuando ella le planteó la posibilidad de vivir en un lugar con mejor clima.

Eleanor averiguó pronto que el motivo por el que insistía en permanecer en Inglaterra era su madre; una mujer exigente, dominante y codiciosa que lo tenía completamente dominado. Cuando sir Edmund dejó su domicilio en el condado de Kent y se marchó a vivir a Londres, su madre empezó a agobiarlo con misivas y notas llenas de problemas que sólo podía solucionar, supuestamente, con su ayuda. Cuando no protestaba por algún criado que le había robado, se quejaba de que el administrador de las propiedades no le daba dinero suficiente para mantener su casa; incluso llegó a afirmar que la hermana de Edmund, Samantha, se pasaba las noches llorando porque lo echaba de menos.

Al final, sir Edmund se veía obligado a salir casi todas las semanas y a abandonar la ópera en la que estaba trabajando. Pero la situación empeoró sustancialmente poco después, cuando lady Honoria anunció que pensaba ir a Londres a verlo; desde ese momento se las arregló para mantenerlo ocupado con bailes y fiestas, y se empeñó en presentarle a una interminable sucesión de mujeres solteras que por supuesto había elegido ella.

Sir Edmund se limitaba a obedecer y desatendió la música por cosas del todo insustanciales, en opinión de Eleanor. Estaba tan ocupado que empezó a componer de noche, cuando se libraba de su madre, y se saltaba las comidas.

Sus criados se volvieron descuidados, su casa era un

caos y apenas tenía una idea aproximada del estado de su fortuna, que había heredado, al igual que el título, de su abuelo por parte de madre. A Eleanor no le sorprendía la falta de dedicación a los aspectos más prácticos de la vida; estaba acostumbrada a los artistas y sabía que era una característica típica de ellos. Sin embargo, deseaba ayudarlo. Le costaba mantenerse al margen cuando veía que alguien corría peligro, y por otra parte tenía talento para hacerse cargo de las cosas y lograr que todo funcionara bien.

Ciertamente, había personas que la consideraban una mujer difícil y autoritaria. Eleanor lo sabía, pero también sabía que los que la insultaban de ese modo no se encontraban entre las personas que recibían su ayuda, sino entre las que salían perdiendo cuando intervenía en la vida de alguien.

Eleanor estaba segura de que podía mejorar la existencia de sir Edmund. El problema consistía en que no tenía derecho; a fin de cuentas se trataba de un hombre adulto, no de un huérfano o de un criado a merced de otros. Intentaba darle consejos y lo hacía cada vez que surgía la ocasión, pero su miedo a los conflictos, combinado con su falta de interés por los asuntos del día a día, lo mantenían en la rutina habitual.

Por fin, Edmond pasó a verla una tarde. Estaba demacrado, más delgado que de costumbre y no dejaba de toser; sin embargo, su única preocupación era que lady Honoria le había escrito para decirle lo terriblemente sola que se sentía y para enviarle una lista de las cosas que quería que hiciera por ella. Alarmada por la salud de sir Edmund y furiosa por el egoísmo de su madre, decidió tomar cartas en el asunto y tomar la única decisión que podía solucionar el problema.

Decidió casarse con sir Edmund. Cuando fuera su esposa, pondría en orden sus propiedades y sus finanzas y se encargaría de que comiera y durmiera lo suficiente. Pero, por encima de todo, le serviría de protección frente a su madre.

Eleanor no lo amaba; por lo menos, no en un sentido físico. El suyo sería un matrimonio de conveniencia, pero no le importaba. Hacía tiempo que había renunciado al amor con el que soñaban otras jóvenes. Los hombres que la asediaban no solían tener más interés que su dinero, y era ella demasiado inteligente y demasiado realista para dejarse engañar por palabras melifluas. En cuanto a los demás, los que no buscaban fortuna, se mantenían alejados; de vez en cuando, alguno se sentía atraído por su belleza; pero no tardaba en perder interés.

Lydia, su madrastra, le había comentado en cierta ocasión que era una mujer demasiado obstinada, demasiado testaruda y demasiado capaz. En su opinión, los hombres querían mujeres serviciales, dulces, que los ayudaran a resolver sus problemas y que no los aumentaran por el procedimiento de sumar, además, los problemas de otras personas.

Fuera como fuera, Eleanor no tenía ningún interés por casarse con un hombre que buscara ese tipo de carácter en una mujer. La mayoría de los hombres que la cortejaban eran estúpidos, codiciosos o demasiado dominantes; y a veces, las tres cosas. No quería convertirse en esposa de un individuo que quisiera someterla, controlar su dinero y su vida. A los veintiséis años de edad, estaba convencida de que se convertiría en una solterona. Pero la perspectiva no le molestaba en absoluto. Había llegado a creer que el amor romántico sólo era un sueño, un objetivo irreal con el que la mayoría de las mujeres se engañaban.

Casarse con sir Edmund era la mejor de las soluciones. Podría cuidarlo y alimentar su enorme talento. Podría intervenir para que el mundo disfrutara de su música. Y ella se sentiría recompensada con creces al poner orden en su vida.

Edmund se mostró igualmente dispuesto. Admiraba la determinación y la fuerza de Eleanor, y la amaba tanto como era capaz de amar a lo que no fuera la música. Siempre había sido un hombre pasivo, que reservaba sus mayores pasiones al arte, y estuvo encantado de que Eleanor cargara en sus hombros el peso de las responsabilidades y le permitiera dedicarse, con ello, a su amor principal.

Todo salió como ella lo había planeado. Edmund se mudó al domicilio bien ordenado y perfectamente organizado de su prometida y se dedicó en cuerpo y alma a componer. Eleanor logró mejorar su salud y el estado de sus finanzas, además de mantenerlo a salvo de su madre. El resultado fue, naturalmente, que se ganó el desprecio de Honoria Scarbrough; pero eso no le importaba.

Al cabo de un tiempo, se marcharon a vivir a Nápoles. El clima cálido de Italia resultó beneficioso para sir Edmund, que mejoraba día a día. Y la situación era en general tan esperanzadora que Eleanor se alegraba mucho de haberse casado con él.

Entonces, sir Edmund murió.

Al recordarlo, los ojos de Eleanor se llenaron de lágrimas. Pasó la mano, cariñosamente, por la brillante superficie del piano. El destino había sido cruel con ellos; justo cuando la salud de su esposo empezaba a dejar de ser un problema, intervino y lo arrojó a la muerte en un estúpido accidente de vela.

Se giró y caminó hacia la caja de madera labrada que contenía las cenizas de su difunto esposo. Inconscientemente, acarició el intrincado dibujo con el índice de la mano. Había dedicado los seis meses anteriores a asegurarse de que la última obra de Edmund, la gloriosa ópera que había escrito, se produjera con todo el cuidado y la dignidad que merecía. Pero una vez concluido su trabajo, tras asegurarse de que el recuerdo de Edmund se mantendría vivo en su música, se sentía vacía y desolada.

Hasta ese momento había conseguido concentrarse en el trabajo, pero durante el largo viaje de regreso a Inglaterra, y especialmente durante los ratos que pasaba en el camarote para librarse de los Colton-Smythe, su tristeza se desbocó. A pesar de que contaba con la compañía de los niños, de sus amigos y de las personas que trabajaban para ella, se había quedado sola. Su vida tenía un inmenso vacío en el que reparaba por primera vez. La muerte de sir Edmund lo había destapado. Pero, a decir verdad, estaba allí desde antes.

Eleanor detuvo la dirección que había tomado su pensamiento e intentó rehacerse. No podía permitirse el lujo de hundirse en la desesperación. Sus obligaciones con Edmund no habían concluido. Todavía debía llevar las cenizas a su casa de campo y encargarse de que descansaran en el mausoleo de la familia. Además, tenía que reunirse con su hermana y con su madre para explicarles detalladamente las disposiciones del testamento.

Iba a ser una visita complicada. Sabía que Honoria Scarbrough no habría reaccionado precisamente bien al saber que se había convertido en fiduciaria de las propiedades de Samantha. La perspectiva de verla no le resultaba nada agradable, sobre todo teniendo en cuenta que le esperaban seis años de problemas con ella hasta que la joven cumpliera veintiuno y alcanzara la mayoría de edad. Pero debía hacerlo. Había sido el último deseo de Edmund y cumpliría su promesa.

Suspiró, salió de la salita de música y subió a su dormitorio. El servicio todavía no había terminado con el equipaje y se encontró con dos criadas que estaban guardando sus cosas. Se apartó de ellas para no molestar y se dirigió al balcón.

Anochecía. Calle abajo, el farolero iba encendiendo todas las farolas. No se veía a nadie más, así que lo siguió con la mirada hasta que llegó a la altura de la casa y encendió la que estaba justo enfrente. En ese momento, la luz desveló la presencia de otra persona que había permanecido oculta bajo un árbol. Era un hombre. Estaba de pie, inmóvil, y miraba directamente a su balcón.

Sobresaltada, Eleanor dio un grito ahogado y retrocedió para apartarse de la vista. Pero recobró la compostura y volvió a salir. El hombre había desaparecido.

Miró a ambos lados de la calle, pero no vio a nadie. ¿Estaba vigilando la casa? ¿O había sido una simple casualidad que sus miradas se encontraran? De buena gana habría creído lo último, pero había notado algo en su quietud, en la postura de su cuerpo y en la intensidad de su rostro que eliminaba esa posibilidad. Además, le parecía demasiado sospechoso que hubiera desaparecido un segundo después de que lo viera. Por sí mismo, eso indicaba que su presencia no obedecía a nada bueno.

Eleanor frunció el ceño. No solía inquietarse sin motivos, pero recordó lo sucedido una semana antes de que se marchara de Nápoles. Alguien había entrado en la casa. Varios objetos estaban descolocados y una ventana tenía roto el cierre, aunque no echó nada en falta. En ese momento no le dio importancia y olvidó el asunto. Ahora, sin embargo, se preguntó por qué querrían vigilar su domicilio.

Sintió un súbito escalofrío e intentó convencerse de que no tenía razón alguna para estar preocupada. Pero lo estaba.

Eleanor dedicó el día siguiente a organizarse. Pidió a Bartwell que se asegurara de que los cierres de puertas y ventanas estaban en buen estado y de que la casa estuviera bien cerrada de noche. Después, tras haber tomado todas las precauciones necesarias, borró el recuerdo del hombre que la vigilaba y se concentró en las docenas de problemas que se habían acumulado durante su viaje en barco, desde asuntos relativos a los negocios hasta las cuestiones menores de la mansión. Envió una nota a su amiga Juliana, para hacerla saber que ya estaba de vuelta en la ciudad.

Juliana y Eleanor se habían conocido una década

antes, en el colegio. El padre de la última, que había enviudado, se volvió a casar cuando ella sólo tenía catorce años. Su nueva esposa sentía celos de la estrecha relación que mantenían padre e hija y convenció a su marido para que enviara a la joven a un internado, con la excusa de mejorar su educación y convertirla en una dama apropiada y casable. Desde su punto de vista, era demasiado independiente y acabaría convertida en solterona infeliz si él no hacía algo para evitarlo. El padre de Eleanor se dejó convencer por la voz suave y la sonrisa aparentemente inocente de su esposa y envió a su hija a Inglaterra.

Eleanor se encontró sola y en una tierra extraña, donde además la despreciaban por su acento extranjero y por carecer de linaje inglés. Por fortuna, su soledad terminó cuando conoció a Juliana. Ella también sufría el rechazo de las otras chicas; en su caso no podían criticarla por el linaje, impecable desde cualquier punto de vista, pero lo hacían porque su padre había fallecido años atrás y las había dejado a su madre y a ella sin un penique. Desde entonces vivían gracias a la generosidad de algunos familiares, y Juliana sólo estaba en el colegio para cuidar de su prima Seraphina.

Juliana y Eleanor se llevaron inmediatamente bien porque compartían el carácter independiente, la compasión por los demás y un intenso y muy desarrollado sentido del humor. Se volvieron inseparables y mantuvieron la amistad después de que terminaran los estudios, a pesar de los largos periodos de separación.

Juliana iba a verla de vez en cuando. A Eleanor le habría encantado que se quedara a vivir con ella, pero su amiga era demasiado orgullosa para aceptar la invitación y sobrevivió durante años con trabajos de dama de compañía. Luego, poco después de que Eleanor y Edmund se marcharan a Italia, se casó con lord Barre. Eleanor lo había visto en alguna ocasión, y aunque no lo conocía bien, le parecía un buen hombre. Así que estaba deseando verlos a los dos.

Tras escribir a Juliana y enviar la misiva con un criado, se dedicó a leer el correo recibido. Mientras lo hacía, uno de los sirvientes se presentó con una nota doblada por la mitad y sellada con lo que parecía un escudo de armas. Preguntó por su origen y le explicaron que la acababa de llevar un hombre de librea.

Eleanor arqueó las cejas. Sus amigos y conocidos solían ser menos formales y tenían menos dinero que el tipo de personas que enviaban a criados, de librea, para llevar una nota. Además, le pareció extraño que alguien supiera que estaba de vuelta en Inglaterra. Juliana sabía que debía llegar por esas fechas, pero sólo sabría que ya estaba en Londres cuando recibiera la misiva que le acababa de enviar.

Tomó la nota del recipiente de plata que le tendió el criado y rompió el sello. Sus ojos buscaron inmediatamente la parte inferior del papel. Tardó un momento en reconocer la enérgica firma: *Anthony, lord Neale*.

Sobresaltada, apartó la nota. Se ruborizó sin poder evitarlo y su pulso se aceleró hasta el punto de que se sintió profundamente irritada por su propia reacción. No podía ser que la simple visión del nombre de otra persona la afectara de ese modo. Lord Neale no era el primer inglés que la había tratado de forma grosera y descortés; estaba acostumbrada a esa clase de situaciones desde sus tiempos en el colegio, y había aprendido a despreciar el clasismo de tantos británicos.

Por otra parte, Eleanor pensaba que la actitud de aquel hombre se debía a motivos económicos. Al fin y al cabo era el tío de Edmund, el hermano de Honoria Scarbrough. Probablemente había esperado que Edmund se encargara de mantener a su madre con su propia fortuna para no tener que ayudarla él mismo. O tal vez, lo que sin duda sería peor, estaba interesado en la fortuna de su sobrino. En cualquiera de los casos, ahora no le parecía extraño que en su momento se opusiera a su matrimonio con Edmund.

Cuando fue a verla un año antes e intentó prohibirle que se casara con él, se sintió muy decepcionada. Hasta entonces había albergado la esperanza de que lord Neale apoyara su ingreso en la familia. Edmund admiraba a su tío y le había asegurado que se llevarían bien. Pero al ver a lord Neale en la entrada de la casa, supo que sus ilusiones eran vanas.

En primer lugar se llevó la sorpresa de que no se trataba del caballero de edad que había imaginado, sino de un hombre alto y viril no mucho mayor que ella. Obviamente, su hermana le sacaba bastantes años. No se podía decir que fuera guapo; su cara era demasiado cuadrada y sus rasgos demasiado duros para poder definirlo de ese modo, pero poseía una energía que atrajo su atención. Sus cejas eran rectas y oscuras; sus ojos, fríos y grises, bien enmarcados por unas pestañas anchas.

En otras circunstancias, se habría interesado por él; le gustó de inmediato y se sintió extrañamente insegura y excitada. Pero siendo quien era, aquella atracción le causó una profunda incomodidad.

Sin embargo, bastó una segunda mirada a la expresión fría y educada de su atractivo rostro para que Eleanor comprendiera que se encontraba ante un enemigo. Había contemplado esa expresión en infinidad de ocasiones; era la gélida altivez de un caballero inglés convencido de su superioridad sobre el resto de los seres humanos. En ese momento supo que no le gustaba la idea de que su sobrino se casara con una estadounidense cuyos antepasados no descendían de los conquistadores normandos. Y mucho menos, por supuesto, que su matrimonio supusiera el fin del goteo del dinero de Edmund hacia sus familiares.

Eleanor acertó. Lord Neale le dijo directamente que no debía casarse con Edmund, y ella estuvo encantada de informarle de que la suya era una causa perdida porque se habían casado el día anterior con un permiso especial. El anuncio desató un duro intercambio de palabras, durante el cual, lord Neale la acusó de ser una cazafortunas. Cuando por fin se marchó, ella temblaba de furia y había desarrollado un profundo desprecio hacia su persona.

Por lo visto, un año de ausencia en Italia no había servido para diluir aquel desprecio. El simple hecho de recordar el encuentro la sacaba de quicio, así que tuvo que hacer un esfuerzo para calmarse y leer la nota. Era corta y perentoria. Nada más que una petición para que se encontraran y charlaran sobre determinados asuntos.

Eleanor sonrió. Imaginaba los asuntos que querría discutir con ella. A pesar de que Edmund siempre había querido a su madre, era muy consciente de que se dedicaba a derrochar su fortuna; por ese motivo, había redactado un testamento que aseguraba que Samantha, su hermana, tendría suficiente dinero cuando llegara a la mayoría de edad. Su fe en Eleanor era tan grande como escasa su confianza en Honoria, y decidió nombrarla fiduciaria de todos los bienes.

Sin duda alguna, Honoria se había llevado un profundo disgusto al conocer los términos del testamento; y sin duda alguna, también, ésa era la razón del requerimiento de lord Neale.

Eleanor tomó una hoja de papel de vitela y escribió una nota rápida de extensión idéntica a la que había recibido para informarle de que no recibía visitas. Su ánimo mejoró mientras la redactaba. Cuando terminó, la selló y se la dio a uno de los criados para que la llevara inmediatamente al domicilio de lord Neale. Después, se sentó en una silla, sonriendo, e imaginó la cara que pondría al recibirla.

El humor de Eleanor mejoró mucho más al cabo de una hora, cuando recibió respuesta de su amiga Juliana, quien, encantada por su reciente vuelta a Londres, la invitaba a cenar aquella misma noche. Juliana le aseguró que sería una cena íntima y apropiada incluso para alguien que naturalmente estaba de luto.

Eleanor respondió para aceptar la invitación. Habían transcurrido seis meses desde el fallecimiento de Edmund y ya no iba de luto estricto, pero aunque hubiera sido así, habría pasado a ver a Juliana de todas formas. En aquella época, las personas más aferradas a las costumbres tradicionales insistían en que el luto se debía mantener hasta pasado un año de la muerte del familiar; sin embargo, ni sir Edmund ni ella misma habían sido nunca tradicionalistas. Desde su punto de vista, el amor y el respeto no eran cosas que se pudieran medir con el color de las vestimentas ni con el tiempo que se llevaban.

Poco después de la hora del té, el mayordomo de Eleanor entró en la sala.

—Ha llegado un caballero que quiere verla, señorita —dijo.

Eleanor arqueó las cejas, sorprendida.

—¿Quién es?

Bartwell respondió con un gesto y un tono que dejaron bien claro lo que pensaba de la inesperada visita.

—El tío de sir Edmund, señorita. Lo he dejado esperando en el vestíbulo y le he dicho que vería si podía hablar con él.

Eleanor sonrió. Sabía que lord Neale no se lo habría tomado muy bien; los hombres de su clase no estaban acostumbrados a que los dejaran plantados en un vestíbulo cuando iban a ver a alguien, y mucho menos a que un simple mayordomo se atreviera a insinuar, con el tono brusco de Bartwell, que tal vez no quisieran recibirlos.

Sin embargo, lord Neale no era ajeno a la falta de cortesía. Él mismo se estaba comportando de forma grosera al presentarse en la casa a pesar de la nota de Eleanor, donde advertía que no recibía visitas. Evidentemente, tampoco estaba acostumbrado a que lo rechazaran.

—Te ruego que le digas a lord Neale que no recibo visitas, como ya le he comentado en mi carta —dijo.

Bartwell sonrió con satisfacción.

–Le garantizo que no le va a gustar.

–Estoy segura de ello –dijo Eleanor, también sonriente–. Pero si reacciona de forma poco educada, tienes permiso para echarlo de la casa.

Los ojos de Bartwell se iluminaron. Sin duda esperaba que el recién llegado perdiera los estribos. Tal vez, porque su trabajo de mayordomo le parecía aburrido.

Cuando se marchó, Eleanor prestó atención para ver si distinguía los sonidos de algún altercado; sin embargo, no oyó nada y supuso que lord Neale se habría marchado por las buenas. Le habría gustado estar presente cuando Bartwell le diera su respuesta; incluso había sentido la tentación de dársela en persona, pero habría sido demasiado obvio y menos despreciativo.

Tras el suceso, Eleanor tuvo dificultades para concentrarse en el trabajo. Su mente regresaba invariablemente a lord Neale y a la arrogancia que había demostrado al presentarse en la casa. Se preguntó si lo intentaría de nuevo y si estaría presente cuando se reuniera con lady Honoria. Al cabo de un rato, dejó el trabajo y subió al dormitorio. Tenía que vestirse para asistir a la cena con Juliana y su esposo.

Eligió un vestido blanco con una pieza negra que caía desde los hombros y por la espalda. Su doncella le hizo un peinado sencillo, pasando una cinta de seda negra entre sus oscuros rizos, y no se puso más joya que el broche que le había regalado Edmund poco antes de su fallecimiento; era de estilo italiano y consistía en una piedra preciosa de color negro en cuyo centro habían tallado un ramo de flores blancas y rosas.

Aunque tenía colores y no se podía decir que fuera una joya muy apropiada para el luto, Eleanor se lo había puesto a menudo porque había sido el último regalo de su esposo. Muchas veces, después de su muerte, había recordado cómo se la puso en la palma de la mano y cómo le pidió que lo llevara en su recuerdo. En aquel momento le pareció que sus palabras sonaban con demasiada solemnidad. Más tarde, se preguntó si no habría adivinado su propia muerte; o peor aún, si no la habría planeado.

Fuera como fuese, prefirió no pensar en ello. Estaba a punto de ver a su mejor amiga, después de todo un año de separación, y no quería enturbiar su felicidad.

Antes de salir, se miró en el espejo. Sabía que era una mujer de aspecto demasiado independiente, muy alejado del ideal rubio y rosado que triunfaba en Inglaterra. Sus ojos eran bonitos, y su piel, tersa; pero su boca era demasiado grande y sus rasgos, demasiado duros. Sin embargo, aquella noche se encontró atractiva. Los vestidos y los peinados sencillos le quedaban bien, y la perspectiva de pasar una velada en compañía de su amiga había añadido color a sus mejillas y un brillo de alegría a su mirada. Algo que, en los últimos tiempos, había echado de menos.

Recogió el abanico de la cómoda y dejó que la doncella le pasara una capa por encima de los hombros. Después, salió de la casa y esperó al carruaje. El cochero se quitó el sombrero a modo de saludo y Bartwell la ayudó a subir, tarea que siempre que podía se reservaba para sí.

El carruaje se puso en marcha y Eleanor se recostó en el cómodo cuero negro del asiento. Al llegar a la siguiente esquina, se detuvieron; luego, giraron para seguir por una calle lateral. En ese momento, sucedió lo inesperado: la portezuela se abrió de repente y alguien entró.

Eleanor se quedó sin aliento y se puso en tensión. Recordó que había una pistola en un compartimento secreto del asiento. Pero antes de que pudiera alcanzarla, reconoció al individuo que había entrado en el carruaje de un modo tan poco convencional. Era nada más y nada menos que lord Neale.

Sólo lo había visto una vez, pero no era hombre a quien se pudiera olvidar. Eleanor se relajó. Aunque su presencia le disgustaba sobremanera, al menos no era un ladrón y no se trataba de ningún robo. El miedo que había sentido unos segundos antes se transformó en una ira no menos intensa. Le pareció detestable. Indudablemente, tenía intención de asustarla para poder jugar con ventaja.

Sin embargo, se iba a llevar la sorpresa de que Eleanor Townsend Scarbrough no era mujer que se dejara intimidar. Estaba hecha de un material muy duro, así que contuvo el enfado, mantuvo una expresión fría y distante, y se limitó a mirarlo con una ceja arqueada para ganar tiempo y tranquilizar los latidos de su corazón.

—Lord Neale... —dijo con absoluta normalidad—. ¿A qué debo esta inesperada visita, si me permite preguntarlo?

Lord Neale le dedicó una sonrisa a medio camino de la ironía y el disgusto, que atrajo la atención de Eleanor hacia su boca. Le pareció que tenía unos labios muy sensuales, extremadamente apetecibles. Y el pensamiento la incomodó tanto que apartó la mirada y la llevó a sus fríos ojos grises.

Sin duda alguna, era un hombre atractivo. De un modo duro, con pómulos marcados y mandíbula sin contemplaciones. Durante el año transcurrido desde su encuentro, Eleanor se había repetido una y otra vez que no era tan atractivo como lo recordaba. Pero lo era. Incluso más de lo que recordaba.

—Parece que no se sorprende de nada, ¿verdad? —preguntó él.

—¿Eso es lo que pretendía? ¿Inspirar terror a mi pobre y pudoroso corazón? —preguntó ella—. ¿Ése es el motivo de su aparición... poco ortodoxa, por así decirlo?

—No —respondió con cierta irritación—. He subido a su carruaje porque esta tarde se ha negado a recibirme.

—Cierto. Se lo indiqué en mi nota. Lo cual no ha impedido que se presentara en mi casa de todas formas —le recordó.

—Así es —admitió, sin asomo de vergüenza—. Pero mi atrevimiento no ha servido de nada y no me ha dejado más opción que intentarlo con otros métodos.

—¿Cree que no tengo derecho a elegir a quién quiero ver y cuándo?

Lord Neale frunció el ceño.

—Tiene todo el derecho, por supuesto. Sin embargo, yo también tengo derecho a hablar con usted.

—¿Por el procedimiento de abordarme?

—Yo no utilizaría un término tan contundente, mi querida amiga —respondió, con cierto brillo de humor en los ojos.

—¿Cuál utilizaría entonces?

Él sonrió levemente.

—Sólo pretendía llamar su atención.

Eleanor se negó a responder a su sonrisa con otra sonrisa. Lord Neale se había subido al carruaje sin invitación previa y no iba a permitir que suavizara la situación con su encanto. Así que se cruzó de brazos y lo miró con frialdad.

—Muy bien. Ya tiene mi atención —declaró—. ¿Se puede saber qué es tan urgente que no puede esperar? Supongo que viene otra vez en calidad de mensajero de su hermana.

Eleanor no le había contado a sir Edmund lo sucedido con lord Neale. Sabía que se habría sentido herido y decepcionado con la actitud de su tío, y pensó que no merecía la pena. A fin de cuentas, se había casado con él precisamente para evitarle ese tipo de disgustos. Edmund siempre había querido mucho a lord Neale, de quien sólo tenía buenas palabras, y en alguna ocasión le había sugerido que se dirigiera a él si tenía algún problema. Pero, en privado, ella no opinaba lo mismo. Pensaba que Anthony estaba confabulado con lady Honoria o que competía con ella para abusar de la generosidad de Edmund.

La sonrisa de lord Neale desapareció.

—Lady Honoria está muy apenada por el fallecimiento de su hijo.

Eleanor se limitó a esperar, sin decir nada. Le parecía la respuesta normal de una madre, aunque sospechaba que el verdadero dolor de Honoria no se debía tanto a la muerte de sir Edmund como a la pérdida de su fortuna.

Lord Neale tardó unos segundos en continuar. Parecía estar buscando las palabras adecuadas.

—La salud de Edmund nunca fue buena. Pero nadie esperaba que falleciera de ese modo.

Eleanor no entendía que hubiera abordado el carruaje para decir simples obviedades, pero decidió seguirle el juego.

—Yo tampoco.

—Ni siquiera sabía que le gustara la vela —declaró, mirándola con intensidad.

—Empezó a navegar en Italia —explicó—, y la verdad es que yo también me llevé una sorpresa. Supongo que lo hizo porque el clima era mucho mejor y porque su salud había mejorado considerablemente.

—Entonces, ¿se encontraba mejor?

Eleanor estuvo tentada de responder que se lo había llevado a Italia, contra la opinión de lady Honoria, precisamente por eso. Pero no lo hizo.

—Sí, desde luego que sí. Ya no sufría tantos ataques de tos y su color era bastante más sano. Se volvió más activo. Hizo amigos y salía con ellos con frecuencia. De hecho, fueron ellos los que lo animaron a navegar.

—¿Usted no iba con él?

Eleanor negó con la cabeza, aunque seguía sin entender su interrogatorio. No sabía adónde quería llegar.

—Generalmente salía a navegar con su amigo Darío Paradella —respondió, encogiéndose de hombros.

—Y ese Paradella... ¿estaba con él cuando se produjo el accidente?

—No. Edmund estaba solo —dijo, frunciendo el ceño.— Pero, ¿por qué le interesa tanto?, ¿qué es lo que quiere saber?

—Quiero el nombre de alguien que pueda confirmar su historia.

Eleanor lo miró.

—Confirmar mi...

No terminó la frase. Le había costado un poco, pero ahora sabía lo que estaba insinuando.

—¿Mi historia? ¿Se atreve a insinuar que es una invención?

—¿Lo es? —preguntó con frialdad.

—¡Por supuesto que no! —exclamó ella—. Por qué motivo iba... oh, Dios mío. ¿Me está acusando de asesinar a Edmund?

Lord Neale no negó sus palabras. Se limitó a mirarla.

—¿Cómo se atreve a ser tan vil? —dijo, tan enojada que apenas podía hablar—. ¡Es inhumano! ¡Es usted un monstruo! ¡Un...!

Eleanor no siguió. No se le ocurría una palabra suficientemente despectiva para expresar lo que sentía en ese momento.

—Todavía no ha negado la acusación —dijo él con total tranquilidad.

—¡Porque no tengo obligación alguna de hablar con usted! No tengo que demostrarle nada ni tengo por qué seguir el juego de sus despreciables suposiciones. Edmund murió, exactamente, como le dije a su madre. Y le puedo asegurar que las autoridades italianas no albergaron ninguna duda sobre su muerte.

—Pero cabe la posibilidad de que se dejaran engatusar por su belleza —observó—. O por su dinero...

Dominada por la ira, Eleanor se abalanzó sobre él. Y no lo hizo con intención de darle una bofeteada, como habría hecho cualquier dama, sino un puñetazo en toda regla.

Sin embargo, lord Neale era más rápido que ella. Reaccionó con tanta rapidez que la agarró por la muñeca y detuvo el golpe antes de que llegara a su rostro. Sus dedos parecían de hierro. Eleanor no se podía mover. Lo miró con odio y él le devolvió la mirada. El ambiente se cargó de tensión.

Entonces, sucedió algo aún más extraño. Durante los segundos que permanecieron en aquella posición, sin moverse, frente a frente, lord Neale bajó la mirada a los labios de Eleanor y ella tuvo la seguridad de que estaba a punto de besarla.

Pero el momento duró poco. De forma abrupta, él la soltó y se apartó de ella.

—¡Salga de mi carruaje! ¡Ahora mismo!

—Tranquilícese un momento y escuche lo que tengo que decir.

—¿Que me tranquilice? Aborda mi carruaje, me acusa de asesinar a mi marido, ¿y me dice que me tranquilice? —declaró ella, fuera de sí.

—No la he acusado de nada.

—Acaba de insinuar que la historia de su fallecimiento es pura invención. Ha insinuado que yo... que yo...

—¿Que se libró de un marido inconveniente? —preguntó él.

Eleanor se había quedado pálida. En su rostro no había más color que el leve tinte rojizo de la expresión de ira. Sus ojos parecían más grandes y de un azul más nocturno que nunca. Anthony pensó que estaba preciosa. Más delgada que la última vez; incluso demasiado delgada. Pero en cualquier caso, preciosa.

Sintió una intensa simpatía por ella. Sin embargo, se recordó que debía actuar con cautela. Si su hermana estaba en lo cierto, aquella criatura encantadora era nada más y nada menos que la asesina de Edmund.

—Se casó con un hombre débil, enfermo de tisis, que parecía que se iba a morir en cualquier momento; pero entonces se lo llevó a Nápoles y su salud mejoró —afirmó lord Neale—. Un error por su parte, ¿no le parece? De repente se encontró con un hombre que todavía tenía muchos años por delante. No tendría más remedio que aceptar sus demandas. O incluso cabe la posibilidad de que hubiera conocido a otro hombre y de que Edmund fuera un obstáculo para usted...

Lord Neale la miró con frialdad antes de seguir con su exposición.

—Fueran cuales fueran sus motivos, decidió acelerar el proceso. Lo asesinó y se inventó la historia del accidente de vela. Después, quemó el cadáver para que nadie pudiera hacerle la autopsia si surgían sospechas —concluyó.

Eleanor mantuvo la calma, aunque sus ojos se habían oscurecido un poco más por el disgusto. Él la observó con más atención, alerta a cualquier signo de culpabilidad que la delatara.

—No hay duda de que tanto usted como lady Honoria tienen una imaginación muy viva. ¿Qué espera que haga ahora? ¿Llorar y confesar mis supuestos pecados? —declaró, con gesto de desprecio—. Es más estúpido de lo que había imaginado.

Neale se puso en tensión. Todavía no había negado la acusación de asesinato.

—¿Estúpido? ¿Por qué? ¿Por esperar que actúe de forma honrada?

—No. Porque está tan desesperado por controlar la fortuna de Edmund que espera que diga cualquier cosa que le sirva para librarse de mí.

—El dinero de mi sobrino no me importa en absoluto —afirmó él—. Pero si lo asesinaron, haré todo lo que esté en mi mano para que se castigue al culpable. Eso se lo puedo prometer.

Los ojos de lord Neale eran duros como piedras, pero Eleanor le devolvió una mirada que no le andaba a la zaga. El desprecio que sentía por aquel hombre era tan intenso que lo sentía como un volcán en el pecho, a punto de estallar. Apretó los dedos bajo los guantes e hizo un esfuerzo sobrehumano por mantener el aplomo.

Ni siquiera entendía por qué le hería tanto la acusación de lord Neale. Sabía que lady Honoria y él la odiaban. No era extraño ni desde luego sorprendente que fueran capaces de inventar una historia tan sórdida con tal de desacreditarla. Y sin embargo, sus palabras habían tenido el efecto de un puñal.

—Un sentimiento muy noble por su parte —ironizó ella—. Pero no tendrá que esforzarse mucho porque mi marido no fue asesinado... Aunque comprendo sus motivos. Esa historia sonará muy bien en su club y ciertamente tiene la ventaja de que puede empeorar mi reputación. Da igual que no tengan ninguna prueba contra mí. No importa que sólo sea el producto de la imaginación calenturienta de un par de familiares ambiciosos y sin escrúpulos. Todos repetirán sus viles rumores.

Lord Neale abrió la boca para responder, pero el carruaje se detuvo en ese preciso instante, sorprendiéndolos a ambos. Eleanor miró hacia la ventanilla y vio un elegante edificio de piedra amarillenta. El cochero bajó del pescante y abrió la portezuela.

—Hemos llegado al domicilio de los Barre, milady.

Entonces, el hombre vio a Anthony y se quedó asombrado.

—¡Milady! ¿Cómo es posible que...?

—Lord Neale se nos ha unido por el camino —explicó con ironía, mientras salía del carruaje—. Te agradecería que lo llevaras a su casa mientras ceno con lord y lady Barre.

Anthony bajó del coche.

—Eso no será necesario —dijo—. Acompañaré a lady Scarbrough.

Él le ofreció el brazo. Como ella se limitó a mirarlo con asombro, lord Neale la tomó de la mano y la introdujo bajo su codo.

—Vamos, milady. Supongo que nuestros anfitriones nos estarán esperando.

Eleanor intentó apartarse, pero sin éxito.

—¿Se puede saber qué está haciendo? No puede venir conmigo.

—No sé si puedo, pero lo voy a hacer —afirmó, con irritante frialdad—. Voy a quedarme con usted hasta que dé una respuesta satisfactoria a mis preguntas.

—¿Preguntas? ¡Acusaciones, querrá decir! No tengo intención de hablar con usted ni ahora ni en ningún otro momento. Sabe de sobra que sus palabras no tienen ni pies ni cabeza, y no voy a cometer el error de defenderme de acusaciones completamente infundadas.

Él se encogió de hombros y la llevó hacia la entrada de la casa.

—Entonces, me temo que tendrá que soportar mi compañía.

Antes de que llegaran a la casa, un criado de librea abrió la puerta y los saludó con una reverencia.

—¿Lady Scarbrough?

—Y lord Neale —añadió Anthony, antes de dar su sombrero al criado.

Sorprendida por la audacia de su acompañante obligado, Eleanor le dio la capa al criado. Era una situación completamente nueva para ella y no sabía cómo comportarse. Si decía al hombre que lord Neale no era bienvenido y le pedía que le impidiera entrar en la casa, lo colocaría en una situación poco envidiable. Los criados de Eleanor eran capaces de echar sin contemplaciones a cualquiera, noble o rufián, si ella se lo ordenaba; pero la mayoría de los criados de Londres habría reaccionado con espanto ante la posibilidad de ponerle las manos encima a un aristócrata. Además, se sentía tan avergonzada que no habría encontrado las palabras.

El criado se giró para acompañarlos al interior del vestíbulo. Lord Neale le ofreció de nuevo el brazo y ella lo rechazó.

—¿Es que se ha vuelto loco? —murmuró—. No está invitado. No se puede presentar así como así en casa de otras personas y...

Él arqueó una ceja.

—¿Que no puedo? Es posible que les parezca extraño e incluso desconsiderado por su parte que no los haya informado de mi presencia, pero...

—¿Desconsiderado? Es usted el hombre más grosero que he conocido en toda mi vida, y puede estar seguro de que les explicaré detalladamente lo sucedido y cómo ha abordado mi carruaje —dijo.

—¿En serio? —preguntó con interés—. ¿Se lo va a explicar todo? ¿De verdad?

Eleanor apretó los dientes, irritada. Lord Neale tenía razón, por supuesto. No podía involucrar a Juliana y a su marido en semejante situación. Por absurdas que fueran las acusaciones de aquel individuo y por negativa que fuera la respuesta de su amiga, colocaría a Juliana en una posición muy incómoda. En cuanto a lord Barre, sólo lo había visto un par de veces y no lo conocía bien; no sabía cuál sería su reacción ante acusaciones tan graves. ¿Qué pasaría si se ponía de parte de lord Neale? A fin de cuentas, era noble como él. En cualquier caso, Eleanor no quería provocar un enfrentamiento entre los recién casados.

—Sabe que no lo haré —dijo ella, en voz baja—. Pero jamás había conocido a un hombre tan insensible y tan...

Eleanor interrumpió la frase cuando el criado se

acercó a una puerta, anunció sus nombres y se apartó para dejarlos pasar.

Entraron en la salita. Juliana estaba sentada en un sofá azul, de terciopelo, junto a un hombre alto y moreno que esperaba de pie. Al ver a Eleanor, la mujer se levantó y corrió hacia ella. Su marido, Nicholas, la siguió más despacio.

—¡Eleanor! —exclamó, arrojándose entre sus brazos—. Cuánto me alegro de verte. Ha pasado tanto tiempo...

La irritación de Eleanor desapareció al instante. Ya no se acordaba de lord Neale. Sólo sentía una intensa alegría por el reencuentro.

—¡Juliana! Te he echado tanto de menos...

Al cabo de unos segundos, Eleanor se apartó para mirarla.

—Tienes muy buen aspecto.

Era verdad. Juliana siempre había sido una mujer bella; pero el matrimonio le había concedido un brillo de felicidad que ni el vestido más caro ni el mejor de los peinados habrían podido emular. Sus grandes ojos grises estaban más vivos que nunca; y su piel, más suave. Justo en ese momento, Eleanor cayó en la cuenta de que había engordado; lo notó en su cara y en su figura, bastante más redondeada que antes.

Eso sólo podía significar una cosa.

—¡Juliana! —dijo, mirándola con intensidad.

Juliana asintió y soltó una risa de felicidad.

—Sí, es verdad, lo has adivinado.

—¿Por qué no me escribiste para contármelo? —preguntó, mientras le daba otro abrazo—. Me alegro tanto por ti...

—Iba a hacerlo, pero entonces me llegó la carta en la

que me informabas de que volvías a Inglaterra y... bueno, decidí darte una sorpresa.

—Pues lo has conseguido.

Juliana no podía dejar de sonreír. Pero sus ojos se clavaron entonces en lord Neale, que esperaba educadamente a cierta distancia.

—Oh, lo siento. Permíteme que te presente a lord Neale, el tío de Edmund —dijo Eleanor, volviéndose hacia él—. Ha tenido la amabilidad de acompañarme a tu casa. Espero que no sea una molestia.

—Por supuesto que no —dijo Juliana, que dedicó una sonrisa cálida a Anthony—. Bienvenido a nuestra casa, milord. Sé que Eleanor aprecia su ayuda y apoyo en momentos tan difíciles para ella.

El marido de Juliana se acercó y saludó a Anthony.

—Neale...

—Lord Barre... Me alegro de verte.

—¿Os conocíais? —preguntó Juliana, sorprendida.

—Nos hemos visto varias veces en el club White —respondió Nicholas Barre—. Aunque me temo que ni él ni yo somos clientes habituales.

—Es cierto. En general, yo prefiero las comodidades de mi propia casa —comentó Anthony, sonriendo.

Al oír sus palabras, Eleanor pensó que aquel hombre podía engañar a cualquiera. Se comportaba como un perfecto caballero. Ella era la única persona que conocía el verdadero motivo de su presencia, pero no podía hacer nada.

Se sentaron y estuvieron charlando de asuntos intranscendentes hasta que anunciaron que la cena estaba servida. Lord Neale estuvo encantador en todo momento, aunque no participó mucho en la conversación y se limitó a responder a preguntas o comentarios de los demás. En cuanto a Eleanor, se sentía incómoda y profundamente irritada con su escrutinio; la miraba con intensidad, sometiéndola a una vigilancia extrema y prestando atención a todas sus palabras y gestos. La estaba juzgando y ella lo sabía; estaba buscando un resquicio en su armadura, algo que pudiera usar en su contra y que demostrara que nunca había estado enamorada de sir Edmund.

«Malditos sean sus ojos», pensó, echando mano de una de las maldiciones preferidas de su padre. A Eleanor nunca le había importado lo que pensara la gente y no iba a empezar a preocuparse ahora. Se negaba a que un británico arrogante la sacara de sus casillas. Así que, en determinado momento, se giró hacia él y le lanzó una larga y fría mirada. Lord Neale no cambió de actitud. Pero ella notó un cambio sutil, como si se hubiera dado por aludido y le recogiera el guante.

Tras el suceso, hizo todo lo posible por olvidarse de él y concentrarse en la conversación con su amiga. Sorprendentemente, la velada transcurrió sin sobresaltos y de forma muy agradable. Eleanor y Juliana tenían muchas cosas de las que hablar después de un año de separación, y tanto ella como Nicholas la pusieron al día de los escándalos de la sociedad londinense, de los asuntos del gobierno, de las nuevas modas y de las novedades en ópera y teatro.

Aunque lord Neale no intervino demasiado, lo hizo con conocimiento de causa y con verdadero interés. Era un hombre de gran cultura, bien informado; y sus opiniones, frecuentemente adornadas con la guinda del sarcasmo, eran exactas y mordaces. De haberse tratado de otra persona, Eleanor habría disfrutado de su compañía. De hecho, tuvo que recordar quién era en más de una ocasión.

Pero lord Neale no tuvo que hacer ningún esfuerzo para recordar nada. O eso creyó Eleanor, porque no dejaba de mirarla ni de dirigirse a ella con un tono donde la ironía siempre estaba presente. Supuso que, cuando terminara la velada, volvería con sus acusaciones y con su exigencia de respuestas. Por lo visto, estaba seguro de poder asustarla. Ella lo sacaría de su error.

Después de cenar, los dos hombres se retiraron a la biblioteca, como se tenía por costumbre. Eleanor y Juliana se quedaron a solas y mantuvieron una larga y animada conversación.

—Me alegro muchísimo por ti —dijo Eleanor, señalando su estómago—. ¿Cuándo esperas que nazca?

Juliana sonrió.

—Falta poco más de tres meses. Yo quería tenerlo en la casa de Cornwall, donde Nicholas vivió hasta que sus padres murieron. Pero insistió en que permaneciéramos en Londres porque quiere que me traten los mejores médicos del país —le explicó—. Se preocupa más de lo necesario. Tengo una salud de hierro.

—Cómo no se va a preocupar —comentó ella—. Es evidente que te adora. Justo como tiene que ser...

Eleanor había conocido a Nicholas Barre poco antes de marcharse a Nápoles con Edmund. Le había pedido a Juliana que se casara con él, y aunque Juliana pensaba que la petición no era más que otro ejemplo de su vieja y profunda amistad, Eleanor sospechó que estaba realmente enamorado de ella. Comprendía que su amiga no se diera cuenta y hasta entendía que el propio Nicholas lo hubiera mantenido en secreto, pero la miraba de tal forma que resultaba evidente. Al verlos juntos, aquella noche, supo que había acertado.

Juliana y Nicholas se adoraban, no había duda. Eleanor pensó que era el tipo de relación que soñaban todas las jovencitas, la clase de amor inmortalizada por los poetas. Al verlos durante la cena y contemplar sus miradas de cariño, el afecto que se demostraban en un simple roce, la forma en que se tomaron del brazo para salir del comedor, sintió un dolor extraño en ella. No había experimentado nada parecido en toda su vida, y era lo suficientemente realista como para suponer que no tendría esa oportunidad. La admiración y la profunda amistad que había sentido por Edmund no tenían nada que ver con la pasión amorosa de sus amigos.

Normalmente, Eleanor no se dejaba dominar por pensamientos de ese tipo. Se tenía por una mujer demasiado pragmática y equilibrada, incapaz de emociones intensas; además, le gustaba su forma de vida. Pero en momentos como aquél, se preguntaba qué se sentiría al estar enamorada y no podía evitar un suspiro inconsciente.

Juliana rió y Eleanor volvió a la realidad.

—Sí, es verdad —dijo su amiga—, pero yo también estoy loca por él. Oh, Eleanor... soy tan feliz que a veces tengo que pellizcarme para asegurarme de que no es un sueño. Hace un año y medio, cuando todavía trabajaba para la odiosa señora Thrall, no habría imaginado que mi vida pudiera cambiar tanto.

—Te lo merecías —declaró Eleanor, con firmeza.

—Tal vez, pero dejemos de hablar de mí —dijo Juliana, inclinándose hacia ella—. Venga, háblame de ti y de lord Neale...

Eleanor miró a su amiga. Siempre había confiado en ella y deseaba contarle la verdad. Pero ahora sabía que estaba embarazada y no quiso alterarla con problemas que, a fin de cuentas, no la afectaban.

—No hay mucho que contar —mintió, encogiéndose de hombros—. En realidad, no se puede decir que lo invitara a acompañarme esta noche... se ha invitado él solo y no he querido montar una escena. Espero que me disculpes por haberlo traído...

—No hay nada de lo que disculparse. Sinceramente, me alegra que vinieras acompañada. Londres es una ciudad peligrosa —afirmó—. Quién sabe, puede que sólo estuviera preocupado por tu seguridad. He notado que es muy atento contigo.

—Oh, sí, muy atento. Como un gato con un ratón.

Juliana arqueó una ceja.

—¿Qué quieres decir? ¿Me he perdido algo?

Eleanor tuvo que contenerse para no confesarle la verdad.

—No, nada. Sólo lo he dicho porque no me gusta demasiado. Siempre ha sido grosero conmigo. De hecho, no creía que yo pudiera ser una buena esposa para Edmund.

—Entonces, es un idiota. Pero es posible que se haya dado cuenta de su error. Tal vez intenta compensarte y por eso se ha empeñado en acompañarte esta noche.

—Tal vez.

Eleanor bajó la vista en ese momento y no notó la mirada sagaz y desconfiada que le lanzó su amiga.

—Es un hombre muy atractivo —comentó Juliana al cabo de unos segundos.

—¿Tú crees? No lo había notado.

Juliana rió.

—Oh, vamos, no pretenderás que me crea eso...

—Sí, bueno, supongo que es atractivo a su manera —admitió—. Es una pena que su carácter no esté a la altura de su aspecto.

Juliana suspiró. Parecía decepcionada.

—Lástima. Esperaba que...

—No empieces a hacer de Celestina conmigo, Juliana. ¿Qué les pasa a las mujeres? Cada vez que una se casa, se empeña en que sus amigas hagan lo mismo —dijo Eleanor, con una sonrisa.

Juliana rió.

—Es verdad, tienes toda la razón. Pero es que soy tan feliz que quiero que todo el mundo comparta mi felicidad.

—Pues dudo que encuentre esa felicidad con lord Neale. Ni él conmigo, desde luego —afirmó Eleanor—. No necesito un marido. Estoy muy bien como estoy, te lo aseguro.

—Lo sé. Nunca he dudado de tu capacidad para sobrevivir —comentó su amiga—. Pero te falta el amor.

—No me falta. Tengo a Claire, a Nathan... y te tengo a ti.

—Yo me refería a otra clase de amor —puntualizó—. Y lo sabes de sobra.

—Me parece que mi destino no incluye ese tipo de amor. Dudo que pudiera ser feliz con el matrimonio. Estoy acostumbrada a hacer las cosas a mi manera. No soporto que los demás dirijan mi vida.

—¿Crees que Nicholas dirige mi vida? —preguntó Juliana, indignada.

—¿No lo hace?

Juliana abrió la boca para responder, pero se detuvo un momento y dejó escapar una risita.

—Bueno, es verdad que se mete mucho en mis asuntos, pero casi siempre lo hace porque le preocupo. Quiere protegerme incluso cuando no lo necesito. Sin embargo, eso no significa que acate sus órdenes ni que él intente obligarme —explicó—. De hecho, yo también doy mi opinión sobre lo que hace. Es lo natural entre marido y mujer... tú lo sabes de sobra. Al fin y al cabo has estado casada.

—No sé. Edmund y yo teníamos una relación algo... distinta. Él necesitaba mi ayuda, y no creo que lord Neale me necesitara para nada.

—Tal vez te necesite y no lo sepa.

Eleanor arqueó una ceja y la miró con ironía.

—¿Por qué insistes con lord Neale? ¿Tanto te gusta?

Juliana se encogió de hombros.

—No es eso. Es que parece haber... qué sé yo. En realidad no podría explicarlo. Esta noche he creído notar algo entre vosotros.

—Sí, se llama desprecio mutuo —observó.

—Llámalo como quieras. Pero si eso es desprecio, jamás había notado un desprecio que diera tanto brillo a la cara de una mujer.

Eleanor se llevó tal sorpresa con el comentario que se quedó sin habla. Cuando consiguió recobrarse, quiso responder; pero en ese momento llegaron Nicholas y lord Neale y ya no tuvo ocasión.

Nicholas sugirió que Juliana interpretara una pieza

y se acercaron al piano. Tocó un par de canciones y después insistió en que Eleanor se le uniera, así la ayudó a pasar las páginas de las partituras y le hizo el coro en varios temas. Juliana tenía una preciosa voz de soprano y cantaba mejor que ella, pero se alegró de acompañarla. Prefería cantar a tener que mantener una conversación. Sobre todo, después de las desconcertantes palabras de su amiga.

Se dijo que su amiga se equivocaba. Si había algún brillo especial en su cara, algo distinto en su expresión, sería por el enojo que le provocaba lord Neale y no por una supuesta atracción entre ambos. No podía negar que lo había encontrado atractivo la primera vez que se vieron; pero eso había sido antes de hablar con él y de descubrir que era un hombre grosero y desagradable. Y si su pulso se había acelerado cuando subió al carruaje, sólo había sido porque se había llevado un buen susto. No tenía nada que ver con sus labios bien moldeados ni con sus intensos y claros ojos grises.

Mientras cantaba, lo miró. Estaba recostado en una silla, con los brazos cruzados y las piernas, largas, estiradas. La observaba.

Sin poder evitarlo, Eleanor perdió el hilo de la canción y se ruborizó. Logró recobrarse, pero lo maldijo y tuvo mucho cuidado de no volver a mirarlo de nuevo.

Poco tiempo después, Eleanor dio las gracias a Nicholas y Juliana por la velada y se despidió de ellos. Se había divertido mucho, a pesar del invitado sorpresa. Sin embargo, lord Neale se empeñó en acompañarla.

—Se lo agradezco, pero no será necesario, milord

—dijo Eleanor, sin esperanza alguna en el efecto de sus palabras–. Sabré llegar mi domicilio, se lo aseguro.

—No lo dudo, pero debo insistir –dijo, mirándola con intensidad.

Eleanor se puso los guantes con más fuerza de la necesaria.

—Por supuesto.

Aceptó el brazo que lord Neale le ofreció y, tras despedirse definitivamente de sus anfitriones, se dirigieron al carruaje. Eleanor permitió que la ayudara a subir y lo observó, resignada, mientras tomaba asiento frente a ella.

El coche empezó a avanzar por las calles adoquinadas de Londres.

—¿Y bien? –preguntó lord Neale–. ¿Dispuesta a responder a mis preguntas?

Eleanor apretó los dientes. Su orgullo la empujaba a negarse. Las preguntas de lord Neale eran insultantes, y le parecía que responder a ellas sería tanto como admitir su culpabilidad. Odiaba la idea de darle semejante satisfacción.

Sin embargo, había estado considerando el problema durante la velada y sabía que no debía dejarse llevar por el orgullo. Si no actuaba pronto y ponía fin a sus sospechas, sabía que lord Neale y su hermana se encargarían de extender el rumor por la ciudad.

A Eleanor no le importaba lo que pensara la gente en general, pero sabía que un rumor tan grave atravesaría las fronteras sociales y llegaría al círculo de amistades que había trabado con Edmund. Debía evitarlo a toda costa. Eran sus amigos y los apreciaba. Ese tipo de rumores eran fáciles de esparcir, pero difíciles de olvidar. Además, involucraría a Juliana en la situación que precisamente había querido evitarle esa noche. Al casarse con lord Barre, Juliana había empezado a relacionarse con la aristocracia; y su imagen quedaría dañada si se empeñaba en defender a Eleanor, como indudablemente haría.

Pero, por encima de todo, Eleanor no quería que mancillaran el recuerdo de Edmund con una historia tan sórdida. Su fallecimiento había sido una verdadera tragedia para el mundo de la música, y se negaba a que terminara sumergido en una tormenta de murmuraciones, insinuaciones y escándalo.

—No permitiré que me interrogue como si yo fuera un delincuente —le dijo con frialdad—. Sin embargo, tampoco voy a permitir que manche el nombre de Edmund y el mío propio con el barro del escándalo. Así que le demostraré hasta qué punto se equivoca.

—Muy bien.

Ni él ni ella hablaron durante el resto del trayecto.

Cuando el carruaje se detuvo frente a la casa, Eleanor se llevó la sorpresa de que las luces estaban encendidas. Sintió una inquietud inexplicable y corrió hacia la entrada sin aceptar la mano que le ofreció lord Neale, quien la siguió.

En lugar de la tranquilidad y el silencio que cabía esperar a esas horas de la noche, lord Neale se encontró con un alboroto de ruido y de gente. Dos niños estaban sentados en las escaleras, contemplando la escena que se desarrollaba ante ellos, mientras varios criados iban de un lado para otro. En mitad del grupo había una mujer joven, vestida con un sari azul, que hablaba en voz baja y expresión tímida con dos hombres. Uno de ellos, de aspecto duro, era el mayordomo de Eleanor, a quien ya conocía; en ese momento le estaba dando una copa, con un líquido de color ámbar, a la joven. El otro, un africano alto y vestido de traje, se había arrodillado ante ella y la miraba con ansiedad.

Eleanor habló en ese momento.

—¿Qué está pasando aquí? —bramó.

Todos se giraron hacia ella e intentaron hablar a la vez, con lo que el tumulto empeoró. Al cabo de unos segundos, lord Neale decidió tomar cartas en el asunto.

—¡Silencio! —ordenó.

En el silencio que siguió a la orden, se oyó la voz de Eleanor.

—¿Qué ha pasado, Bartwell?

—Un ladrón ha entrado en la casa, señorita Elly —respondió el mayordomo.

El africano, que se había levantado y permanecía junto a la joven india con gesto protector, añadió:

—Y ha asaltado a Kerani.

Eleanor soltó un grito ahogado y avanzó hacia la joven. Los criados se apartaron a su paso. Estaba tan preocupada que ni siquiera notó la presencia de lord Neale, aunque no se había apartado de ella en ningún momento.

—Kerani... ¿te encuentras bien?

—No ha sido tan terrible como parece —explicó la mujer, que inclinó la cabeza a modo de reverencia—. Sólo me ha empujado cuando salía de la casa. Yo tropecé y me caí.

—Kerani, tienes tan buen carácter que excusarías al diablo en persona —rugió el hombre que estaba a su lado—. Pero te empujó. Y eso es lo mismo que atacarte.

—Sí, es verdad, Zachary, pero no la ayudas mucho si te empeñas en seguir hablando con ese tono —intervino Eleanor—. Y ahora, Kerani... cuéntame lo que ha pasado.

—Yo...

La joven india tomó aliento e intentó sacar fuerzas de flaqueza.

—Yo acababa de llevar a los niños a la cama. Me dirigí a la biblioteca para leer un poco antes de acostarme, y al pasar frente a su habitación, milady, vi a un hombre. Estaba de pie, delante del tocador. Se encontraba de espaldas a mí y no me había visto, pero supongo que hice ruido y se giró...

La mujer empezó a temblar. Eleanor le pasó el brazo por encima de los hombros, para tranquilizarla.

—Tranquilízate, Kerani. Ya se ha marchado. Estás a salvo.

—Lo sé... discúlpeme, milady. Es que tenía un aspecto tan horrible... —declaró, asustada—. No parecía humano.

—¿Qué?

—Su cara era totalmente blanca. Y sus ojos parecían estar en el fondo de dos hendiduras.

—Tal vez llevara máscara —dijo Anthony.

Kerani se volvió hacia él, sorprendida.

—Sí —dijo, insegura—, creo que sí. Pero no era una máscara como las que había visto antes, que sólo cubren los ojos.

—¿Y dice que era blanca? —preguntó Anthony.

Lord Neale se dirigía a la india con un tono tan cariñoso y tranquilizador que Eleanor se llevó una gran sorpresa.

Kerani asintió.

—En efecto. Pero aunque fuera una máscara, me llevé un buen susto. Era como si no tuviera cara —explicó.

—Me lo imagino —comentó Eleanor—. Es perfectamente comprensible que te asustara.

—Cuando se giró hacia mí, grité. Entonces corrió y

yo no pude apartarme a tiempo, así que me empujó. Caí al suelo y poco después aparecieron los demás. Pero él ya había bajado por la escalera y logró huir.

—¿No lo vio nadie más? —preguntó Anthony.

Zachary miró a lord Neale con desconfianza, pero respondió.

—No. Ojalá lo hubiera visto. Estaba en el despacho cuando oí el grito de Kerani y subí enseguida, pero él ya se había marchado.

—Yo lo vi —dijo uno de los criados, levantando una mano con timidez—. Oí el grito de la señorita Kerani y corrí hacia la escalera. En ese momento vi a un hombre que bajaba corriendo. En lugar de detenerse, siguió adelante y me tiró al suelo. Cuando me levanté, ya había llegado a la puerta... quise seguirlo, pero no lo encontré.

—Los demás no vieron nada, señorita Eleanor —dijo Bartwell—. En ese momento estaban en la cocina o ya se habían acostado.

—Bueno, al menos no hay ningún herido —dijo Eleanor—. ¿Habéis comprobado si tuvo ocasión de llevarse algo?

—No lo sé, señorita. Revolvió toda su habitación, pero no sabría decir si falta algo.

—¿Por qué no subimos a echar un vistazo? —sugirió Anthony.

Eleanor estuvo a punto de decir que aquello no era asunto suyo. Pero la presencia de lord Neale le resultaba extrañamente reconfortante, así que se guardó sus pensamientos y aceptó su brazo cuando subieron por la escalera. Los criados los siguieron.

Mientras subían, se encontraron con los dos niños.

—¡Eleanor! ¿Era un ladrón? ¿Se ha llevado algo? ¿Quién crees que ha sido? ¿El mismo de la otra vez?

—¿El mismo de la otra vez? —preguntó Anthony—. ¿Es que ya había sucedido antes?

—No. Estoy segura de que no tiene nada que ver con lo de esta noche. Alguien entró en la casa de Nápoles, pero no se llevó nada.

—Comprendo —dijo—. Y seguramente tiene razón. En principio no hay motivo para pensar que exista relación entre los dos sucesos.

—¿Podemos ayudar? —preguntó Claire, la niña.

—Es muy emocionante —comentó Nathan—. Queremos ver si se ha llevado algo.

—Muy bien. Pero después, os marcharéis con Kerani para que os acompañe a vuestras camas.

—De acuerdo.

Eleanor siguió caminando hasta llegar a la habitación.

—Oh, Dios mío...

Los cajones de la cómoda y del tocador estaban abiertos, al igual que el armario, el arcón pequeño y hasta la cajita de música. Había ropa por todas partes, como si alguien hubiera estado rebuscando. Una de las sillas yacía en el suelo. La cama estaba deshecha y el colchón, medio salido de la cama. Sus collares, broches, anillos y otras piezas de joyería estaban esparcidos por media habitación.

Eleanor se acercó al tocador; cerró la caja de música y se puso a recoger y a guardar las joyas. Anthony la siguió y miró a su alrededor.

—¿Falta algo?

—No estoy segura. A primera vista, yo diría que no.

Aunque... oh, vaya, falta uno de los broches, uno de plata. Y un relicario muy antiguo —dijo, frunciendo el ceño—. Pero me parece muy extraño. No eran las piezas más valiosas de mi colección. Los granates siguen aquí, y son lo más caro con gran diferencia. Además, aquí sólo tengo las cosas que me pongo de forma habitual. Las joyas realmente importantes están arriba, en la caja fuerte.

Eleanor se giró hacia Bartwell, que esperaba en la entrada.

—¿Has mirado la caja? ¿Se ha llevado algo?

—No, señorita. La caja fuerte está perfectamente bien. Yo estaba en la habitación contigua, así que estoy seguro de ello —respondió—. En cuanto a la vajilla de plata, sigue en su sitio. Y lo mismo sucede con los cuadros y los chismes de valor del primer piso. Bajé a comprobarlo y no falta nada.

Anthony miró a Eleanor sin comprender.

—¿Los chismes?

Eleanor sonrió.

—Se refiere a mis obras de arte —explicó ella.

—¿Se ha llevado algo de Edmund? —preguntó lord Neale.

Eleanor se sobresaltó, alarmada. Había olvidado las cosas de Edmund.

—¿Has mirado en el dormitorio de sir Edmund?

—No, señorita. No se me había ocurrido.

Eleanor salió de la habitación, avanzó por el pasillo y abrió la puerta de una habitación idéntica a la suya en tamaño y forma, donde se había alojado Edmund, brevemente, antes de que se marcharan a Italia. Los muebles eran elegantes, de color oscuro, y el lugar se mantenía completamente limpio y ordenado, sin una mota de polvo; pero era evidente, por su excesiva pulcritud, que no la ocupaba nadie.

La luz del pasillo reveló que todo se encontraba en su sitio. Sin embargo, Eleanor entró, caminó hasta la mesa que se encontraba en una de las esquinas y puso las manos sobre una caja de palisandro. La abrió, miró dentro y volvió a cerrar, aparentemente satisfecha.

—No creo que se hayan llevado nada.

Al salir de la habitación, se detuvo un momento y miró a los congregados. La miraron con expectación.

—Bartwell, encárgate de que ordenen otra vez mi habitación. Kerani, lleva los niños a la cama. Y tal vez convenga que se organicen turnos para vigilar la casa esta noche, aunque no creo que pase nada.

—Yo me encargaré del primero —dijo Zachary.

—Y yo te relevaré —anunció Bartwell.

Zachary y Bartwell eran las personas en las que más confiaba, así que Eleanor asintió.

—Muy bien. Gracias por todo —dijo—. Y ahora, lord Neale, si no le importa acompañarme a mi despacho...

Eleanor se giró de forma brusca y empezó a bajar por la escalera. Anthony la siguió, haciendo caso omiso de las miradas de curiosidad de los criados.

Ya dentro del despacho, Eleanor se acercó a un armarito que contenía dos licoreras y varias copas y vasos de cristal.

—¿Le apetece un whisky?

—Sí, gracias.

A Anthony le sorprendió el ofrecimiento. Pero su sorpresa fue todavía mayor cuando vio que Eleanor también se servía uno.

Ella notó su mirada de sorpresa y sonrió.

—Mi padre siempre decía que es el mejor remedio para los sustos —afirmó, mientras le acercaba su copa.

—¿Cómo? Oh, sí... supongo que tenía razón.

Anthony echó un trago y la observó mientras bebía. Eleanor hizo una mueca al sentir el sabor fuerte del whisky. Después, se estremeció.

Alarmado, se acercó a ella y la tocó en un brazo.

—¿Se encuentra bien?

Eleanor lo miró. Sentía el calor del whisky en el estómago, extendiéndose poco a poco al resto de su cuerpo. Pero eso no fue nada en comparación con el contacto de lord Neale, aunque sabía que era un gesto inocente, sin más intención que la de animarla.

Recordó el instante, en el carruaje, cuando había creído que estaba a punto de besarla. El ambiente se había cargado exactamente igual que en ese momento, y ella había sentido el mismo estremecimiento.

Echó la cabeza hacia atrás y clavó la vista en sus ojos. Lord Neale la imitó. La miraba de un modo tan intenso que podía sentirlo físicamente.

Anthony dio un paso adelante y llevó la mano a la parte superior del brazo de Eleanor. Ella contuvo la respiración, pero no se movió. Esta vez estaba completamente segura de que pretendía besarla. Y en lugar de apartarse, se acercó.

En ese momento oyeron pasos en el exterior. El entarimado del pasillo crujió de tal manera que rompió el hechizo.

Eleanor retrocedió, ruborizada. Acto seguido, se alejó de lord Neale y dio la vuelta a la mesa, para ponerla entre los dos.

—Lamento que haya tenido que contemplar esa escena —dijo ella, mientras intentaba recuperarse—. Le aseguro que mi casa suele ser bastante más tranquila.

—Supongo que los ladrones no respetan las rutinas de ninguna propiedad —observó él.

Anthony miró a su alrededor. El despacho era espacioso y de aspecto cómodo, con estanterías acristaladas y armarios cerrados. Sobre la mesa había varios libros de contabilidad; parecían bastante gastados, lo que significaba que se utilizaban a menudo.

—¿Éste es su despacho? —continuó él.

Lo preguntó por preguntar. Sabía que Edmund no habría podido trabajar en un sitio tan ordenado.

Ella asintió.

—En efecto.

Eleanor contempló la mesa y ordenó las plumas y lapiceros de forma inconsciente. Lo sucedido con el ladrón la había alterado más de lo que quería admitir.

—¿Por qué entraría en mi dormitorio? Casi todas las cosas valiosas están aquí.

—Es evidente que el ladrón no lo sabía. Puede que entrara en él para robar las joyas, con intención de encargarse después de la planta baja. Estoy seguro de que no esperaba encontrarse con una criada.

—Kerani no es exactamente una criada. Se dedica a cuidar de los niños —puntualizó, mirándolo con más frialdad—. Pero imagino que el servicio de mi casa le parecerá algo extravagante.

Él se encogió de hombros.

—Un poco, sí.

Anthony sentía curiosidad. Por una parte, no se engañaba con el intento de robo; le había quitado importancia para intentar tranquilizarla, pero era extraño que el ladrón hubiera entrado primero en su habitación: no encajaba en el comportamiento habitual de los ladrones. Por otra parte, ardía en deseos de preguntar de dónde había salido aquella gente. Había un africano que hablaba un inglés perfecto y que vestía como un caballero; una mujer india que cuidaba de dos niños, y un mayordomo con aspecto de encontrarse más cómodo en una taberna del puerto que al servicio de una dama. Y por último y por encima de todo, quería saber qué hacía una mujer como Eleanor en un despacho como aquél.

Sin embargo, sabía que su interés se entendería como intromisión. A fin de cuentas no tenía derecho a meterse en la vida de Eleanor Scarbrough; ni por supuesto, a besarla en un momento de debilidad. Así que guardó silencio.

—De todas formas, usted no se encuentra en mi casa por ese motivo —dijo ella, mientras abría uno de los armarios—. Quiere más información sobre la muerte de Edmund.

Eleanor sacó un papel y lo dejó en la mesa. Anthony se acercó un poco para poder verlo. Era un documento de aspecto oficial, con sus correspondientes firmas y sellos, que estaba escrito en italiano.

—Aquí tiene el certificado de defunción expedido por las autoridades italianas. ¿Entiende italiano? —preguntó.

—Un poco.

Anthony tomó el documento y lo examinó con detenimiento. Se sentía incómodo, casi avergonzado.

—Dice que falleció ahogado —comentó ella, brusca—.

Aunque supongo que le parecerá una prueba irrelevante si está dispuesto a creer que las autoridades italianas son corruptas y que mintieron al emitir el certificado... en tal caso, tal vez le interese leer el artículo que apareció al día siguiente en la prensa.

Eleanor sacó un periódico, también italiano, y se lo dio.

Anthony leyó la nota. Aunque sus conocimientos de italiano dejaban bastante que desear, sabía lo suficiente para entender el artículo.

—La salud de Edmund mejoró tanto en Nápoles que casi se había recuperado —dijo Eleanor—. No sé por qué se empezó a interesar por los barcos; sospecho que salía a navegar por el placer de estar con sus amigos, más que por la vela en sí misma. Como le comenté, solía ir con Darío Paradella... pero aquel día, Edmund salió solo. Dijo que necesitaba pensar.

Eleanor se detuvo un momento, emocionada.

—Cuando se hizo de noche y vi que no regresaba, envié a un criado al muelle. Me dijo que su barco no estaba allí, así que me preocupé y envié notas a todos sus amigos. Investigamos los sitios donde podía estar, pero no lo encontramos y decidí pedir ayuda a las autoridades... dos días después, su cuerpo apareció en la playa.

Al contemplar su dolor, Anthony pensó que aquella mujer no podía ser culpable de un delito tan terrible como el asesinato. Deseó tranquilizarla. Deseó tomarla entre sus brazos y dejar que apoyara la cabeza en su pecho, tal y como antes había deseado protegerla del disgusto del intento de robo. Pero sabía que cualquier hombre habría reaccionado de esa forma. Eleanor era una mujer preciosa y sin duda estaba acostumbrada a aprovechar su belleza para manipular a los hombres y conseguir lo que quería. Por ejemplo, para que creyeran lo que más le conviniese.

Así que hizo un esfuerzo y contuvo sus deseos.

—¿Por qué incineró su cadáver?

—¡Desde luego no fue para ocultar nada! —exclamó Eleanor, con ojos brillantes por la ira.

—Entonces, ¿por qué? Es una decisión realmente difícil de entender. ¿Qué me dice de su pobre madre? Ahora ni siquiera tiene el consuelo de poder llorar ante su tumba.

—Estábamos en Italia. Si lo hubiera enterrado allí, tampoco podría llorar ante su tumba; tendría que cruzar medio continente para llegar —observó ella—. De este modo, al menos tiene sus cenizas y puede llevarlas al mausoleo de la familia. Pensé que preferiría tener un recuerdo de él... Pero de todas formas, eso no tiene importancia. La decisión de incinerar el cadáver no fue mía. Fue de las autoridades de Nápoles.

—¿Cómo? —preguntó Anthony, escéptico—. ¿Está diciendo que fueron ellos los que quemaron su cuerpo?

Eleanor asintió.

—Aplicaron una antigua ley italiana, que por lo visto procede de tiempos en los que se tomaban esas decisiones para impedir la extensión de enfermedades. Cuando el mar devuelve un cuerpo, lo incineran. Percy Shelley murió de la misma forma, y su cadáver también fue incinerado en la playa —explicó, refiriéndose al conocido poeta—. Se dice que le abrieron el pecho para sacarle el corazón, y que uno de sus amigos se lo dio a Mary Shelley. Luego, ella lo metió en una caja y se lo llevó a su casa.

—Vaya... —murmuró Anthony.

Eleanor sonrió con debilidad.

—Sí, vaya. A mí también me pareció una historia extraña cuando Edmund me la contó. Pero los Shelley eran así... incluso a mí, que tengo fama de extravagante, me resulta peculiar.

Anthony deseaba creerla. La ley italiana le parecía bastante lógica e indudablemente útil para prevenir determinadas enfermedades. En ese sentido, los miedos y las sospechas de Honoria no parecían tener ninguna base.

Además, los ojos de Eleanor eran tan claros y sinceros, y su azul tan bello, que parecía incapaz de mal alguno. Se sentía muy atraído por ella. Y precisamente por eso, tomó aliento y ocultó el deseo bajo el tono frío de sus siguientes palabras.

—¿Qué me dice de la herencia?

Eleanor se puso en tensión.

—Ah, sí, la herencia. Siempre volvemos a eso, ¿verdad?

—Sí, me temo que sí.

—No sé cómo se le ha ocurrido pensar que asesiné a mi esposo por dinero. Como debe de saber, yo no he heredado nada. La mansión pasa a su primo, Malcolm Scarbrough; y casi toda su fortuna, a su hermana.

—Cierto. Y me parece bastante extraño que un hombre saque a su esposa del testamento —observó Anthony.

Eleanor arqueó una ceja con escepticismo.

—¿Pretende que crea que le preocupa mi bienestar?

—Me limito a mencionar que sólo se me ocurre un motivo para que un hombre deshereda a su esposa:

que no se lleve bien con ella y que, en consecuencia, no la considere merecedora de su fortuna —respondió.

—O que ella no la necesite —puntualizó—. Milord, estoy segura de que usted mismo es consciente de la endeblez del argumento. Si mi marido no tenía intención de dejarme su dinero, no tiene ningún sentido que lo matara.

—Pero es la fiduciaria de la fortuna. Aunque no le haya dejado nada, tendrá ocasión de tomar lo que quiera de los fondos.

Eleanor sonrió con frialdad.

—Y ése es el quid de la cuestión, ¿verdad? La gestión del dinero de Samantha —afirmó—. Cualquier hombre con inteligencia habría comprendido que si Edmund se llevaba tan mal conmigo, si desconfiaba tanto de mí, no me habría dejado a cargo de los bienes de su hermana. Pero usted no se atiene a razones. A lady Honoria y a usted sólo les interesa el dinero. ¿Por qué cree que Edmund lo dejó a mi cuidado? Porque sabía que lo administraría bien. Sabía que me encargaría de hacer buenas inversiones en nombre de su hermana, y que el dinero no terminaría dilapidado en las extravagancias de Honoria Scarbrough.

Eleanor hizo una pausa y continuó.

—Edmund no tenía cabeza para los negocios. Sin embargo, era muy consciente de que su madre se habría gastado todo el dinero si lo hubiera dejado en sus manos. Lo habría usado en su propio beneficio, y no en el de Samantha.

Las palabras de Eleanor lo enfurecieron, pero Anthony sabía que tenía razón. De haber heredado la fortuna, Honoria la habría malgastado con inversiones nefastas y gastos propios, alegando que era la madre de Samantha y que a fin de cuentas se encargaba de su crianza. Él mismo, de haber podido influir en Edmund, nunca le habría recomendado que dejara a Honoria a cargo del dinero de Samantha.

—¿Pensaba que no conocía el verdadero motivo de su absurda acusación? —continuó Eleanor, con amargura—. ¿Creía que no sabía que usted y su madre quieren quedarse con el dinero de Samantha? Por eso se han inventado esa historia del asesinato... pretenden extender el rumor de que maté a mi esposo para arruinar mi reputación y destrozarme la vida. Sin duda, esperan que al final me rinda y me marche del país. Así desaparecería el obstáculo y Honoria y usted se quedarían con el dinero.

—¿Cómo? —preguntó Anthony, asombrado—. ¿Cómo se atreve a...?

—Yo me atrevo a todo, lord Neale —lo interrumpió.

Eleanor apoyó las manos en la mesa, con gesto belicoso, y le dedicó una mirada fría y orgullosa antes de continuar.

—¿Es que no lo sabía? Soy una extranjera que no respeta las convenciones, que no tiene el menor aprecio por el decoro. Voy donde quiero y sin carabina. Controlo mi vida y mi dinero sin ayuda de un hombre. Viajo cuando y como lo deseo, sin dar explicaciones a nadie. No conseguirá romper mi voluntad con rumores, milord. No me echaré a llorar cuando no me reciban en la casa de tal o cual aristócrata. Y por supuesto, téngalo por seguro, ¡ni Honoria ni usted pondrán las manos en el dinero de Edmund!

Para sorpresa de Eleanor, su adversario rompió a reír.

−¿Se ha vuelto loca? ¿Que yo estoy interesado en el dinero de Edmund? Es evidente que no me conoce.

−Lo conozco muy bien, milord −insistió−. Lo conozco perfectamente. Sólo le interesa su dinero. Las dos veces que ha venido a esta casa, ha venido por dinero. En su primera visita, intentó presionarme para que no me casara con Edmund porque temía que me dejara su fortuna. Ni siquiera se le ocurrió preguntarse si el matrimonio haría algún bien a su sobrino, si le daría la felicidad o si mejoraría su salud. Sólo le importaba su fortuna, y no expresó preocupación o afecto alguno por él. Y ahora, ha vuelto a mi casa por el mismo motivo. Todavía no he notado que lamente la muerte de Edmund.

−Usted no sabe lo que yo siento −dijo Anthony, tenso.

−¿Por qué no pasó a ver a Edmund antes de que nos marcháramos a Italia? Sé que le habría gustado mucho. Por alguna razón que desconozco, Edmund lo apreciaba mucho. Confiaba en usted. Hasta llegó a decirme que si alguna vez necesitaba algo, me dirigiera a su tío −afirmó−. Pero no se preocupe. No le conté lo sucedido. Ni le dije que usted sería la última persona del mundo a quien pediría ayuda.

Anthony sintió las palabras de Eleanor como si fueran un puñetazo, y no entendió por qué. Aquella mujer era totalmente irracional y su actitud no debía sorprenderle. Además, le disgustaba y sabía que el sentimiento era mutuo. Tal vez se sintiera físicamente atraído por ella, pero despreciaba a la persona que se ocultaba tras esa hermosa fachada.

−No vine a ver a Edmund a esta casa porque no

quería verlo en compañía de usted −declaró−. Pero hablé con él en su club.

−Ah, comprendo. De modo que sólo pretendía evitarme. Por supuesto.

Eleanor retrocedió. La declaración de lord Neale le había dolido, aunque no tuviera nada de sorprendente. Sabía que la despreciaba.

Anthony notó la expresión de dolor en su rostro, pero hizo caso omiso.

−Sólo me preocupaba el bienestar de mi sobrino. Piense lo que piense sobre mí, le aseguro que usted no me conoce en absoluto.

−En tal caso, señor, estamos en la misma situación. Usted tampoco sabe nada de mí −afirmó, orgullosa.

−Tal vez, pero conozco a las mujeres de su clase. Sé lo que una mujer tan bella como usted puede hacer con un hombre. Sé que puede enfrentarlo a las personas que lo quieren, que lo puede destruir hasta que no se preocupe por nada ni por nadie excepto por ella.

Anthony no apartó la vista de su cara. Y mientras hablaba, se fue acercando a Eleanor como si sus propias palabras lo empujaran. Palabras que, poco a poco, bajaron de tono y se convirtieron en una caricia mortal.

−Sé lo que puede sentir un hombre cuando usted le sonríe. Conozco el deseo que puede crecer en su interior, el hambre de tocarla, un impulso que lo llevaría a hacer cualquier cosa.

Eleanor se quedó donde estaba, incapaz de moverse, atrapada por el flujo ronco de sus palabras como si la hubiera hechizado. Anthony siguió avanzando y enseguida se encontró ante ella. Sus ojos ardían con deseo, y Eleanor se sintió dominada por una pasión que la llenó de calor y necesidad.

—Cuando eso sucede, lo demás no importa —continuó él, devorándola con los ojos—. Nada ni nadie importa. Sólo usted y la dulce atracción de su boca, sólo usted y el contacto de satén de su piel...

Anthony inclinó la cabeza y la besó. Eleanor se puso instintivamente de puntillas y se dejó llevar al sentir el calor de sus labios. Nunca había sentido un deseo como aquél. Él la abrazó con fuerza, apretando sus duros huesos y músculos contra sus femeninas curvas. El contraste excitó a Eleanor más de lo que habría creído posible.

Notaba que sus senos se habían tensado, que sus pezones se habían endurecido, que sus entrañas ardían. Nadie la había besado antes de ese modo, con los dientes, con la lengua, con pasión sin freno. Ningún hombre se habría atrevido a hacerlo. Y Eleanor, que siempre se había creído inmune a la pasión, se encontró irremediablemente atrapada por ella.

Se estremeció, se apretó contra él y quiso más.

Al cabo de un rato, Anthony dejó de abrazarla y retrocedió. Pasaron varios segundos sin que hicieran otra cosa que mirarse, incapaces de hablar y de actuar en ningún sentido. Entonces, él se acercó otra vez. Eleanor distinguió sus propósitos en la fuerza de su mirada, pero no se movió. El orgullo, herido, rompió la magia.

—¿No tiene miedo de que manche su reputación? —preguntó con amargura.

—No me importa en absoluto —murmuró, mientras la atraía hacia él.

—¡Basta!

Eleanor se alejó, irritada, con la cabeza alta y las mejillas ruborizadas. No iba a permitir que el deseo se adueñara de ella y la convirtiera en esclava de la pasión. Se negaba a entregarse a un hombre que no le tenía ningún aprecio y que, por si fuera poco, la encontraba despreciable e indigna.

Lord Neale apretó los dientes. Por su expresión, era evidente que también dudaba entre el deseo y la ira.

—Eleanor...

—Déjeme —dijo, con tono de acusación.

Como Anthony parecía dudar, añadió:

—¡Váyase! Salga de mi casa.

Él asintió, dio media vuelta y salió del despacho.

Eleanor notó que sus piernas temblaban tanto que apenas se podía sostener. Se acercó a la butaca y se sentó en ella. Se había quedado sin aliento.

¿Qué le había pasado? Unos minutos antes, habría jurado que lord Neale era el hombre más repugnante de la Tierra. Y sin embargo, se había derretido entre sus brazos al sentir el contacto de sus labios.

Se llevó una mano a la boca. Sus labios. Todavía podía sentir el calor y la humedad de sus besos. Pero eso no era lo peor; recordaba muy bien, perfectamente, que ella lo había besado con una pasión idéntica.

—Anthony —murmuró, saboreando su nombre.

Acababa de conocer la fuerza del deseo. Pero, por desgracia, su objeto no era otro que lord Neale, el peor y el más implacable de sus enemigos.

Eleanor estaba leyendo la correspondencia, a la mañana siguiente, cuando Zachary entró en la habitación. Abrió la puerta y dudó, como si no quisiera interrumpirla, pero ella se alegró de que la interrumpiera. No había conciliado el sueño en toda la noche, y ahora le costaba concentrarse en el trabajo.

—Zachary... entra, por favor —dijo, sonriendo.

—John ha dicho que deseaba verme.

—Sí, en efecto, pero siéntate...

Eleanor hizo un gesto hacia la silla que estaba al otro lado de la mesa. Zachary se sentó y cruzó las manos, expectante.

—Tengo un encargo para ti.

Zachary inclinó la cabeza.

—Por supuesto. Estaba trabajando con los libros de contabilidad, pero supongo que eso puede esperar.

—Bien. Porque quiero que averigües todo lo que puedas sobre lord Neale.

Zachary la miró con sorpresa.

—¿Sobre lord Neale? ¿Sobre el hombre que estuvo aquí, anoche? —preguntó—. ¿El tío de sir Edmund?

—Sí. No se puede decir que confíe en él.

Zachary frunció el ceño.

—¿Cree que tiene algo que ver con el ladrón?

—¿Qué? Oh, no, no... La verdad es que esa posibilidad no se me había pasado por la cabeza, pero supongo que no tiene nada que ver. Seguramente fue un intento de robo normal y corriente —declaró.

Zachary se encogió de hombros.

—Tal vez, pero yo diría que el comportamiento del ladrón fue bastante extraño. ¿Por qué entró en la casa a una hora tan temprana? Cualquiera habría imaginado que habría alguien despierto. ¿Y por qué empezó por su dormitorio? Un ladrón normal habría esperado a que todo el mundo estuviera durmiendo —observó—. Además, habría empezado por la planta baja y luego habría buscado los objetos valiosos de la caja fuerte y del *office*.

—Sí, eso sería lo más lógico —dijo Eleanor—. ¿Tienes alguna idea sobre el motivo por el que actuó de ese modo?

—Lo único que se me ocurre es que estuviera buscando algo concreto en su dormitorio. De ser así, seguramente también sabría que usted no estaría en casa a esas horas y que podría buscar sin que lo molestaran. Es posible que estuviera vigilando la casa y que la viera salir en el carruaje —respondió.

Eleanor asintió, pensativa.

—Es posible, sí. Pero también pudo saberlo a través de otras personas.

—¿Está pensando en lord Neale?

Eleanor volvió a asentir. La idea de que Anthony estuviera relacionado con el intento de robo la hacía sentirse enferma.

—Sí —respondió—. ¿Pero qué estarían buscando?

—No lo sé. Si no se trataba de un objeto valioso, tal vez sea algo de importancia por algún otro motivo. Un documento o algo así.

—No guardo nada parecido en mi dormitorio.

—Puede que el ladrón no lo supiera.

Eleanor negó con la cabeza.

—De todas formas, no se me ocurre lo que podía estar buscando.

Se preguntó si lord Neale querría echar mano al testamento de Edmund, pero le pareció ilógico. Si lo quería, sólo tenía que pedirlo. Al fin y al cabo se lo iba a enseñar a lady Honoria y también lo vería él, como miembro de la familia. Nadie organizaba un robo para ver un testamento al que podía acceder sin problemas. A no ser, por supuesto, que su intención fuera otra. Por ejemplo, destruirlo.

No estaba segura de lo que pasaría si alguien llegaba a destruir el testamento. Imaginaba que la fortuna se repartiría de acuerdo a lo dispuesto por la ley. Aunque no conocía bien la legislación inglesa, supuso que una parte se la quedaría ella, en calidad de viuda, y que el resto terminaría en manos de la madre o de la hermana de Edmund. Pero Samantha era menor de edad, así que Honoria controlaría el dinero en cualquiera de los dos últimos casos.

Frunció el ceño, preocupada, y se preguntó si ése había sido el verdadero objetivo del ladrón.

—También es posible que no buscara nada en concreto –dijo Zachary–. Puede que sólo quisiera asustarla.

–¿Asustarme? ¿Por qué?

Antes de que terminara de formular la pregunta, Eleanor supo la respuesta. Honoria y Anthony querían que abandonara el país para quedarse a cargo de la fortuna. Una de las formas de conseguirlo era esparcir rumores que destruyeran su reputación y su vida. Otra, asustarla. Era bastante lógico.

Sintió una punzada en el estómago. Cuantas más vueltas daba al asunto, más evidente le parecía que lord Neale tenía alguna relación con el robo. El simple hecho de que estuviera con ella la noche anterior resultaba una coincidencia más que inquietante. Si alguien llegaba a sospechar de él, tendría la coartada perfecta.

Pero no tenía ninguna prueba. Sólo eran conjeturas sin base. Así que decidió olvidar el asunto. Por el momento.

–Bueno, también es posible que sólo fuera un ladrón sin segundas intenciones. Sea como sea, tomaremos las precauciones adecuadas. Ya le he pedido a Bartwell que compruebe puertas y ventanas antes de ir a dormir, y supongo que durante los próximos días deberíamos mantener de guardia a un par de criados.

Zachary apretó los dientes.

–Sí, estoy de acuerdo. Es una suerte que Kerani no resultara herida.

Eleanor miró con interés a su asesor financiero.

–¿Kerani sabe lo que sientes por ella?

Zachary la miró con sorpresa.

–No. ¿A qué se refiere, señorita?

Eleanor arqueó una ceja.

—Lo sabes de sobra. Kerani te gusta. Te sientes atraído por ella desde el día en que la conociste —afirmó.

Zachary estaba tan alarmado que se olvidó del usted y de la distancia de respeto que se imponía cuando estaba con ella.

—Por Dios, Eleanor, te ruego que no se lo digas. Prométeme que no le dirás nada.

—Si no quieres, no lo haré. Pero no comprendo por qué te empeñas en mantenerlo en secreto. ¿Cómo esperas ganarte su corazón si no sabe lo que sientes?

—Dudo que pueda ganarme su corazón. Yo no soy... en fin, no creo que llegara a considerar la posibilidad de aceptarme.

—No sé por qué piensas eso, teniendo en cuenta que ni siquiera le has dado la oportunidad —observó Eleanor—. Yo diría que te tiene en gran aprecio.

—Me está agradecida, eso es todo. Siente por mí lo mismo que por ti. Te adora porque la rescataste del horror que la esperaba.

Zachary se refería a una costumbre india bastante macabra. En determinadas zonas, la esposa de un hombre difunto debía acompañarlo en la pira crematoria. Por suerte para Kerani, Eleanor viajó a la India en compañía de Zachary y Bartwell para estudiar la posibilidad de comprar cierta mina de rubíes. Una noche se encontraron con Kerani en una de esas piras. La habían atado junto a su difunto marido y estaba tumbada sobre la leña, esperando a que la prendieran fuego. Bartwell y Eleanor interrumpieron el acto a punta de pistola, mientras Zachary trepaba por la pira para cortar sus ligaduras y liberarla.

Como Kerani sabía que ya no sería bienvenida entre su gente, decidió marcharse con ellos. E insistió en hacerse cargo de los niños para hacer algo útil.

—Han pasado varios años desde entonces —le recordó Eleanor—. Ahora te conoce y te aprecia por lo que eres, no porque la rescataras.

—Pero Kerani es de una casta superior. No podría verme como su igual.

Eleanor hizo un gesto de desdén.

—Dudo mucho que, después de lo que estuvo a punto de sufrir, todavía comparta las creencias de su gente. Además, insisto en que no le has dado la oportunidad de demostrarlo. Eres un buen hombre, Zachary; un hombre atractivo, con un buen empleo, y estoy segura de que serías un buen marido.

Zachary agradeció el comentario con una sonrisa de timidez.

—Bueno, es verdad que he ahorrado algún dinero. Pero no lo suficiente como para poder ofrecerle el matrimonio.

Eleanor conocía a Zachary y sabía que discutir con él no llevaba a ninguna parte. De modo que decidió ser más directa.

—Deberías arriesgarte y confesarle tus sentimientos. Sospecho que Kerani preferiría vivir contigo a dedicar su vida a cuidar de dos niños.

Zachary negó con la cabeza y frunció el ceño.

—Nosotros no somos como tú, Eleanor. Tú siempre eres tan segura... siempre sabes lo que es correcto. En mi caso, me temo que soy bastante más inseguro.

Eleanor sabía lo que pensaban los demás y el comentario de Zachary no le sorprendió en absoluto.

Además, generalmente era cierto; tenía confianza en sí misma y era una mujer resolutiva. Pero acababa de toparse con la excepción a la norma: lord Neale. Con él, no sabía qué hacer ni qué pensar.

—Está bien, no pretendía presionarte —concluyó Eleanor—. ¿Te encargarás del asunto de lord Neale?

—Sí, por supuesto. ¿Qué quiere exactamente que haga? —preguntó, volviendo a la formalidad del usted—. ¿Le interesa su estado financiero? ¿O busca información más personal?

—Lo que tú consideres pertinente. Supongo que podrías empezar por sus finanzas. Investiga cualquier cosa que lo pueda relacionar con el intento de robo de anoche.

—Muy bien. Empezaré de inmediato.

Cuando Zachary se marchó, Eleanor se quedó unos minutos a solas, pensando. Y así estaba, con la mirada tan perdida como el pensamiento, cuando uno de los criados llamó a la puerta y le anunció visita.

Su corazón se animó. Tal vez fuera Anthony.

—¿Quién es, Arthur?

—Un extranjero, milady —respondió, mientras le acercaba la bandejita habitual con una tarjeta.

Eleanor tomó la tarjeta y leyó el nombre.

—¿Darío Paradella? ¿Darío? —se preguntó en voz alta, sonriendo—. Por favor, Arthur, hazlo pasar sin tardanza y llévalo al salón. Estaré con él en un momento.

El hombre que la esperaba en el salón era más o menos de la altura de Eleanor. Atractivo, delgado, de pelo oscuro y corto, pero no tan corto como para que no se le formaran algunos ricitos. Llevaba un traje impecable y su elegancia estaba a la altura de la belleza de sus ojos y de su piel morena. Al verla entrar, sonrió, se levantó y se acercó a ella para besarle la mano.

—Lady Scarbrough... me alegro mucho de verla.

—¿Lady Scarbrough? ¿Y además me hablas de usted? Cuántas formalidades, Darío. Antes me llamabas Eleanor, simplemente.

Darío se encogió de hombros.

—Bueno, no estaba seguro de que fuera lo correcto. Inglaterra no es Italia. Aquí son bastante más rígidos.

—Pero yo no lo soy —puntualizó ella, con una gran sonrisa.

Ver a Darío le producía una combinación de alegría y de tristeza. Había sido el mejor amigo de Edmund en Italia, pero también lo había animado a practicar la vela. Darío Paradella era un caballero rico y educado, mecenas de muchos artistas y amante de las conversaciones intelectuales. Su presencia le recordó inmediatamente las largas veladas con Edmund y sus amigos, siempre entre risas y hasta altas horas de la noche.

—Por favor, siéntate. ¿Te apetece un té? ¿O un café, quizás? Sí, supongo que prefieres café... —dijo.

—No te molestes. Sólo quería verte. Tienes muy buen aspecto... ¿cómo te encuentras?

—Bien, gracias. Echo de menos a Edmund, por supuesto, pero... en fin, supongo que la vida sigue —dijo con tristeza—. Prefiero que hablemos de ti. ¿Qué te trae a Inglaterra?

—¿Y tú me lo preguntas? La vida en Nápoles se volvió terriblemente aburrida cuando te marchaste —respondió.

Eleanor rió.

—Adulador...

Darío le dedicó una sonrisa blanquísima.

—Me limito a decir la verdad. Me aburría, así que decidí viajar un poco. Y Edmund hablaba con tanto cariño de Inglaterra... decía que en Italia se sentía mucho mejor, pero que su corazón estaba aquí.

—Es comprensible —dijo ella—. No en vano, era inglés.

—Sea como sea, decidí venir y conocer el país.

—¿Y cuánto tiempo piensas quedarte?

—Unas semanas, un mes... todavía no lo sé.

—¿Hasta que te aburras otra vez? —aventuró Eleanor.

—Ah, me conoces demasiado bien...

—Bueno, en tal caso tendremos que asegurarnos de que te diviertas lo suficiente. Así no tendrás deseos de marcharte —comentó ella—. Mira, mañana por la noche voy a ir a la ópera. Los espectáculos de aquí no están a la altura de los de Nápoles y seguramente lo encontrarás decepcionante, pero ¿te gustaría acompañarme?

—Estaré encantado —dijo Darío, llevándose una mano al corazón—. Será un placer y un honor para mí.

Cuando a la noche siguiente entró en el edificio de la ópera, del brazo de Darío Paradella, Eleanor se alegró de volver a tener vida social. Se acordó de los espectáculos a los que había asistido en compañía de sir Edmund, pero el recuerdo fue más dulce que doloroso. Había pasado tantos meses recluida que casi había olvidado lo mucho que extrañaba el trajín y el bullicio de esas cosas. Era como volver a la vida, y se detuvo un momento para disfrutar de la visión de las joyas, brocados, terciopelos, satenes, en toda la gama desde el blanco de los vestidos de las debutantes hasta los colores atrevidos de las damas que iban a la moda.

Eleanor había optado por seguir de medio luto. Se había puesto un elegante vestido de satén, blanco y negro, complementado con un collar de diamantes tan brillantes como el hielo y varias horquillas, también de diamantes, en el pelo. Incluso antes de recibir los cumplidos de Darío, sabía que su aspecto era magnífico. De hecho, deseó que lord Neale asistiera a la ópera para que fuera testigo de su entrada. Así aprendería que no se dejaba amedrentar por nadie y, de paso, la espléndida visión de su figura tendría un efecto catastrófico en el pulso de su enemigo.

Eleanor se recordó que no estaba allí por lord Neale. A fin de cuentas, cabía la posibilidad de que no se encontrara presente entre los asistentes al espectáculo. Hasta logró convencerse de que no miraba a su alrededor por ver si podía localizarlo.

Mientras ascendían por los escalones de mármol, notó las miradas que se fijaban en ellos. Hacían una pareja perfecta. Darío, tan atractivo como siempre, llevaba traje oscuro y camisa blanca, así como un pañuelo blanco con un rubí del tamaño de un pulgar. Pero su físico y su aspecto extranjero habrían llamado la atención de todas formas.

Por supuesto, habría habladurías. Su matrimonio con sir Edmund le había abierto las puertas de la alta sociedad, pero sabía que no la consideraban uno de ellos y que jamás lo harían. Además, algunos la criticarían por llevar únicamente medio luto cuando sólo habían transcurrido seis meses desde el fallecimiento de su marido. Se preguntó si lord Neale y su hermana, Honoria, contribuirían a alimentar los rumores.

Darío y ella tomaron asiento. Eleanor sacó los gemelos de teatro, habituales en todas las salas, y examinó a la audiencia con detenimiento. Vio a los mortalmente aburridos Colton-Smythe, la pareja que la había acompañado durante el viaje de Italia a Inglaterra. Estaban en un palco al otro lado del patio de butacas, charlando con un hombre de mediana edad que le resultó familiar. Era un hombre atractivo, de ojos oscuros y cara más bien ascética, con canas en las sienes.

Colton-Smythe la vio en ese momento e inclinó la cabeza a modo de saludo. Ella devolvió el gesto, a sabiendas de que aprovecharían el intermedio para acercarse a su palco.

Cuando se giró hacia Darío para hablarle de la pareja, descubrió que él también los estaba mirando, pero con ojos entrecerrados.

—¿Conoces al señor y a la señora Colton-Smythe? —preguntó, vagamente sorprendida.

—¿Ella es la mujer que lleva ese vestido de color tan desafortunado? —respondió—. ¿Cómo lo definirías?

—Yo diría que es espantoso. En cuanto al color, es morado; un color que la mayoría de la gente no debería llevar. El hombre calvo que está sentado a su lado es su esposo. Pero los miras como si los conocieras de algo...

—Me resultan familiares, aunque no los conozco. En cambio, tengo la desgracia de conocer al hombre que los acompaña. Es Alessandro Moncari, el conde de Graffeo.

—Ah.

Eleanor reconoció el nombre y el título. Darío formaba parte del grupo de jóvenes intelectuales napolitanos que deseaban un gobierno democrático para la ciudad y que luchaban por la unificación de Italia y el fin de los pequeños estados independientes. El conde de Graffeo era uno de los conservadores aristócratas que apoyaban al rey de Nápoles y a su gobierno, obviamente en contra de cualquier cambio.

—Es un individuo despreciable —declaró Darío, con un gesto de desagrado.

A Eleanor le sorprendió la reacción de su amigo. Por lo visto, estaba muy comprometido con el movimiento por la democracia y la unificación de Italia.

Darío notó su mirada y forzó una sonrisa.

—Tenemos bastantes diferencias, por así decirlo.

Eleanor, que había asistido a muchas discusiones de Edmund, Darío y otros amigos sobre cuestiones políticas del Reino de Nápoles, sonrió con debilidad.

—Sí, lo sé. Recuerdo que a Edmund tampoco le gustaba.

Eleanor simpatizaba con las ideas del grupo de Darío. Tras la derrota de Napoleón y la expulsión de sus tropas, esperaban conseguir un gobierno nuevo y democrático. Odiaban a los invasores franceses, pero eso no significaba que tuvieran el menor aprecio por el régimen autárquico que existía con anterioridad. Por desgracia, el Congreso de Viena había hecho lo posible por dejar Europa tal y como estaba antes de las guerras napoleónicas, y como resultado, se había reinstaurado el Reino de Nápoles. El rey reafirmó su poder absoluto y eliminó cualquier esperanza de acceder a una monarquía constitucional como la que regía en Gran Bretaña.

Sin embargo, Eleanor nunca había compartido la pasión de Edmund por esos temas. Y desde luego, no estaba particularmente interesada en debatir sobre cuestiones políticas en ese momento.

Alzó de nuevo los gemelos y olvidó el asunto del conde de Graffeo. Justo entonces, distinguió la silueta de lord Neale.

Eleanor gimió y bajó los gemelos de inmediato. Su corazón se había acelerado.

Darío la miró con curiosidad.

—¿Te encuentras mal? —preguntó.

—No, no —dijo, soltando una risita de nerviosismo—. Es que acabo de ver a un conocido. No esperaba verlo esta noche.

Eleanor volvió a mirar a Anthony. También estaba en un palco del otro lado de la sala, aunque a un nivel inferior. No había nadie con él, y en ese momento echaba un vistazo a su alrededor con manifiesto desinterés.

Enseguida, vio a Eleanor. Ella inclinó la cabeza, pero de forma imperceptible, lo justo para cumplir las normas de cortesía. Sabía que se había ruborizado y esperó que lord Neale no distinguiera su rubor en la distancia.

Él le devolvió el saludo y su mirada pasó a Darío, en quien se detuvo un momento antes de volver a mirar a Eleanor. Ella apretó el abanico con más fuerza y tuvo que obligarse a apartar la vista y mirar a otra parte; a cualquiera, con tal de que no fuera lord Neale. Durante los segundos siguientes, prestó bastante más atención a las pesadas cortinas rojas del escenario de la que sin duda merecían.

Pasado un tiempo prudencial, giró la cabeza y volvió a mirar hacia el palco de Anthony. Ya no la miraba a ella. Eleanor lo observó durante un momento y acto seguido se concentró en el foso de la orquesta, donde los músicos habían empezado a afinar los instrumentos.

Por suerte, Darío estuvo callado durante la obra. Eleanor detestaba sentarse con personas más interesadas en charlar de ropa, moda y muebles, o en cotillear sobre los presentes, que de disfrutar del espectáculo.

Por fin, llegó el intermedio: el verdadero aliciente para la mayoría de los espectadores. Todo el mundo se levantó de sus asientos. Algunos caballeros se dirigieron a buscar refrigerios para las damas que los acompañaban. Otras personas, hombres y mujeres por igual, permanecieron en los corredores exteriores para mirar y ser vistos. Y también había quien se acercaba a saludar a algún conocido, frecuentemente con la esperanza de que lo invitaran a quedarse en su palco durante el resto de la representación.

Eleanor tuvo la impresión de que la práctica totalidad de sus conocidos se pasaron por el palco para presentarle sus respetos. La situación le habría resultado más agradable de no haber sospechado que la mayoría sentía más curiosidad que aprecio por ella. Y casi toda la curiosidad, al menos en lo relativo a las mujeres, se debía a Darío.

Naturalmente, Eleanor cumplió con la obligación social de presentar a su amigo. Las mujeres reían y coqueteaban sin temor con Darío, quien, a su vez, les dedicaba sonrisas capaces de romper cualquier corazón y respondía a sus juegos con atrevimiento y miradas intensas y seductoras.

Los Colton-Smythe se presentaron en compañía del conde de Graffeo. Eleanor lanzó una miradita a Darío, preocupada por su reacción al encontrarse ante un hombre al que despreciaba. Sin embargo, se mostró muy educado; aunque más bien tenso y ciertamente más taciturno de lo normal en él.

El conde besó la mano de Eleanor con un encanto muy italiano.

—Lady Scarbrough... Ardía en deseos de conocerla.

Su voz era profunda y cálida, en contraposición con la frialdad y contención de su semblante.

—Conde... Creo que ya conoce al señor Paradella, amigo de mi difunto esposo.

El conde miró a Darío y asintió.

—Sí, por supuesto. *Buona sera, signore.*

Darío respondió de forma igualmente seca y educada, y el conde se giró de nuevo hacia Eleanor.

—Permítame que le ofrezca mis condolencias por el fallecimiento de su marido, milady. El espectáculo de hoy no se puede comparar con la música de sir Edmund Scarbrough. Era un genio. Sé que se le echará mucho de menos. Y no sólo aquí, sino también en Italia.

Aunque sus palabras fueran perfectamente corteses, en sus ojos había una expresión extraña, casi vigilante, que hizo que se sintiera incómoda. Tuvo la sensación de que observaba su reacción con más interés del normal.

—Gracias, conde —dijo con formalidad—. Todos lo extrañamos mucho.

El conde hizo otra reverencia y pasaron a las despedidas de rigor. Acto seguido, los Colton-Smythe se marcharon con su invitado, al que obviamente tenían en gran estima. Eleanor frunció el ceño e intentó discernir por qué le había inquietado tanto la presencia de aquel hombre.

—No te preocupes por él —dijo Darío en voz baja—. No merece la pena.

Eleanor lo miró, extrañada por el comentario. Aunque ella se había sentido incómoda, las palabras del conde no parecían encerrar nada fuera de lo común. ¿Habría notado Darío su incomodidad? ¿O también había encontrado algo sospechoso en las condolencias del conde?

Antes de que pudiera preguntárselo y salir de dudas, alguien llamó a la puerta del palco. Un segundo después, apareció Anthony.

Eleanor se puso tensa y apretó el abanico. Todos los pensamientos sobre el conde de Graffeo desaparecieron de su mente.

—Lord Neale...
—Milady.

Anthony inclinó la cabeza. Miró rápidamente a Darío y se volvió de nuevo hacia Eleanor, con una pregunta en los ojos.

Era evidente que esperaba que los presentara. Y Eleanor lo hizo, aunque con cierto fondo de ironía.

—Permítame que le presente al señor Paradella, milord. Era amigo de sir Edmund.

—Ah, comprendo. Supongo que ha viajado desde Nápoles para visitar a la viuda de su amigo. Es muy amable por su parte —dijo Anthony, con mirada tan fría como sus palabras.

Darío no pareció ofendido. Sólo vagamente divertido con la situación.

—Es todo un placer, milord. Se lo aseguro.
—¿Piensa quedarse mucho tiempo?
—Todavía no lo he decidido —respondió, amigablemente—. En parte, eso depende de lady Scarbrough.

Anthony no hizo ningún comentario al respecto. Se giró hacia Eleanor.

—Doy por sentado que tiene intención de ir a ver a Honoria para hablar sobre el testamento de Edmund.

—En efecto. Y llevaré sus cenizas para que descansen en la cripta familiar.

—Honoria me ha pedido que esté presente —dijo lord Neale.

—Lo comprendo —dijo ella, en tono igualmente neutro.

En ese momento, Darío intervino con una declaración emocionada que sorprendió tanto a lord Neale como a la propia Eleanor.

—Te ruego que permitas que te acompañe —dijo—. Me gustaría ver la casa de los antepasados de mi amigo y despedirme de él.

—Sí, por supuesto —dijo ella sin tardanza—. Discúlpame; pensaba pedírtelo más tarde. Me sentiré honrada con tu compañía.

Eleanor miró a Anthony, que observaba a Darío con un vago desagrado. Habría invitado a Darío de todas formas, puesto que había sido uno de los mejores amigos de su difunto esposo. Pero la evidente desaprobación de lord Neale endulzó el momento.

—En tal caso, los veré allí —dijo Anthony—. Milady...
—Milord...

Anthony dio media vuelta y salió del palco tan abruptamente como había entrado.

—Un hombre extraño —comentó Darío.

—Sí —dijo ella, encogiéndose de hombros—. Parece que ser grosero es una de las características más notables de su carácter.

—Creo que no le he caído bien —comentó Darío, sonriendo.

—Siente lo mismo por mí, créeme.

—¿Por ti? —preguntó con escepticismo—. Lo dudo. Yo diría que mi presencia le ha disgustado porque estaba celoso. Sospecho que se siente más atraído por ti de lo que le gustaría.

Eleanor recordó el beso que se habían dado y se ruborizó levemente. Intentó convencerse, como tantas otras veces desde entonces, de que no había significado nada. Se dijo que sólo había sido un impulso, una breve tentación de la que ambos se habían arrepentido. Estaba segura de que lord Neale también intentaba olvidarlo.

En cualquier caso, rogó que Darío no hubiera percibido su rubor. Le echó una miradita, pero no pudo interpretar la expresión de su amigo, que se limitó a sonreír con calidez.

—Ningún hombre podría resistirse a tus encantos, milady. Ni siquiera un frío inglés —dijo—. A mí me ocurre lo mismo.

Eleanor sabía que Darío era un seductor natural. Coquetear era, para él, un acto tan normal y corriente como respirar. Por eso, tampoco pudo saber si sólo pretendía halagarla o si estaba hablando en serio. Esperaba que fuera un simple halago, porque no tenía el menor interés romántico por Darío. Lo apreciaba como amigo y por supuesto lo tenía por un hombre atractivo muy capaz de ganarse la atención de las mujeres, pero no despertaba en ella ninguna emoción intensa, ningún deseo.

De hecho, y por extraño que fuera, solamente había un hombre que le inspirara esos sentimientos.

Inquieta por la deriva de sus pensamientos, sonrió a Darío e intentó olvidar el asunto.

—Vamos, Darío, ambos sabemos que no estás hablando en serio.

—¡Eleanor! ¿Cómo es posible que me hieras de ese modo?

Darío se llevó una mano al corazón y la miró con expresión apesadumbrada. Pero entonces rió y los dos se sentaron para contemplar el segundo acto de la ópera.

Fueran cuales fueran sus motivos, Darío insistió en seguir pegado a Eleanor. A la tarde siguiente, quiso acompañarla a la biblioteca. Ella pensó que seguramente tenía cosas más interesantes que hacer que pasear por las calles de la ciudad, pero su conversación le resultaba agradable. Sin embargo, cuando le planteó la posibilidad de que asistiera con él a una obra de teatro, ella declinó la invitación y comentó que su presencia constante desataría los rumores, sobre todo teniendo en cuenta que dos días más tarde la iba a acompañar a Kent.

La oferta de ir con ella a la casa de Honoria había sido toda una sorpresa. Desde luego, Darío había sido uno de los mejores amigos de Edmund. Sin embargo, Eleanor había supuesto que no querría acompañarla a una reunión que implicaba un viaje relativamente largo. Ya había asistido a la ceremonia de incineración y sabía que tampoco había sido agradable para él. En cierto modo, el fallecimiento de Edmund habría resultado más llevadero si hubiera tenido un entierro normal.

De todas formas, le alegraba la perspectiva de viajar en su compañía y de contar con un amigo en la casa de lady Honoria. Si había una persona en el mundo capaz de cautivar a la madre de Edmund, esa persona era Darío Partarella. Y si no lo conseguía, al menos tendría alguien con quien hablar.

El día anterior a que partieran hacia Kent, Zachary quiso hablar con ella. Eleanor lo invitó a entrar en el despacho, donde se sentaron.

—Tengo la información que había pedido, señorita.

—¿La información sobre lord Neale? ¿Qué has averiguado?

Zachary le dio varios papeles.

—Como no estaba seguro de lo que pretendía, he hecho una investigación general. Es el sexto conde de Neale. Su familia recibió el título de manos de Enrique VIII, aparentemente como recompensa a su lealtad —explicó—. Antes, eran barones. La madre de Anthony Neale era la honorable Genevieve Carruthers, también de buena familia, aunque de menor importancia. Fue la segunda esposa del padre de lord Neale. La primera, fue la madre de lady Honoria. He averiguado que el hombre se volvió a casar por tercera vez, porque la segunda falleció cuando lord Neale sólo era un niño... es la condesa de Dowager, que todavía sigue viva y reside en Brighton. El quinto conde murió hacia diez años y el título pasó a su hijo.

—Veo que te has tomado en serio la investigación —observó ella.

—Eso pretendía —dijo, con una sonrisa—. Lord Neale está soltero, no se ha prometido nunca, y se le considera un gran partido; pero es tan independiente que la mayoría de las mujeres no se molestan en intentarlo. Ha habido rumores sobre relaciones amorosas, pero... bueno, supongo que esas cosas no le interesan. En cualquier caso, sólo son rumores. Por lo visto es un hombre que aprecia mucho su intimidad.

Contrariamente a lo que pensaba Zachary, Eleanor estaba muy interesada en las aventuras amorosas de lord Neale. Pero, por supuesto, se guardó el secreto y se limitó a asentir.

—Continúa.

—Se dice que lord Neale no se llevaba nada bien con su padre. Parece que tuvieron una fuerte discusión hace quince años, pero mis fuentes no han sabido explicarme por qué. Cuando falleció, todavía no se habían reconciliado.

—Es una pena. Pero, por otra parte, es comprensible. Lord Neale tiene un carácter bastante difícil —comentó.

—Según dicen, su padre no le andaba a la zaga. Lo conocían por el apelativo de «el conde de hierro». Su hijo tiene mejor fama.

—¿Sí?

—Sí. Y en cuanto a su estado financiero, que es lo que supongo que le interesa más, es un hombre extremadamente rico.

—Comprendo.

La noticia no le sorprendió. Durante la conversación con lord Neale, había empezado a sospechar que tal vez se había equivocado al pensar que pretendía el dinero de Edmund. Al lanzar la acusación, él había reaccionado con una mezcla de sorpresa y humor que la hicieron dudar. Por eso, en gran parte, le había pedido a Zachary que lo investigara.

—Los Neale tienen muchas propiedades y muy rentables —siguió Zachary—. Parece que su familia siempre ha dado importancia a la tierra, y obtiene beneficios sustanciosos con ella. Además, la madre de lord Neale era hija única de un hombre adinerado y dejó casi toda su fortuna a su hijo. Según he podido averiguar, no es el típico noble extravagante. No juega, no dilapida el dinero y es un inversor fiable y con éxito.

—Entonces, debe de ser más rico que Edmund —dijo ella.

—Sí, ciertamente. Yo diría que la fortuna de lord Neale es parecida a la suya, milady, o tal vez superior.

Eleanor asintió.

—Gracias, Zachary.

Su amigo y empleado salió del despacho. Ella se levantó y caminó hasta el balcón, desde donde estuvo contemplando el jardín.

Los datos de Zachary la habían dejado en un estado de cierta inquietud. Por una parte, le alegraba saber que lord Neale no era el hombre codicioso que había imaginado y que, a diferencia de la madre de Edmund, no pretendía vivir a costa de su fortuna. Pero, por otra, sentía un profundo dolor al comprender que lord Neale no había intentado evitar su matrimonio por motivos económicos, sino simplemente para salvar a su sobrino. Lo había hecho porque desconfiaba de ella.

El hombre que despertaba su deseo, la despreciaba. No era un descubrimiento especialmente agradable.

Eleanor parpadeó para secar las lágrimas que se le habían acumulado en los ojos. De todas formas, no podía hacer nada salvo viajar a Kent y enfrentarse a su implacable enemigo. El único hombre al que deseaba y, probablemente, el único que no podía tener.

Tedlow Park, el viejo hogar de la dinastía de los Scarbrough, era un edificio bello e intrincado, de ladrillo rojo y vigas vistas. La cimentación de la sección central, construida en tiempos de la reina Isabel I, era algo irregular y daba un aspecto ligeramente hinchado a la fachada. Con posterioridad, habían levantado alas nuevas en ambos extremos, donde se alojaban los Scarbrough. El resultado era una mansión grande pero hogareña, de una belleza algo enigmática.

Edmund había crecido en ella y la adoraba, pero Eleanor sólo había estado una vez, cuando fue a conocer a su madre, y la situación había sido bastante desagradable. Lady Honoria pasó de las lágrimas a las amonestaciones más graves, y al final se retiró a sus aposentos y se negó a comer con los recién casados, que se marcharon al día siguiente. Edmund regresó unos meses después, antes de que se marcharan a Italia; sin embargo, Eleanor tuvo la sensatez de permanecer en Londres.

Cuando el carruaje se detuvo, ella sintió una punzada de dolor. Lamentaba que Edmond no hubiera podido ver, una vez más, su casa.

Darío, mientras tanto, miraba por la ventanilla con curiosidad.

—De modo que esto es Tedlow Park —dijo, mientras contemplaba el edificio—. Sí, es tal y como la describió Edmund. No me la podía imaginar, pero ahora comprendo lo que quería decir. La describió como una casa tocada por la varita de un hada.

Eleanor sonrió.

—Sí. A mí también me lo dijo en alguna ocasión. No se puede negar que es un lugar con encanto —afirmó.

Darío salió del carruaje y la ayudó a descender. Estuvieron unos segundos allí, mirando la mansión, antes de dirigirse a la entrada.

—Supongo que la casa pertenece ahora al primo de Edmund, sir Malcolm Scarbrough —murmuró ella.

—¿La madre de Edmund no vive aquí? —preguntó Darío.

—No lo creo. Me pidió que nos reuniéramos aquí, pero la carta que me escribió tenía membrete de Bainbury Manor. Dijo que su casa es demasiado pequeña para recibir invitados, aunque desconozco lo que quiso decir con eso. Francamente, dudo que Honoria pretenda darme una recepción agradable aquí o en cualquier otra parte.

—Edmund me habló de ella. Parece una mujer algo... necesitada.

Eleanor asintió y suspiró.

—No quiero hablar mal de lady Honoria. A fin de

cuentas su hijo acaba de morir y es lógico que esté alterada. Además, en el futuro tendré que tratar frecuentemente con ella. Habría preferido que Edmund no me dejara a cargo de la fortuna de su hermana.

—Estoy seguro de que pensó que eras la persona más adecuada —dijo Darío—. Sentía un respeto casi reverencial por ti, como ya sabes.

—¿Reverencial? —preguntó, sorprendida—. ¿Cómo es posible? El genio era él...

—Sí, pero tú conoces muchos campos que Edmund desconocía. Tienes una gran inteligencia para las inversiones, los beneficios, los libros de contabilidad.

Eleanor sonrió al recordar.

—Ah, sí, decía que esas cosas le producían dolor de cabeza...

Un criado abrió la puerta y los llevó a una sala cercana. En su interior pudieron ver a una mujer de mediana edad y a una jovencita que todavía no tenía años para llevar falda larga; estaban sentadas en un sofá, junto a un joven que descansaba en una silla. Pero los ojos de Eleanor se dirigieron de inmediato al hombre que se encontraba a cierta distancia, de pie, apoyado en la encimera de la chimenea. Era lord Neale.

La mirada de Anthony se clavó al mismo tiempo en ella. Después, se apartó de la chimenea y avanzó.

—Lady Eleanor...

Lord Neale inclinó la cabeza y Eleanor le ofreció la mano. En ese momento notó que le temblaba ligeramente. Pero el cálido contacto de sus labios hizo que lo olvidara.

—Milord...

Eleanor intentó mantener la calma y esperó no haberse ruborizado, porque se sentía súbita y extrañamente acalorada. Incluso recordó la última vez que se habían visto. Por alguna razón, no podía quitarse aquel beso de la cabeza.

—Creo que ya conoce a mi hermana —dijo Anthony, girándose hacia el sofá.

—Buenos días, lady Honoria —dijo Eleanor.

—Buenos días, lady Eleanor.

Honoria iba de luto y llevaba un pesado velo negro que se había apartado para que le pudieran ver la cara. Su apariencia era tan exageradamente lastimera que casi resultaba cómica. Sin embargo, Eleanor notó que el vestido estaba confeccionado a la última moda y que la tela era de la seda más cara. Honoria seguía siendo una mujer atractiva y sabía vestir. Eleanor sospechó que no habría llevado luto durante tanto tiempo de no haber sido porque el color negro contrastaba bien con su piel clara.

Anthony le presentó después a la jovencita que estaba a su lado, Samantha. No era la primera vez que la veía, pero casi no la reconoció; había pasado un año y medio y la niña de entonces se había transformado en una preadolescente que no tardaría en hacerse mujer. También iba de negro, pero el color no le sentaba tan bien como a Honoria. Tenía el pelo de un color rubio muy claro, casi platino.

—Hola, Samantha —dijo Eleanor, mientras estrechaba su mano—. Me alegro de verte otra vez...

Samantha sonrió y su cara se iluminó. Eleanor pensó que se parecía mucho a Edmund.

—Yo también me alegro de verla, milady.

—Espero que esta vez podamos conocernos mejor.

—Me encantaría —afirmó la joven, que lanzó una mirada tímida a su madre.

Lady Honoria respondió frunciendo el ceño y apretando los labios. Samantha dejó de sonreír y miró a Eleanor con gesto de disculpa.

Eleanor hablaba en serio al afirmar que quería conocerla mejor. Se lo debía a Edmund, y tenía intención de liberarla, hasta donde fuera posible, del dominio de su madre; pero sabía que lady Honoria haría cualquiera cosa por evitarlo. En el mejor de los casos, sería un proceso largo. Y Eleanor no deseaba que la pobre chica terminara atrapada en el fuego cruzado entre su madre y ella.

Lord Neale se volvió hacia el otro hombre.

—Permíteme que te presente a sir Malcolm Scarbrough, primo de Edmund y nuevo dueño de Tedlow Park.

Malcolm Scarbrough se parecía un poco a Edmund. Era alto y delgado como él y también rubio. Pero la expresión de Edmund siempre había mostrado la inteligencia y el ánimo de un hombre que se interesaba por la gente; en cambio, el gesto de su primo sólo denotaba control.

—Milady... Bienvenida a mi hogar.

—Gracias, sir Malcolm.

Eleanor se giró entonces hacia Darío, de quien se había separado durante las presentaciones.

—Les presento a un buen amigo de sir Edmund, el señor Darío Paradella.

Darío hizo una elegante reverencia.

—Me siento honrado de conocerla, lady Honoria. Señorita Samantha, sir Malcolm... Y me alegro mucho de volver a verlo, lord Neale —declaró—. Espero que me perdonen por presentarme en su casa en circunstancias tan dolorosas para todos. Sir Edmund era un buen amigo mío, y deseaba presentarle mis respetos aquí, en el lugar que fue, durante tanto tiempo, su hogar.

Lady Honoria sonrió y extendió una mano para que se la besara. Obviamente no era inmune a los encantos de Darío.

—Lo comprendemos perfectamente y le agradecemos su interés, que sin duda le honra. Sé que Edmund habría apreciado su gesto, y sobra decir que estaremos encantados de tenerlo con nosotros —declaró Honoria—. Edmund era un hombre maravilloso y el mejor de los hijos. Si no se hubiera marchado de Inglaterra...

Honoria empezó a llorar. Samantha se inclinó sobre ella, le dio unas palmaditas en la espalda y murmuró palabras de ánimo. Sir Malcolm apartó la mirada con expresión de aburrimiento. Anthony apretó los dientes, pero no dijo nada.

La reacción más sorprendente fue la de Darío. Se acercó rápidamente a Honoria y le ofreció su pañuelo para que se enjugara las lágrimas. En un tiempo asombrosamente corto, sus atenciones lograron que lady Honoria dejara de llorar y sonriera.

—Creo que deberíamos ir a la iglesia —comentó Anthony—. El vicario estará esperando.

—Sí, por supuesto —dijo sir Malcolm.

El primo de Edmund parecía aliviado por el fin de la escena.

Darío ayudó a lady Honoria a levantarse del sofá y la acompañó al carruaje de sir Malcolm. Incluso se las arregló para sentarse junto a ella, y acto seguido lanzó una corta mirada y una sonrisa de complicidad a Eleanor, quien sonrió a su vez. Le había confesado a Darío que quería pasar más tiempo con Samantha, y su amigo había maniobrado con mucha inteligencia para que tuviera ocasión de hacerlo.

—Samantha, ¿por qué no vienes en mi carruaje? —preguntó Eleanor—. En el tuyo ya hay bastante gente. Así podríamos charlar un rato.

—Oh, me encantaría...

Samantha miró rápidamente hacia el otro vehículo, donde estaba su madre. Luego, se ajustó apresuradamente la pamela y subió al coche de Eleanor.

—Me parece una idea excelente —intervino Anthony—. Creo que las acompañaré.

Lord Neale se giró hacia uno de los criados y le dio orden de que atara su caballo al carruaje. Después, ofreció una mano a Eleanor para ayudarla a subir. Se comportaba de un modo casi tan encantador como Darío.

Eleanor se dijo que debía sentirse ofendida por su actitud, dado que se había invitado él solo a viajar en el carruaje. Sin embargo, su presencia la animó.

—Tiene unos caballos preciosos, milady —dijo la joven, refiriéndose a los animales del carruaje.

Anthony sonrió.

—Nuestra querida Samantha es una apasionada de los caballos —explicó él.

—Montar es mucho más divertido que estudiar cosas aburridas como geografía —declaró Samantha, con cierto descaro—. O que bailar... Mi madre me obliga a dar clases de baile con un tutor.

—¿Y no te gustan? —preguntó Eleanor.
—No. No hace otra cosa que sonreírme todo el tiempo. Así...

Samantha sonrió entonces con una especie de rictus que se parecía más a un gesto de dolor que a uno de simpatía.

—Además, siempre huele a caramelos de menta —continuó—. Y no es que no me gusten los caramelos de menta... es que creo que los toma para disimular su aliento a ginebra. Una vez vi que se metía un puñado en la boca antes de entrar en casa.

—Bueno, te aseguro que el baile te gustará mucho más cuando aprendas y vayas a fiestas —dijo Eleanor.

—Lo sé, pero todavía falta mucho tiempo para eso. Mi madre dice que no podré bailar en las fiestas del condado hasta que cumpla los diecisiete, es decir, hasta dentro de dos años... Aunque tampoco me importa. En esos actos no hay nadie interesante. Sólo van los amigos de mi madre y gente por el estilo. Y todos son terriblemente viejos.

—Querida mía, me has herido... —bromeó Anthony, sonriendo y llevándose una mano al corazón.

Eleanor pensó que la sonrisa de lord Neale era preciosa. Una de esas sonrisas capaces de levantar el ánimo de cualquiera. Se le formaba un hoyuelo en una mejilla, y su expresión, normalmente estoica, adquiría un fondo encantador. Tanto era así que, a pesar de sus diferencias, no pudo evitar sonreír a su vez.

—¿A mí también me cuentas en ese grupo? —continuó Anthony—. Lo digo porque pretendo sacarte a bailar cuando cumplas diecisiete. O tal vez, antes.

Samantha empezó a reír.

—No, no, por supuesto que no, tío Anthony. Tú no eres viejo. Bueno, al menos no eres viejo como el general Havermore o el señor Sotherton, ni como esos hombres que suelen asistir a los bailes de mi madre.

—¿Crees que alguno le robará el corazón? —preguntó su tío—. Yo diría que el general tiene posibilidades...

Samantha volvió a reír.

—Me estás tomando el pelo. Sabes que mi madre no se casaría nunca con el general. Es un anciano y además no tiene dinero suficiente.

La joven se llevó una mano a la boca y los miró con expresión de culpabilidad antes de seguir hablando.

—Oh, lo siento. No he debido de decir eso. Lo que realmente pretendía decir es que...

—No te preocupes, sabemos que no insinuabas nada malo —la tranquilizó Eleanor—. Una madre tiene que ser especialmente cuidadosa con ese tipo de decisiones, y estoy convencida de que lady Honoria es una mujer inteligente. Al fin y al cabo debe valorar no sólo lo que es bueno para ella, sino también para ti. Y lady Honoria no se ataría a nadie que no os pueda ayudar a ti y a ella de la manera adecuada.

Samantha la miró con alivio.

—Sí, por supuesto. Eso es verdad.

Eleanor vio que lord Neale la miraba con aprobación y respeto. Sin duda, esperaba que aprovechara la ocasión para animar a la joven a hablar mal de su madre. Pero Eleanor no era de ese tipo de personas, y se volvió a preguntar por qué motivo tendría tan mala opinión de ella.

Sin embargo, no era el momento más adecuado

para dejarse llevar por esos pensamientos. Así que retomó la conversación con Samantha.

—Cuando seas mayor y te presenten en sociedad, podrás bailar con personas de todo tipo. Y estoy segura de que entre ellas habrá muchos jóvenes.

Samantha suspiró.

—Mi madre no quiere que me presenten en Londres. Dice que tras la muerte de Edmund, somos demasiado pobres.

—Qué tontería —dijo Anthony, con cierta irritación—. Por supuesto que irás a Londres. Tendrás tu presentación cuando cumplas los dieciocho.

—Desde luego que sí —añadió Eleanor—. No te preocupes. Tendrás dinero de sobra.

—¿En serio? —preguntó Samantha, muy contenta—. Pero a mi madre no le gusta Londres... dice que es agotador.

—Le guste o no lo guste, irá —afirmó Anthony, serio.

—Y si no quiere ir, puedes quedarte en mi casa —se ofreció Eleanor.

—¿De verdad?

—Por supuesto —respondió Eleanor—. Edmund me ha dejado a cargo de tu fortuna y me encargaré de asegurar tu bienestar hasta que recibas la herencia. Mi posición social no es lo suficientemente importante como conseguirte la presentación en sociedad que mereces; sin embargo, tengo muchos y buenos contactos y te aseguro que harás tu debut con personas de tu categoría.

—Por eso no hay que preocuparse —intervino Anthony—. El apellido de Samantha le asegura una buena posición social.

—Ciertamente. Sin embargo, también necesitará una madrina de la alta sociedad... tal vez, mi amiga lady Barre. Sé que Juliana estaría encantada de ayudarme. Y si ella no puede, encontraremos a otra.

Anthony la miró con interés.

—¿Y cómo piensa encontrarla?

Eleanor le devolvió la mirada.

—He descubierto que siempre hay aristócratas con problemas y dispuestos a hacerse pasar por amigos a cambio de una suma generosa de dinero.

—Es una pena que una mujer tan joven y bella como usted se haya visto obligada a aprender cosas tan terribles —murmuró Anthony.

Las palabras de Anthony le gustaron tanto que Eleanor tuvo que apartar la mirada para que no notara su reacción.

—De todas formas, Samantha, sospecho que tu madre querrá estar presente en tu debut cuando sepa que se va a organizar de todas formas —continuó ella—. Una madre no se perdería nunca la presentación en sociedad de su hija.

—Tal vez, pero todavía falta tanto tiempo... —dijo Samantha, algo desanimada—. Ojalá pudiera ir a Londres y viajar a Italia como Edmund...

—Italia es preciosa, sin duda —dijo Eleanor—. Edmund y yo nos divertimos mucho en Nápoles. Y si quieres ir, te prometo que irás.

—¿En serio?

—Claro que sí. Cuando terminé los estudios, disfruté de un largo viaje por Europa. Es una experiencia que recomiendo a todo el mundo. El arte, la historia, la música... hay tantas maravillas por descubrir. Además, son cosas que deberían formar parte de la educación de cualquier dama.

Los ojos de Eleanor brillaron al recordarlo.

Durante el resto del trayecto a la iglesia, las dos mujeres se enfrascaron en una conversación sobre los tesoros del continente europeo. Sentado frente a ellas, lord Neale se contentó con contemplarlas y ofrecer, de vez en cuando y a instancias de su sobrina, algún comentario.

Se estaba divirtiendo mucho. Aquel día, Eleanor iba completamente de luto y sin más joyas que un relicario de oro. Pero no era mujer que necesitara de joyas, y la dureza del color negro realzaba a la perfección su gran belleza.

Sin embargo, la belleza distaba de ser su única virtud. Eleanor era una mujer muy inteligente y conversar con ella era todo un placer, tanto cuando desgranaba las maravillas de Italia como al reaccionar con ironía ante alguno de sus comentarios. No le extrañaba en absoluto que Edmund se hubiera enamorado de ella. Lo único extraño, en todo caso, era que la alta sociedad londinense no le hubiera dado su aprobación. Lord Neale siempre se había considerado un hombre con aplomo, capaz de controlar sus instintos y de no dejarse dominar por ellos, pero habían bastado unos minutos en su compañía para que perdiera el control y la besara sin pensar en las consecuencias.

Incluso ahora, al pensar en lo sucedido, se excitaba. No intentaba engañarse ni negar lo ocurrido. Sabía que había sido un error, pero la deseaba y el deseo había nublado su mente.

No obstante, la mayor consecuencia de aquel beso

estaba en el ámbito de sus convicciones. Al contemplarla allí, charlando con Samantha, empezaba a preguntarse si no se habría confundido con ella. Se había invitado al carruaje porque quería proteger a su sobrina de las maquinaciones de Eleanor, y se había llevado la gran sorpresa de que, lejos de pretender enfrentarla a lady Honoria, la había defendido.

Era evidente que había calado a la madre de Samantha y que sabía cómo pensaba. Tenía razón al afirmar que lady Honoria asistiría a la presentación de la joven. Honoria siempre había preferido el pequeño mundo de Kent al gran mundo de la capital, aunque Anthony sospechaba que el verdadero motivo de sus negativas a ir a Londres era su coquetería: la perspectiva de estar en sociedad como carabina de su hija no le hacía ninguna gracia. Sin embargo, al final asistiría aunque sólo fuera para robarle el puesto a Eleanor.

En cualquier caso, Eleanor no sólo no había criticado a Honoria sino que había hablado de ella con respeto y la había defendido ante la acusación lanzada por su hija.

Anthony empezaba a pensar que su influencia sobre Samantha podía ser muy positiva. Honoria nunca había sido una buena madre, y Eleanor había demostrado que podía ser amiga y tutora de la joven sin aprovechar la situación en beneficio propio.

Pero tampoco las tenía todas consigo. Todavía desconfiaba de Eleanor. Cabía la posibilidad de que lo sucedido sólo fuera una demostración de su gran talento como manipuladora. Si realmente ambicionaba el dinero, no tenía más remedio que ganarse su apoyo. A esas alturas ya se habría dado cuenta de que Honoria era una incompetente en cuestiones económicas y de que él era el único miembro de la familia que entendía de finanzas y que podía notar cualquier ilegalidad, por pequeña que fuese, en las transacciones que se hicieran con la fortuna. Si se ganaba su amistad, podría hacer lo que quisiera.

Incluso cabía otra posibilidad, quizás más inquietante. Anthony era consciente de haber cometido un error al besarla; ahora, Eleanor sabía que la deseaba. Tal vez quisiera apostar por un objetivo mayor que Edmund. Tal vez quisiera seducirlo y casarse con él.

Si ésas eran sus intenciones, no tendría éxito. Anthony era la última persona del mundo que se dejaría atrapar en una trampa como la sufrida por su padre. Había aprendido la lección y no permitiría que ninguna mujer controlara su existencia.

Sencillamente, era imposible.

Pero Eleanor no lo sabía. Sin duda alguna, confiaba en su belleza y en su inteligencia. Se creía perfectamente capaz de convertir el desprecio de un hombre en amor, y bien podía suceder que sus ambiciones no se limitaran a robar el dinero de Samantha. De ser así, la presencia de aquel petimetre italiano cobraría una dimensión nueva. Tal vez lo había invitado para ponerlo celoso.

En ese momento, Anthony oyó la voz de Samantha y volvió a la realidad.

—Tío... ¿por qué frunces el ceño?

—¿Cómo? Ah, no te preocupes... estaba pensando en un problema. Pero no es nada importante —respondió.

Al observarlo, Eleanor tuvo la impresión de que el problema de lord Neale era ella. La había estado mirando durante su conversación con Samantha, y estaba segura de que su ceño fruncido guardaba alguna relación. Tal vez le disgustara que se llevara tan bien con la joven. Indudablemente, se había subido al carruaje para espiarla; y por muy amigable que se hubiera mostrado durante el trayecto, no debía olvidar que aquel hombre era su enemigo.

Eleanor le dedicó una mirada larga y fría antes de volver a concentrarse en Samantha.

Por fin, el carruaje se detuvo. Eleanor miró por la ventanilla y comprobó que habían llegado al cementerio. La iglesia, una estructura de piedra gris con una torre normanda que denotaba su antigüedad, se encontraba en uno de los extremos.

La entrada del camposanto estaba justo delante. Sir Malcolm, Darío y lady Honoria ya habían llegado y estaban esperando. Lady Honoria se apoyaba pesadamente en el brazo de Darío y se había tapado la cara con el velo.

Eleanor bajó del carruaje y se volvió hacia su cochero, que acababa de bajar del pescante. El hombre le dio una caja de madera que ella recibió con profunda tristeza. Era la caja que contenía las cenizas de Edmund.

Lord Neale se aproximó entonces para ayudarla y Eleanor dejó que se encargara de las cenizas. Por muy mal que se llevaran, era el tío de Edmund y ahora sabía que siempre lo había apreciado.

Samantha se puso a llorar en ese momento, así que Eleanor le pasó un brazo por encima de los hombros y, juntas, avanzaron hacia el cementerio.

El sacerdote los recibió en el mausoleo de los Scarbrough. Los invitó a rezar frente a las cenizas; después, leyó un pasaje del Nuevo Testamento y un panegírico de Edmund. Fue una ceremonia corta pero muy emocionante. Los ojos de Eleanor se llenaron de lágrimas. Lady Honoria se dedicó a sollozar y a apoyarse en Darío. Samantha lloró desconsoladamente y lord Neale mantuvo una expresión seria y contenida.

Honoria y Darío fueron los primeros en salir cuando dejaron las cenizas en la cripta. Los demás los siguieron a corta distancia y al final se detuvieron en la entrada del camposanto.

–Supongo que ya se ha hecho demasiado tarde para hablar sobre el testamento de Edmund –dijo Eleanor, con cautela.

En realidad, no estaba de humor para enfrentarse al histrionismo de Honoria. La ceremonia la había entristecido hasta tal punto que tenía miedo de no poder controlarse y de hacer algún comentario impertinente del que se arrepintiera más tarde.

–Sí, es verdad –dijo lady Honoria–. Ahora no podría hablar de eso. No después de que... oh, mi hijo, mi hijo...

Honoria se puso a llorar otra vez.

Entonces, Eleanor miró a Darío. Sospechaba que empezaba a estar cansado de su papel de acompañante.

–Si nos pueden indicar la dirección de la posada más cercana, nos alojaremos allí y dejaremos la cuestión para mañana –dijo ella.

–Tonterías. No tiene sentido que se alojen en una posada –observó lord Neale–. Además, la posada del pueblo es demasiado pequeña y no podría ofrecerles las comodidades a las que sin duda están acostumbrados.

—Pero Anthony, no tengo sitio en la casa —protestó Honoria, alarmada—. Mi hogar es demasiado pequeño, y ahora que tenemos que marcharnos de Tedlow Park...

Por primera vez, Eleanor distinguió un atisbo de emoción en el rostro de sir Malcolm. Parecía que las palabras de Honoria lo habían irritado.

—Ya te he dicho que siempre seréis bienvenidas en Tedlow Park, Honoria —dijo—. Yo nunca os pediría que os marchaseis.

—Pero ya no es mi hogar —insistió Honoria, con tono de mártir—. Y de todas formas, la mansión me trae tantos recuerdos que no podría vivir allí. Será mejor que Samantha y yo nos acostumbremos al cambio. Por no mencionar que mis recursos económicos apenas son suficientes para una casa de campo.

—Yo no diría que tu casa sea precisamente pequeña —intervino lord Neale con ironía—. Tal y como te expresas, nuestros invitados podrían pensar que estás viviendo en una casucha.

—Oh, no, no es ninguna casucha... —dijo ella, sin entusiasmo alguno.

—Es una casa preciosa —observó Samantha—. Además, tenemos dos habitaciones libres, mamá...

Honoria miró a su hija con cara de pocos amigos y la joven bajó la mirada.

—Cierto, pero no están preparadas y prácticamente no tienen muebles —explicó Honoria.

—Lo comprendo perfectamente —dijo Eleanor—. Y no me gustaría que mi presencia le cause ninguna incomodidad, milady. No se preocupe. Estaremos perfectamente bien en la posada. Ya me he alojado en lugares rústicos y estoy acostumbrada a ello.

—Eso es absurdo —declaró Anthony—. El señor Paradella y usted serán mis invitados en Hall. Ya he dado orden a los criados y las habitaciones están preparadas.

—Ah...

Eleanor no supo qué decir. Había dado por sentado que después de la ceremonia se marcharían a la posada del pueblo o que se alojarían en casa de Honoria, pero no se le había ocurrido que lord Neale estuviera dispuesto a invitarlos a su propia mansión. Imaginaba que se opondría tanto a su presencia como su hermana.

—Muchas gracias —dijo al fin—. Estaremos encantados.

—Por supuesto, milord —dijo Darío—. Es muy amable de su parte.

Anthony miró al italiano, que asintió.

—En tal caso, les ruego que me acompañen...

Anthony se llevó una mano al sombrero para despedirse de su hermana y de su sobrina. Después, montó al caballo que habían atado al carruaje y esperó a que Eleanor y Darío subieran al coche.

Darío suspiró y se apoyó en el asiento.

—¿Cansado? —preguntó Eleanor, divertida.

Darío le dedicó una sonrisa compungida.

—Siempre había pensado que las mujeres inglesas eran frías. Pero lady Honoria es tan apasionada en sus reacciones que bien podría ser napolitana.

Eleanor rió.

—Te agradezco que te encargaras de ella.

Él se encogió de hombros.

—No ha sido tan difícil. Olvidas que tengo tres hermanas, una madre y varias tía. Estoy acostumbrado a sus lágrimas. Además, es lo mínimo que podía hacer por Edmund... y de paso he conseguido evitarte algunos problemas.

—Sí, y te estoy muy agradecida por ello.

—No hay nada que agradecer.

Hall, la mansión de lord Neale, estaba a pocos minutos del pueblo. Eleanor había visto mansiones mucho más grandes. Aquélla no tenía escalinata delantera ni una fachada especialmente espectacular ni estatuas en el tejado. Era un edificio sencillo, de piedra gris, oscurecida por el tiempo; pero poseía una simetría majestuosa, con su impresionante torre de entrada y las alas con almenas que se extendían a ambos lados. El sol, que se había asomado tímidamente entre las nubes, le daba un tono cálido y dorado. Y aquí y allá, varios brazos de hiedra subían por las paredes y suavizaban la dura apariencia de la roca.

Eleanor suspiró.

—Es preciosa.

Darío miró la mansión y arqueó una ceja. Obviamente la estaba comparando con las villas de teja roja de su país, comparación en la que Hall no podía salir ganando.

—Bueno, yo diría que es un sitio adecuado para él.

Eleanor rió otra vez.

—Sí, desde luego que sí —dijo—. Espero que todo esto no te moleste demasiado...

Darío también rió.

—No, en absoluto. Yo diría que es mi presencia la

que le molesta a él. Me divierte eso de observar a un típico caballero inglés, tan contenido y frío, haciendo verdaderos esfuerzos por controlar sus celos.

—¿Celos? Lo dudo mucho. Ese hombre me detesta.

—No veo dónde está la contradicción. Se puede detestar a una persona y desearla al mismo tiempo —puntualizó Darío—. Eso es exactamente lo que sucede aquí, y por eso, también, me divierte tanto.

Eleanor se alegró de que Darío se estuviera divirtiendo, porque había observado que lord Neale no había sido precisamente amigable con él. Estaba claro que su presencia le disgustaba. Y también estaba claro que Darío lo sabía y que exageraba los halagos y atenciones hacia ella por el simple y puro placer de molestar. No sabía si recriminarle su actitud y darle un buen codazo o reír.

Se preguntó por qué los habría invitado lord Neale a alojarse en su casa. Bien por celos o bien por simple incompatibilidad de caracteres, era evidente que Darío le disgustaba. En cuanto a ella, había dejado bien claro que la despreciaba. A pesar de aquel beso. A pesar de la atracción que sentían.

Además, estaba segura de que el deseo sólo había servido para aumentar la animadversión de lord Neale. Seguramente, él se sentía tan incómodo como ella y dudaba que la hubiera invitado para enfrentarse otra vez a la tentación.

Entonces, ¿por qué? Darío y ella estaban dispuestos a alojarse en la posada. Y por otra parte, lord Neale no se había limitado a realizar el ofrecimiento como última salida: había dicho que ya había hablado con sus criados para que prepararan las habitaciones. ¿Simple sentido británico de la hospitalidad? ¿O tal vez imaginaba que Honoria iba a ser descortés y había querido evitar un conflicto? En cualquier caso, no tardó en comprobar que sus habitaciones estaban efectivamente preparadas, con jarrones de flores, sábanas limpias en las camas y fuegos encendidos en las chimeneas. Demasiado trabajo para que lo hubieran hecho en unos minutos. El mantenimiento de mansiones como Hall resultaba tan caro que las habitaciones no se mantenían en tan buen estado a no ser que se esperara visita.

Pronto quedó claro que Anthony no encontraba especialmente agradable su presencia. Estuvo muy serio durante la cena y los hilos de las conversaciones morían pronto ante su escaso interés. Eleanor se sintió aliviada cuando terminaron de cenar, porque tuvo la excusa perfecta para marcharse a la cama.

Una vez en la habitación, descubrió que no le apetecía estar allí. Una de las doncellas llamó a la puerta y la ayudó a desvestirse; pero lejos de acostarse, Eleanor empezó a caminar de un lado para otro, nerviosa.

Al cabo de un rato, se dirigió a uno de los balcones y miró al exterior. No se veía nada. El cielo estaba tan cubierto que ocultaba las estrellas y la luna. Para empeorarlo todo, en la habitación no había ni un solo libro con el que matar el tiempo.

Pensó en bajar a la biblioteca, pero la posibilidad de encontrarse con Anthony no le agradaba en absoluto. Además, no estaba en su casa y no quería salir de la habitación con ropa de cama aunque ésta fuera bastante más sobria y recatada que la mayoría de los vestidos de fiesta. Anthony podía interpretarlo como un intento de seducción por su parte, como si hubiera salido a propósito para encontrarse con él.

Por fin, se rindió. Apagó las velas y se metió en la cama. Pero no conseguía dormir. No dejaba de dar vueltas a los problemas que tenía, y pasó más de una hora antes de que sus ojos se cerraran.

Despertó en algún momento de la noche, sin saber por qué. La habitación estaba a oscuras y apenas distinguía las formas de los muebles. No había más luz que el tímido haz que se colaba, desde el corredor externo, por la puerta entreabierta.

Entonces, se sobresaltó y se despertó por completo. Ella había cerrado la puerta. No la había dejado entreabierta, ni mucho menos.

Preocupada, escudriñó las sombras de la habitación. Y distinguió una silueta, oscura, frente al tocador.

Eleanor se quedó helada. Tenía tanto miedo que no podía respirar ni moverse. Se limitó a contemplar al extraño mientras cruzaba la habitación, en dirección a su equipaje, y se inclinaba sobre él.

Su rabia acabó con la parálisis momentánea. Estiró un brazo hacia la mesita que estaba junto a la cama y agarró lo primero que encontró. Resultó ser un candelabro, que arrojó al desconocido con todas sus fuerzas. Y gritó.

El pesado candelabro de metal lo alcanzó en la espalda. Se oyó una exclamación de sorpresa y de dolor, y la figura salió corriendo por la puerta.

Eleanor se levantó tan deprisa como pudo y quiso seguirlo, pero las piernas se le enredaron en las sábanas y cayó al suelo.

—¡Deténgase! ¡Vuelva aquí!

Se liberó y corrió tras él. Ya no estaba en el corredor, así que se acercó a la escalera y miró hacia abajo. No se veía nada. Entonces cayó en la cuenta de que podía estar allí, oculto en alguna parte, esperando para darle un golpe y dejarla inconsciente o tal vez para algo mucho peor.

Se giró y se dirigió de vuelta a su habitación. En ese momento se abrió otra puerta. Era lord Neale.

−¿Qué ocurre? ¿Qué ha pasado?

Darío también salió de su habitación.

−¿Eleanor?

Anthony corrió hacia ella y la tomó de los brazos.

−¿Se encuentra bien?

Sus manos eran duras como el hierro, y Eleanor sintió el calor que irradiaban a través de la fina muselina del camisón. Además, no le pasó desapercibido que Anthony sólo estaba medio vestido. Con las prisas, había olvidado abrocharse la camisa y había salido descalzo. Mirara a donde mirara, Eleanor veía carne desnuda.

Lord Neale bajó entonces la vista. En ese momento, Eleanor comprendió que sólo llevaba el camisón y se ruborizó de los pies a la cabeza.

−¿Qué ha pasado? −insistió Anthony.

−¿Por qué has gritado? −preguntó Darío, con preocupación.

Por su aspecto, era obvio que él también se acababa de levantar de la cama. Tenía el pelo revuelto y la camisa, medio abierta.

−Alguien ha entrado en mi habitación −explicó al fin−. Le arrojé un candelabro, pero salió corriendo y no sé dónde se ha metido. Ya había desaparecido cuando he salido al corredor.

−¿Le ha hecho daño? −preguntó Anthony.

—No, no, estoy perfectamente bien. Sólo algo alterada.

Anthony caminó hacia la escalera. Darío lo siguió, aunque se detuvo un momento para entrar en su habitación y buscar una vela con la que pudieran iluminarse.

Eleanor corrió a buscar una bata. Después, encendió un candelabro y buscó en su equipaje para ver si se había llevado algo. Mientras lo hacía, no dejaba de pensar en Anthony.

La visión de su cuerpo medio desnudo había sido verdaderamente impactante para ella. Ahora sabía que su gran aspecto habitual no se debía a rellenos en chaquetas y otras prendas. Era de hombros anchos, pecho fuerte y brazos de músculos bien marcados. A pesar del susto que se había llevado, a pesar de la preocupación por capturar al individuo que había entrado en la habitación, la primera reacción de Eleanor, al ver a Anthony, había sido de deseo.

Incluso ahora, al recordarlo, sentía un ola de calor. Era un hombre muy atractivo. Y lo deseaba con todas sus fuerzas.

Tuvo que recordarse que aquella emoción era una locura. Se detestaban. Había intentado evitar que se casara con Edmund y luego la había acusado de asesinato. Alguien capaz de hacer algo así no podía tener el menor interés por casarse con ella. Aunque ella tampoco tenía ninguna intención de casarse con él. Era un esnob, un hombre controlador y frío. La última persona del mundo con quien querría vivir.

¿Frío? No, frío no. Pensó en el beso que se habían dado y no pudo negar que, bajo aquella apariencia contenida, se ocultaba un hombre apasionado. Por otra parte, no necesitaba el matrimonio para llegar a él. Podía ser su amante.

Al darse cuenta de lo que estaba pensando, Eleanor se sentó e intentó tranquilizarse. Soñar despierta con un hombre que la despreciaba no la ayudaría a descubrir quién se había introducido en la habitación.

Miró hacia el tocador, en cuya superficie no había más objeto que un cepillo de plata y un espejo a juego. Después, se inclinó sobre las bolsas de viaje; pero todas estaban vacías porque los criados habían hecho bien su trabajo y ya habían distribuido la ropa en los distintos cajones de los muebles.

Acababa de cerrar la última bolsa cuando se dio cuenta de que había pasado algo por alto al mirar en el tocador. Faltaba una cosa. El relicario.

Gritó, desesperada, y se puso a buscar como una loca por todos los cajones. Miró dentro, fuera, por todas partes, incluso en el suelo, pensando que tal vez se hubiera caído. No estaba en ninguna parte.

Entonces, gimió. El relicario no tenía demasiado valor económico, pero sí sentimental. Se lo había regalado su esposo en unas Navidades y contenía un retrato del propio Edmund. Desde su fallecimiento, había adquirido una gran importancia para ella.

Salió al corredor y vio que Darío y Anthony subían por la escalera.

—¿Lo habéis encontrado?

Darío negó con la cabeza.

—Me temo que no.

—Dígame lo que ha pasado —dijo Anthony—. No, todavía no, espere un momento...

Lord Anthony entró en su habitación y salió unos segundos después, completamente vestido.

—Continúe —dijo.

—Algo me despertó. Supongo que haría algún ruido... pero el caso es que abrí los ojos y lo vi. Estaba junto al tocador.

—¿Era un hombre?

—No lo sé. Supuse que sería un hombre, pero... sí, ahora que lo pienso, estoy segura de que lo era. Llevaba ropas de hombre, aunque estaba tan oscuro que no lo pude ver. Y era más grande que la mayoría de las mujeres.

—¿Alto?

Eleanor lo pensó un momento.

—No sabría decir. Primero lo vi inclinado sobre el tocador, y luego, cuando grité, salió corriendo. Además, no pude verle la cara porque estaba de espaldas a mí.

—¿Esta vez ha robado algo?

—¿Esta vez? —preguntó Darío—. ¿Es que ya había ocurrido antes? ¿Por qué no me lo habías contado? ¿Alguien ha intentado atacarte?

—No, no. La otra vez yo ni siquiera estaba en la casa. Alguien entró y rebuscó entre mis joyas, pero sólo se llevó un broche sin importancia —respondió ella—. Y ahora, se ha llevado mi relicario.

—¿El que llevaba en la ceremonia de hoy? —preguntó Anthony.

Eleanor asintió.

—Me lo quité antes de meterme en la cama y lo dejé en el tocador. Cuando he ido a buscarlo, ya no estaba. Pero no entiendo qué motivos puede tener alguien para entrar en mi habitación y no llevarse nada salvo ese relicario. No es valioso. Sólo tiene valor sentimental.

—Sea quien sea, es evidente que no está buscando un objeto de valor económico —observó lord Neale.

—De todas formas, dudo que sea la misma persona...

—¿Le parece una coincidencia? —preguntó Anthony, con escepticismo—. Alguien entra en su casa de Londres, busca entre las joyas y se lleva un broche. Y ahora, alguien entra en su habitación y se lleva un relicario.

—No tiene ningún sentido. ¿Cómo podía saber el ladrón que me iba a alojar en esta casa? —preguntó Eleanor—. Yo misma lo desconocía hasta hace unas horas. Es más probable que se trate de un ladrón local.

—¿Que precisamente ha elegido esta noche para asaltar mi domicilio? —dijo Anthony—. ¿Un ladrón que casualmente desprecia mi caja fuerte y mis objetos de valor y se dirige a la habitación de una invitada para buscar un relicario?

—Entonces, dígame cómo sabía que me iba a alojar aquí —lo retó—. A menos que esté insinuando que ha sido usted.

Los ojos de Anthony brillaron con un destello de ira. Pero se apagó de inmediato.

—Si quiere buscar culpables, tal vez debería pensar también en su amigo Darío Paradella.

Al oír las palabras de lord Neale, Darío empezó a soltar un discurso ininteligible en italiano. Anthony lo miró con frialdad.

—Cálmese, señor. No estoy insinuando que haya robado ese relicario.

—¡Yo no he robado nada!

—Si analiza lo sucedido con detenimiento, milady, descubrirá que la respuesta a esa pregunta es bastante sencilla —afirmó Anthony—. El intruso sabía dónde se iba a alojar porque siguió al carruaje.

Eleanor se estremeció.

—Eso es absurdo.

—Todo esto es absurdo —observó Darío—. ¿Un ladrón que no se lleva nada de valor? ¿Y por qué querría ese relicario?

Anthony se encogió de hombros.

—Que nos parezca absurdo no quiere decir que carezca de sentido —dijo, girándose hacia Eleanor—. Y aunque no le guste la idea de que alguien la haya estado siguiendo, eso no quiere decir que no haya ocurrido.

—Pero, ¿por qué?

—Es evidente que el ladrón está buscando algo en concreto. Piénselo. ¿Entre sus posesiones no hay nada que pueda ser importante para otra persona, aunque carezca de valor económico? Tal vez una carta... o un documento que pueda incriminar a alguien.

—¿Incriminar? —preguntó Eleanor, enojada—. ¿Cree que guardo pruebas de mis supuestos delitos en el dormitorio?

—No tengo la menor idea —respondió Anthony, muy serio—. Pero le recuerdo que el ladrón no ha entrado en mis habitaciones, sino en la suya.

—Y supongo que piensa que es culpa mía, ¿verdad? Cree que he hecho algo malo y que ese ladrón me sigue por algo relacionado.

—Yo no he dicho tal cosa.

—¡No es preciso que lo diga! —exclamó—. Lo lleva escrito en la cara. Sé lo que piensa de mí, señor.

—Lo dudo —dijo él, con absoluta calma.

A su lado, Darío carraspeó.

—Eleanor... estoy seguro de que lord Neale no pretendía insinuar que hayas hecho nada malo —declaró.

Eleanor lo miró con cara de pocos amigos.

—Es evidente que no conoces al caballero. Lord Neale cree que soy una aventurera, una cazafortunas.

—¿Una cazafortunas? —preguntó Darío, mirando a Anthony con sorpresa.

—En efecto —respondió ella—. Pero dígame, lord Neale, ¿qué cree que está buscando ese ladrón? ¿Una carta de amor? ¿La prueba de algún escándalo terrible? ¿O tal vez piensa que es un compinche mío y que quiere una parte del dinero que pienso robarle a una pobre madre y a su hija?

—Le aseguro que tiene una imaginación mucho más desarrollada que la mía, milady —dijo Anthony, sonriendo.

Eleanor sonrió. De buena gana le habría dado una bofetada. Pero recordó que la última vez la había evitado con suma facilidad.

—Eleanor, cálmate —dijo Darío.

—No me digas lo que tengo que hacer —protestó ella, irritada—. Y déjeme añadir, milord, que dudo que un relicario con el retrato de mi difunto esposo sea una prueba que incrimine a nadie.

Para su propio horror, los ojos de Eleanor se llenaron de lágrimas. Estaba tan alterada, tan disgustada con lo sucedido, que corrió a su habitación y cerró de un portazo.

Ni siquiera sabía por qué estaba llorando. No sabía si eran lágrimas por la pérdida del relicario de Edmund o por la irritación que le producía lord Neale. Fuera como fuese, se sentía humillada por haber perdido el control en su presencia. Le había dado la satisfacción de derrumbarse y se lo tomaría como un triunfo personal.

Se quitó la bata y la arrojó a una silla. Lord Neale era el hombre más irritante que había conocido en toda su vida. Lo odiaba. Pero por encima de todo, odiaba que la considerara un ser indigno.

En ese momento, llamaron a la puerta. Eleanor abrió y se sorprendió mucho al ver a Anthony, que entró en la habitación.

—¿Qué diablos hace aquí?

—Desafiar al león en la leonera, por lo visto —respondió, con una débil sonrisa—. De hecho, he venido a disculparme.

Eleanor se quedó sin habla. De todas las cosas que podía haber dicho, aquélla era la más inesperada.

—Usted es mi invitada y han entrado en su habitación. Yo mismo tengo parte de culpa por no haberla protegido adecuadamente. Pero he permitido que la ira se me subiera a la cabeza y he dicho cosas terribles que la han alterado. Le ruego que me disculpe.

—Disculpas aceptadas —dijo ella, tranquilizándose un poco—. Al fin y al cabo no podía saber que ese ladrón iba a seguirme.

—Entonces, ¿está de acuerdo en que se trata del mismo hombre que entró en su casa hace unos días? —preguntó.

Eleanor asintió y suspiró.

—Es lo más probable, sin duda. Y sé que no han podido ser ni usted ni Darío porque el intruso estaba completamente vestido.

Esta vez fue Anthony quien se ruborizó.

—Oh, siento haberme presentado a medio vestir... Al oír su grito, salí tan deprisa como pude y no me di cuenta.

Ella sonrió un poco. Había conseguido avergonzarlo.

—Pero, sobre todo, siento que le hayan robado ese relicario —continuó él.

—Le tenía mucho aprecio —confesó—. Edmund me lo regaló las navidades pasadas. Es su interior hay un retrato suyo, como ya le he dicho, y es el único que tengo...

Eleanor apartó la mirada. Estaba a punto de llorar.

Anthony le puso una mano bajo la barbilla, suavemente, para que alzara la cabeza. Eleanor se tensó y lo miró con gesto casi desafiante. Pero él se limitó a extender el brazo y enjugarle una lágrima.

—Lo quería mucho, ¿verdad? —preguntó.

Ella se apartó.

—Por supuesto que sí. Edmund era un buen hombre. Un genio. Era una persona amable y cariñosa y yo lo adoraba. Sé que le cuesta creerlo, pero...

—No, no me cuesta nada. Lo creo.

Entonces, la tomó de la cintura y la miró a los ojos durante unos segundos. Ella notó la tensión de su cuerpo, el calor de su mirada, y se estremeció.

—Sin embargo, habla como si su afecto por Edmund hubiera sido más parecido al que se siente por un hermano que al que se siente por un amante —continuó—. ¿Y la pasión? ¿Estaba enamorada de Edmund?

—Siempre he pensado que la gente da demasiada importancia a la pasión —espetó.

—Sí, claro —murmuró él.

Los ojos de Anthony se oscurecieron y ella supo que la iba a besar. Se dijo que no podía permitirlo, que no debía dejarse llevar por un hombre que no la quería y que, de hecho, tampoco la respetaba.

Él la atrajo hacia sí e inclinó la cabeza para besarla. Ella puso una mano en su pecho con intención de apartarlo, pero en lugar de eso, se aferró a su camisa y respondió a la pasión con pasión.

La boca de Anthony era cálida y exigente. Le provocaba sensaciones cuya existencia había desconocido hasta ese momento.

Se abrazaron. Ella se sentía como si tuviera fiebre; mareada y débil. Sabía que no debía besar a aquel hombre, pero no podía evitarlo. Toda su calma, su control, su aplomo habían desaparecido. Podía sentir la sangre en las venas y estaba completamente dominada por el deseo.

Anthony suspiró con un sonido ronco y se estremeció. Empezó a acariciarle la espalda y los costados, con movimientos largos y tan íntimos que Eleanor vaciló entre la timidez y la pasión que ardía en su abdomen. Pensó que debía sentirse horrorizada ante semejante exceso de confianza, pero sus emociones eran más fuertes que sus pensamientos. Además, no estaba horrorizada en absoluto. Quería que la tocara por todo el cuerpo.

En ese momento, y como si hubiera adivinado lo que pensaba, Anthony llevó una mano a uno de sus pechos. Ella le dejó hacer y se siguieron besando, sin más intermedios que los necesarios para cambiar de posición, hasta que ella se quedó sin aliento. La intensidad de los besos y las caricias en sus senos alimentaron un deseo tan feroz que Eleanor notó que sus piernas se quedaban sin fuerzas.

Gimió, inconscientemente, y comprendió que quería más. Deseaba hacer el amor con Anthony, saciar la necesidad que la dominaba.

Entonces, él le desabrochó los botones de la parte superior del camisón e introdujo una mano por debajo. Ahora lo sentía directamente, sin la interferencia de la ropa, y se sintió dominada por sensaciones indescriptibles cuando le acarició el pezón.

Un segundo después, se inclinó sobre ella y la besó en el cuello. Acto seguido, descendió lentamente hasta llevar la boca a uno de sus senos.

Eleanor gimió.

Nunca había imaginado que pudiera existir un placer tan arrebatador. Cada centímetro de su cuerpo había cobrado vida. Ardía de pasión, y deseaba sentirlo dentro de ella.

Pero el deseo la asustó y se apartó de él.

—No —susurró.

Lo miró, asombrada por las sensaciones que tenía. Los ojos de Anthony brillaban con una luz nueva, y se quedaron un rato así, observándose, sin aliento.

—¿Todavía cree que se da demasiada importancia a la pasión? —preguntó él.

Eleanor sintió las palabras de Anthony como si fueran una puñalada en el corazón. Incapaz de controlarse, le dio una bofetada.

—¡Fuera de aquí!

Eleanor se cerró rápidamente el camisón. El placer había desaparecido y ahora sólo sentía vergüenza.

Él se quedó rígido. Luego, se giró y salió de la habitación; pero no cerró de un portazo, sino con sumo cuidado.

Se sentía humillada. Quería gritar, llorar. Acababa de tener la experiencia más bella y mágica de su vida, pero, lamentablemente, el hombre que la había provocado se llamaba Anthony Neale.

¿Cómo era posible que sintiera deseo por aquel hombre cuando nunca lo había sentido por Edmund, su marido? Resultaba demasiado irónico.

Se tumbó en la cama y se tapó la cabeza con una almohada. Lo sucedido entre ellos no era lo peor de todo. Lo peor, con gran diferencia, era otra cosa: Eleanor sabía que incluso ahora, cuando ya había recobrado el control, cuando ya se encontraba en plena posesión de sus facultades, se entregaría a él. Y aquel pensamiento la mantuvo despierta durante el resto de la noche.

Eleanor despertó mareada y triste. No se atrevía a bajar a desayunar porque todavía no se sentía con fuerzas para enfrentarse a Anthony. Necesitaba tiempo para recuperarse.

Pidió que le subieran algo de comer a la habitación, pero estaba tan obsesionada con su encuentro amoroso que no prestó atención al desayuno. En ese momento deseaba no volver a verlo. Se odiaba a sí misma por haber perdido el control y odiaba que Anthony, precisamente Anthony, fuera la causa.

Consideró la posibilidad de marcharse de inmediato. Ahora sabía que lord Neale no ambicionaba la fortuna de Samantha y podía dejarlo a cargo del dinero.

Pero no podía. Edmund la había nombrado fiduciaria por una buena razón. No sólo esperaba que gestionara el dinero de la joven, sino también que ejerciera una influencia positiva en su vida. Por mucho que quisiera a su madre, Edmund siempre había sido consciente de las debilidades y defectos de lady Honoria y no quería que ahogara a Samantha.

Definitivamente, Eleanor no podía traicionar la confianza de su difunto esposo por algo tan estúpido como haberse dejado llevar por el deseo. Además, no era mujer que huyera de los problemas. Si quería recuperar la confianza en sí misma, tendría que volver a enfrentarse a lord Neale.

A pesar de su determinación, se sintió muy aliviada cuando por fin se atrevió a bajar y Darío la informó de que lord Neale se había marchado a Tedlow Park y que había dicho que los esperaría allí.

Cuando llegaron a la propiedad de los Scarbrough, los llevaron a la biblioteca. Eleanor ya se había recuperado y saludó a Anthony con indiferencia antes de dirigirse a su hermana, a su nieta y a sir Malcolm.

Darío, con su habitual tacto y aplomo, se excusó y dijo que iría a disfrutar de los grandes y bellos jardines mientras ellos charlaban de cuestiones económicas. Eleanor se dirigió entonces a la mesa, donde uno de los criados había dejado los documentos legales y un libro de contabilidad.

—Éste es el testamento de Edmund.

Eleanor dio una copia a Honoria, pero la mujer la rechazó y se la pasó a su hermano.

—Míralo tú, Anthony. Yo no podría soportarlo —dijo, mientras se llevaba un pañuelo a los ojos.

—Como pueden ver —continuó Eleanor—, mi difunto esposo deja esta mansión a sir Malcolm y unos cuantos objetos personales a mí, además de una suma generosa a lady Honoria. Pero casi toda la herencia pasa a Samantha, aunque permanecerá en fideicomiso hasta que llegue a la mayoría de edad. Es una cantidad muy apreciable.

—Y exactamente, ¿qué propiedades incluye la mansión? —preguntó sir Malcolm.

Eleanor ya había imaginado que sir Malcolm sólo estaba allí para defender sus propios intereses.

Eleanor abrió el libro de contabilidad para comprobarlo.

—Se lo enseñaré —respondió ella, con amabilidad.

Sir Malcolm estudió la lista con sumo detenimiento y después pasó el libro a lord Neale, que examinó el estado financiero y miró a Eleanor con gesto de sorpresa.

—No es la primera vez que veo los libros de Edmund. Y yo diría que su riqueza es mayor en la actualidad que la última vez que los vi.

Eleanor sonrió con cierta satisfacción.

—Cuando nos casamos, me encargué de organizar sus finanzas —explicó—. Me pareció que Edmund actuaba de forma demasiado conservadora, y aunque mantuve casi todo su dinero en los distintos fondos, realicé algunas inversiones en acciones y empresas que han resultado bastante lucrativas.

Anthony la miró con intensidad y Eleanor le devolvió la mirada. Le alegraba que Anthony se hubiera dado cuenta del error que había cometido con ella. Con su típica arrogancia aristocrática, había dado por sentado que era una aventurera. No es que eso le preocupara demasiado, pero tampoco era ajena al placer de haber destrozado sus prejuicios.

—Creo que lo más apropiado es que destine una mensualidad a lady Honoria, de los fondos que están a mi cargo, para el mantenimiento de Samantha —declaró Eleanor, mirando a la joven—. Y por supuesto, estaré encantada de darte explicaciones sobre todas las decisiones que tome, para que sepas lo que hago y por qué lo hago.

—¡Samantha no necesita explicaciones! —protestó su madre—. Es una dama.

—Sí, lo sé. Pero algún día heredará la fortuna de Edmund y conviene que entienda de estas cosas —alegó.

—No necesita entender nada —insistió Honoria—. Su marido se encargará de las cuestiones financieras. Y hasta que se case, el dinero quedará a cargo de su tío.

Eleanor tuvo que hacer un esfuerzo para contener su irritación.

—Personalmente opino que, en lo tocante a la fortuna de uno mismo, es mejor no tener que depender de otros —dijo.

—Yo preferiría aprender —intervino Samantha, con tanta timidez como determinación.

Eleanor sonrió.

—Entonces, te enseñaré.

—¡Samantha! —exclamó su madre—. No permitiré que te comportes como si fueras una vulgar...

—Honoria —la interrumpió Anthony—. Creo que es conveniente que Samantha aprenda a manejar su propia fortuna.

Honoria le lanzó una mirada de rabia, como si lo considerara un traidor.

—Ése es un comentario muy típico de ti. Pero Samantha es una dama y los asuntos financieros son completamente inapropiados para una dama.

La mujer se giró hacia Eleanor con expresión desafiante.

—Tal vez deberíamos hablar sobre la mensualidad —dijo Eleanor.

La expresión de Honoria cambió por completo. Pero cuando Eleanor pronunció la cifra que tenía en mente, Honoria soltó un grito ahogado.

—¿Eso es todo? —preguntó—. ¡No podemos vivir con eso!

—Como mencionó ayer, ahora tiene una casa más pequeña y con menos criados. Además, la cifra propuesta es muy parecida a la que le concedía Edmund cuando todavía vivían aquí, en Tedlow Park —explicó Eleanor—. Por supuesto, cuando Samantha sea presentada en sociedad, dentro de unos años, recibirá un estipendio muy superior para cubrir los gastos y una asignación extraordinaria para ropa. Y huelga decir que todos los meses le enviaré dinero para gastos personales.

—¿Dinero para gastos personales? —preguntó Samantha, encantada con la idea—. ¿De verdad? ¿Para mí sola?

—Sí, por supuesto. Para libros o cualquier otra cosa que puedas necesitar.

—¿Y qué hay de mi ropa? —preguntó Honoria—. ¿Y de mis gastos?

—Lady Honoria, le recuerdo que sir Edmund le ha dejado una suma exclusivamente a usted, y bastante generosa. Además, me contó que su padre ya le había dejado parte de su fortuna. Tendrá que afrontar sus gastos personales con ese dinero —afirmó Eleanor—. Mi labor sólo consiste en cubrir los gastos de la crianza y la educación de Samantha y en que mantenga el nivel de vida al que está acostumbrada.

—¡Pero eso no es suficiente! —protestó Honoria, mientras se giraba hacia su hermano—. Anthony, di algo. Estoy segura de que Edmund no tenía intención de dejarme tan poco dinero...

—Vamos, Honoria, no se puede decir que te quedes precisamente en la pobreza —ironizó su hermano—. He leído el testamento y te deja bastante.

—No es posible que Edmund quisiera esto —insistió Honoria, con lágrimas en los ojos—. Me quería. Habría deseado que me quedara con todas sus propiedades. A fin de cuentas, pasarían íntegramente a Samantha cuando yo muera.

Eleanor sintió el impulso de decir que para entonces ya no quedaría un penique de la fortuna, pero, naturalmente, se mordió la lengua. No quería enemistarse más con lady Honoria. Estaba condenada a tratar con ella hasta que Samantha alcanzara la mayoría de edad.

—Edmund sólo pretendía que su hermana tuviera independencia, para que no se viera obligada a casarse con alguien que no ame ni para que...

—¡Es culpa suya! —exclamó Honoria—. ¡Usted lo manipuló para que cambiara el testamento! Sé que mi Edmund nunca habría hecho algo así. Pero claro, ya imagino que debe de estar disfrutando... ahora controla el dinero y puede recortar mi asignación tanto como le venga en gana. Al final tendremos que iluminar la casa con velas de sebo, Samantha. Porque esta mujer dirá que las de cera son un lujo.

Asombrada por la afirmación, Eleanor abrió la boca para decir lo que pensaba. Pero lord Neale se le adelantó y puso orden.

—Ya basta, Honoria. Estás diciendo tonterías y lo sabes. Te deja una suma razonable para vivir y mantener tus propiedades. Es más, yo diría que es generosa. Podrás comprar todas las velas de cera que quieras y todo lo que desees.

Las palabras de lord Neale acallaron a su hermana, aunque ésta lo miró con verdadero odio. Eleanor aprovechó la ocasión para cerrar el libro de contabilidad, recoger los documentos y dar por terminada la reunión.

—Creo que ya hemos terminado. Si tienen alguna duda o pregunta al respecto, les ruego que me escriban y con mucho gusto les contestaré. Y por supuesto, si en algún momento necesitan una suma mayor por el motivo que sea, háganmelo saber y ajustaré las asignaciones en consecuencia.

A Eleanor le bastó una mirada a lady Honoria para saber que iba a recibir más cartas de ella de las que le apetecía responder. Luego se volvió hacia Samantha, que se levantó y avanzó hacia ella con una sonrisa.

—Espero que vengas a visitarme a Londres —dijo a la joven—. Y usted también, lady Honoria. La temporada acaba de empezar.

—¿Es que pretende que le abra las puertas de la alta sociedad? —preguntó Honoria con sarcasmo—. Le aseguro que no tengo ninguna intención de hacerlo. Si quiero ir a Londres, me alojaré en casa de mi hermano.

—¡Mamá! —protestó Samantha, asombrada por el comportamiento de su madre.

—Ya has hablado demasiado, Honoria —dijo Anthony con frialdad.

Eleanor estaba tan enfadada que se había ruborizado, pero logró contenerse.

—Lady Honoria, no pretendo que me abra las puertas de nada. Sinceramente, no tengo interés alguno por asistir a fiestas donde se invita a la gente en virtud de su linaje. Prefiero a las personas capaces de hacer algo útil o de decir algo inteligente. En cuanto a la invitación de venir a mi casa, también puede estar segura de que no tengo especial interés por su compañía. Sin embargo, Edmund me dejó a cargo del bienestar de Samantha y pienso cumplir mi promesa. A partir de este momento voy a formar parte de su vida. Si no permite que vaya a Londres, vendré yo a visitarla.

Lady Honoria se quedó tan horrorizada que no supo qué decir.

—Y ahora, si me perdonan —continuó Eleanor—, debo marcharme. Me gustaría estar en Londres antes de que caiga la noche.

Eleanor se despidió de Samantha. Después, hizo una reverencia a lady Honoria y a los dos hombres. Cuando miró a Anthony, pensó que cabía la posibilidad de que no se volvieran a ver y sintió un profundo dolor.

Pero Anthony tenía otras ideas.

—Permítame que la acompañe al carruaje.

Eleanor negó con la cabeza.

—No se moleste. El señor Paradella me acompañará.

—Como quiera.

Eleanor no volvió a mirarlo. Pensó que era lo mejor. Lord Neale la había despreciado desde el principio, y lo sucedido la noche anterior sólo había servido para confirmarlo. Por otra parte, permanecer a su lado era peligroso. Por lo menos, para ella. Y no era tan estúpida como para tentar la suerte.

Entonces, salió de la habitación y se alejó por el pasillo.

Anthony permaneció de pie, viendo cómo se alejaba, hasta un buen rato después de que desapareciera. Quería ir tras ella, alcanzarla y explicarse.

¿Pero explicar qué? Ni siquiera sabía por qué se había comportado de forma tan grosera la noche anterior, ni por qué había perdido la cabeza y la había besado y acariciado cuando se había prometido a sí mismo que no lo haría, ni por qué se había alejado de ella de un modo tan seco y frío, de la peor manera posible, al darse cuenta de lo que estaba haciendo. Era perfectamente normal que Eleanor se sintiera humillada.

No podía explicarle nada porque él tampoco lo entendía. Cuando estaba con ella, perdía la razón. Se sentía dominado por una mezcla incomprensible de emociones y sentimientos a los que no estaba acostumbrado. La deseaba más de lo que había deseado nunca a ninguna mujer y era incapaz de refrenarse. Si estaba en su presencia, perdía invariablemente los estribos.

—¡Esto es indignante! —exclamó Honoria, que se había acercado—. Estoy segura de que habrá disfrutado mucho. Pero si cree que voy a ayudarla a entrar en la sociedad de...

—¡Cállate, Honoria! Ya has hecho bastante el ridículo, ¿no te parece?

Su hermana se quedó boquiabierta.

—¡Anthony! ¿Cómo te atreves a hablarme de esa forma?

Los ojos azules de Honoria se llenaron de lágrimas.

—Por favor, evítame tus escenas. Está bastante claro que lady Eleanor no tiene ningún interés por entrar en la alta sociedad.

—¿Es que crees que hablaba en serio? —dijo entre risas—. Oh, vamos... está visto que los hombres os dejáis engañar por cualquier mujer bonita.

—No tiene nada que ver con eso. Si hubiera deseado entrar en esos círculos, lo habría hecho cuando se casó con Edmund. Su matrimonio se lo permitía.

—Pero no le daba acceso a las personas que verdaderamente cuentan —observó.

Lord Neale la miró con escepticismo.

—Honoria, ni yo mismo puedo creer que seas tan idiota como pareces. Al convertirse en una Scarbrough podría haber accedido a cualquier parte y a cualquiera. Pero no asistía a fiestas. Ni siquiera cuando estaba en Londres.

—Por supuesto que no lo hacía. Quería alejar a Edmund de mí. Quería apartarlo de todos los que lo conocían y lo amaban.

—Se lo llevó de Inglaterra por su salud. El resto son tonterías que te has inventado.

—¡Así que también te ha engañado a ti! Ha conseguido que te enfrentes a tu propia hermana...

Honoria se puso a llorar. Anthony suspiró y miró a su sobrina con desesperación. Samantha se acercó a su madre y le pasó un brazo por encima de los hombros.

—El tío Anthony no quiere enfrentarse a ti, mamá —dijo la joven, intentando tranquilizarla.

—No, claro que no —dijo él—. Me limito a afirmar que tanto tú como yo hemos juzgado mal a esa mujer. No creo que tenga ningún interés por el dinero de Samantha. Sólo tienes que ver lo que ha conseguido con la fortuna de Edmund. Ahora es mayor que antes. Es evidente que no le robó ni un penique.

En ese momento, sir Malcolm estalló en carcajadas. Anthony y Honoria se volvieron hacia él, sorprendidos.

—¿Realmente creíais que le interesaba la fortuna de Edmund?

—Por supuesto —respondió Honoria, indignada—. No es nadie. Es una simple extranjera que manipuló a Edmund para que se casara con ella... si no quería el dinero, ¿qué otra cosa podía querer?

—Desconozco si tenía otros motivos —respondió sir Malcolm, con ironía—. Pero os puedo asegurar que no tenía nada que ver con el dinero... Me parece increíble, Anthony. ¿No investigaste su estado financiero cuando se casó con Edmund?

Anthony se puso tenso.

—No, no lo hice.

Anthony no quiso admitir que había dado por sentado que una mujer tan bella como Eleanor sólo podía tener motivos económicos para casarse con Edmund. Pero en ese momento descubrió otra cosa, todavía más importante: no la había investigado porque no quería saber nada de ella.

—Pues yo no fui tan caballeroso como tú —ironizó sir Malcolm—. No me agradaba la idea de perder parte de mi herencia a manos de una aventurera, así que hablé con mi abogado y le pedí que investigara. Eleanor Scarbrough es una mujer muy rica. Su padre hizo fortuna en los Estados Unidos y se la dejó en herencia cuando murió. Pero lejos de malgastarla, la ha aumentado con el paso de los años. Era más rica que el propio Edmund. Yo diría que tan rica como tú.

Anthony la había juzgado verdaderamente mal.

No le extrañaba que Eleanor lo odiara. Con toda seguridad, había pensado que era el típico inglés pretencioso y clasista.

En lugar de pedirle explicaciones desde un principio, o de investigarla por su cuenta, se había dejado llevar por las opiniones de su hermana. Un detalle ciertamente curioso, teniendo en cuenta que no lo hacía nunca. Su comportamiento no podía ser, en fin, más inadmisible.

—¿Tío Anthony? —dijo Samantha, preocupada por su expresión—. ¿Te encuentras bien?

—¿Qué? Oh, sí... es que estaba pensando.

Miró a su hermana, cuyas lágrimas ya se habían secado. Lo miraba con asombro.

—Honoria, tengo que marcharme. Malcolm... He de arreglar unos asuntos en Hall.

Salió de la casa a grandes zancadas y, una vez fuera, pidió que le llevaran su caballo. No tenía nada que hacer en Hall. Sólo quería estar solo para poder pensar.

Montó en el caballo y se dirigió a casa. Su pensamiento corría más que su montura. Anthony siempre había sido un hombre sincero, incluso hasta el extremo de resultar maleducado, y desde luego era tan sincero consigo como para no negar que había cometido un error con Eleanor precisamente por su belleza. Cuando la vio por primera vez, el alma se le cayó al suelo. Era la mujer más hermosa que había visto y la deseaba con todo su ser.

Inmediatamente pensó en Viveca, la mujer que había trastornado a su padre y que había intentado seducirlo a él mismo. No pudo creer que una persona de belleza tan extraordinaria pudiera tener buenas intenciones con un hombre tan apacible y blando en cuestiones emocionales como Edmund.

O simplemente, no quiso creer que estuviera enamorada de él.

Aquel pensamiento lo inquietó todavía más. ¿Era posible que hubiera estado tan ciego? ¿Se había comportado así por celos? ¿O había sido por algo más profundo, más básico?

Fuera como fuese, no quería pensar en ello. Tenía otros problemas más importantes y desde luego más urgentes. En primer lugar, Eleanor; lo odiaba y tal vez no quisiera volver a verlo. En segundo, el ladrón que la seguía.

Al dar por sentado que Eleanor era una aventurera, se había convencido de que los robos tenían algo que ver con su pasado. También había supuesto que en realidad conocía al ladrón y que sabía lo que estaba buscando, pero que lo negaba para no dañar su imagen pública.

Pero ahora sabía que era rica y que en su pasado no había nada extraño. Indudablemente, decía la verdad al afirmar que no sabía lo que quería el ladrón. Eso era bastante más alarmante, porque no podía creer que un ladrón se arriesgara a tanto por un simple broche y por un relicario con el retrato de Edmund.

Anthony llegó a la conclusión de que el intruso regresaría a la casa de Eleanor. Y como ya lo había intentado dos veces, sin éxito, se decidiría a actuar de forma más agresiva. La próxima vez, hasta podía atacarla.

Espoleó al caballo. Acababa de tomar una decisión: volver a Londres.

—Me preocupas, Eleanor —dijo Darío, poco después de que salieran de Tedlow Park.

Eleanor estaba pensando en otra cosa y no entendió lo que decía.

—¿Qué has dicho?

—Que me preocupas. Ese hombre, el intruso... me da mala espina.

—Y a mí, te lo aseguro.

—¿Qué puede estar buscando? ¿Sólo un broche y un relicario? Me parece un botín muy escaso —afirmó.

—Tienes razón, es ilógico. Son cosas que sólo tienen valor sentimental para mí.

—Y además, arriesgarse a robar dos veces...

—No sabemos si es la misma persona —le recordó.

Darío la miró con incredulidad. Ella se encogió de hombros.

—Está bien, lo admito. Es bastante probable que los

dos robos estén relacionados –dijo ella–. Pero sigue sin tener sentido.

–¿De verdad no tienes idea de lo que pueda estar buscando?

–Ninguna idea, en absoluto –dijo, negando con la cabeza–. Tengo joyas de valor, pero no las guardo en mi dormitorio. Están en la caja fuerte. Y cualquier ladrón con dos dedos de frente lo sabría.

–Es desconcertante –declaró–. Deberías venir a Italia conmigo.

–¿Cómo? –preguntó, sorprendida.

–Estás en peligro, Eleanor. Esto no es seguro para ti. Deberías volver a casa.

–Nápoles no es mi casa, Darío.

Darío la tomó de la mano.

–Pero podría serlo. Eleanor...

Eleanor supo que estaba a punto de ponerse romántico con ella, así que apartó la mano.

–Quiero quedarme aquí. Edmund me puso a cargo de la fortuna de su hermana, y no se trata solamente del dinero. Quiso que cuidara de ella, que la guiara y la ayudara en todo lo que fuera posible. Tengo una responsabilidad –le recordó–. Además, ¿qué te hace pensar que el ladrón no me seguiría a Italia?

–Nada, pero allí podría protegerte –dijo–. Podrías vivir en la villa de mis padres. Pondríamos guardias.

–No, Darío –negó ella, con una sonrisa–. No puedo hacer eso.

–Imaginaba que rechazarías la oferta. Entonces, permíteme que te proteja aquí.

–Darío, dudo que corra verdadero peligro.

—¿Cómo puedes decir eso después de lo que ha pasado?

—No me ha atacado. Yo ni siquiera estaba en casa la primera vez. Y anoche tampoco me amenazó... salió corriendo de la habitación después de rebuscar entre mis pertenencias.

—Pero no sabes lo que habría hecho si no hubieras gritado. Estabas sola, vulnerable. Eres una mujer muy atractiva.

—Darío, ¿qué estás insinuando? ¿Qué podría haberme... atacado?

—Podría haberlo hecho y nadie te habría defendido.

—Yo soy muy capaz de defenderme.

Darío sonrió con una expresión de indulgencia que irritó a su amiga.

—Querida mía, creo que no eres consciente de las cosas que le pueden ocurrir a una mujer tan bella como tú. Además, no dejo de preguntarme algo... ¿no te parece extraño que esa persona entrara en tu habitación justo cuando te alojabas en casa de lord Neale?

Eleanor se puso tensa.

—¿Estás acusando a lord Neale de ser el intruso? Eso es absurdo. Estaba en su habitación, en la cama.

—Dijiste que no viste al ladrón, que desapareció de repente. Y cuando registramos la casa, no lo encontramos por ninguna parte. Eso sería bastante fácil de explicar si se hubiera escondido en una de las habitaciones contiguas... sólo tuvo que entrar y quitarse la ropa y los zapatos. Incluso es posible que, en previsión de posibles dificultades, entrara en tu habitación sin calcetines. Después, cuando gritaste, apareció con aspecto de haberse levantado de la cama.

—Si tus sospechas se basan en eso, te recuerdo que esa historia también se te podría aplicar a ti —dijo ella.
Darío asintió.
—Sí, es verdad. Pero tengo una ventaja: sé perfectamente que yo no fui, lo cual me excluye.
—Y yo no puedo creer que fuera lord Neale. Sencillamente, no tiene ninguna razón. En determinado momento llegué a sospechar de él, pero ahora creo que me equivoqué. Tu idea es absurda.

Eleanor era sincera. Había sospechado de Anthony cuando todavía no sabía que era rico y que no tenía necesidad alguna del dinero de Samantha. Además, era un hombre muy directo que jamás haría algo tan cobarde si realmente quería librarse de ella. En tal caso, se enfrentaría a ella y le diría que se marchase, sin más.

—No más absurda que la posibilidad de que alguien nos haya seguido desde Londres sin más objetivo que rebuscar entre tus pertenencias y sin que ninguno de los dos, ni tampoco el cochero, lo notáramos.

—Sir Malcolm y Honoria también sabían que nos alojaríamos en Hall.

—Pero, ¿qué motivo podrían tener?

—No lo sé. De todas formas, es la misma pregunta que se podría hacer sobre Anthony o sobre cualquier otra persona. No conoceremos la respuesta hasta que no sepamos lo que están buscando.

—Eleanor, por favor... deja que me quede en tu casa. Allí podré protegerte.

—Vamos, Darío, ¿qué diría la gente? ¿Qué crees que pensarían cuando supieran que hay un hombre soltero en mi casa? Dañaría mi reputación, y estoy segura de que te disgustaría —dijo ella.

—Sólo quiero lo mejor para ti. Y tengo miedo de lo que te pueda ocurrir.

—En serio, Darío, no corro ningún peligro.

—Eso no lo sabes. ¿Qué pasaría si decide obligarte a que le des lo que está buscando?

—Entonces, se lo daré —respondió—. Mi vida es más importante que cualquiera de mis posesiones. Y si llego a necesitar protección, ya la tengo. Zachary y Bartwell viven en la casa y montan guardias nocturnas desde el día del robo.

Darío insistió durante varios minutos, pero al ver que no conseguiría convencerla, cayó en un silencio malhumorado. A Eleanor no le importó. Estaba cansada de aquel asunto y quería pensar con tranquilidad.

Pero, por más vueltas que le daba, no encontraba explicación alguna. ¿Qué podían estar buscando?

Al llegar a casa, saludó a todo el mundo y estuvo charlando un rato con los niños. Después, subió al dormitorio y revisó sus cosas, pasando meticulosamente de cajón en cajón y sin olvidar el arcón y el armario. Sacó todas las joyas que tenía y las dejó sobre el tocador, dado que era el lugar que más parecía interesar al ladrón.

No encontró nada de valor especial. Nada que pudiera darle una pista. Y había un detalle bastante extraño: ¿por qué se había llevado el broche en la casa de Londres y el relicario en la de lord Neale? Si los quería, ¿por qué no se los había llevado al mismo tiempo?

Intentó recordar si la primera noche llevaba puesto el relicario, porque en ese caso era evidente que el ladrón no lo podría haber robado. Pero estaba casi segura de que no lo llevaba. Sólo se había puesto los pendientes y el broche italiano que le había regalado Edmund.

Suspiró, devolvió las joyas a su sitio y se quedó un momento de pie, pensando y dando golpecitos con los dedos en el tocador. Cabía la posibilidad de que el ladrón no estuviera buscando un objeto suyo, sino uno de Edmund. Tal vez creyera que guardaba las pertenencias de su difunto esposo en su propio dormitorio.

Se dirigió a la habitación de Edmund. Abrió y echó un vistazo a su alrededor. Había pocos objetos de su esposo. Eleanor se había librado de casi toda la ropa y el resto de las cosas estaban guardadas en dos arcones: uno, a los pies de la cama; el otro, contra una pared.

Eleanor había entrado en la habitación después del primer robo, pero se limitó a mirar por encima, a comprobar lo que estaba a la vista.

Acercó un taburete y se sentó frente al primero de los arcones. En su interior había una caja pequeña que contenía varios gemelos y alfileres de corbata. Edmund nunca había sido dado a las joyas, y las pocas que tenía eran de nácar u ónice, excepción hecha de un alfiler que tenía un rubí. En el resto del arcón no había nada de valor.

Caminó hasta el segundo arcón y repitió la operación del primero. Pero no encontró nada, así que admitió su derrota y lo cerró.

Estaba a punto de marcharse cuando vio la caja de palisandro que estaba junto a la cómoda. Se detuvo y sintió una súbita tristeza.

Edmund usaba la caja, de unos cuarenta centímetros de largo y treinta de ancho, para guardar las partituras sobre las que trabajaba, los lapiceros y las plumas, además del tintero y de los plumines, que prefería a los nuevos modelos de plumas de acero. La llevaba consigo a todas partes, para poder escribir cuando le llegara la inspiración.

Eleanor pasó una mano por la tapa de la caja, abrió el cierre y miró dentro. Tenía un compartimento secreto. A Edmund le encantaban esas cosas y la había enseñado a abrirlo, pero había olvidado cómo funcionaba.

Dio varias vueltas a la caja intentando localizar alguna fisura o signo que delatara la presencia del compartimento. No encontró nada. Así que cerró los ojos y se concentró.

Solamente recordó que estaba en uno de los extremos y que había que pulsar de una forma determinada para que se abriera. Después de muchos intentos, logró su objetivo y se abrió un pequeño compartimento de madera con cerradura.

Pero la llave no estaba en ninguna parte y no sabía dónde podía estar. No había visto ninguna llave en los arcones de la habitación. Además, existía la posibilidad de que Edmund la llevara encima cuando se ahogó o cuando lo incineraron en la playa, o incluso de que se hubiera quedado en Italia, en la casa de Nápoles, en alguno de los cajones.

Suspiró y metió el compartimento en su sitio. Siempre cabía la solución de romperlo para ver lo que contenía, si es que contenía algo, pero no quería. Edmund apreciaba mucho esa caja. Por otra parte, cabía la posibilidad de que hubiera guardado algo realmente valioso en su interior. Algo que se pudiera romper si intentaba forzarla.

No se le ocurrió ningún motivo por el que Edmund quisiera ocultar un objeto, ni por supuesto, qué valor podía tener dicho objeto para el ladrón que la perseguía. De modo que decidió esperar. Tal vez encontrara la llave en alguna parte.

Agarró la caja y se la llevó al despacho, donde la guardó en uno de los armarios. No quería correr riesgos.

Después, se marchó a la cama. Había sido un día muy complicado.

Eleanor dedicó la mañana siguiente a tratar de asuntos financieros con Zachary, dado que había estado dos días lejos de Londres. Después, comió con los niños y vio sus notas. Pensó que tenía que contratar un tutor para Nathan. El chico ya había superado los conocimientos de Kerani en casi todas las materias y Eleanor y el propio Zachary tenían que echarle una mano a la india de vez en cuando. Además, Claire no tardaría en llegar a su altura.

A fin de cuentas, a Kerani la habían educado para ser una mujer tradicional, no una institutriz. Se encargaba de los niños porque la habían rescatado de una muerte segura y se sentía agradecida. Al principio, su ayuda no había sido necesaria; los niños eran demasiado pequeños y Kerani aprovechaba el tiempo libre para aprender inglés y mejorar sus conocimientos de matemáticas. Gracias a eso, pudo darles lecciones más tarde. E incluso les enseñó a hablar en hindi, su lengua nativa. No se podía decir que fuera un idioma muy hablado en Europa, pero tal vez les fuera útil en el futuro.

Ahora, sin embargo, necesitaban un tutor. El único problema era que no sabía cómo decírselo a Kerani sin herir sus sentimientos y hacer que se sintiera inútil. A Eleanor no le importaba encargarse de los niños cuando tenía tiempo, pero esa solución sólo serviría para retrasar el problema.

Eleanor pensó que todo sería más fácil si Zachary se animara a confesar sus sentimientos a Kerani. Entonces, Kerani tendría cosas más importantes que hacer y los niños no serían tan importantes para ella. Por desgracia, Zachary era un hombre demasiado cauteloso. Y lo que era bueno para los negocios, no necesariamente lo era para el amor.

Por la tarde, mientras todavía daba vueltas al asunto, se presentó uno de los criados y dijo que tenía visita. Eleanor miró la tarjeta habitual y se quedó muy sorprendida. Era lord Neale.

¿Qué estaría haciendo en su casa?

—Dile que pase.

Se puso de pie. La boca se le había quedado seca y los latidos de su corazón se habían acelerado de repente. Corrió al espejo, se miró y se alisó un poco las faldas. Ni siquiera estaba segura de lo que sentía. Era una combinación de entusiasmo, vergüenza e incertidumbre. Pero estaba deseando verlo.

Al marcharse de Tedlow Park, estaba convencida de que no volverían a encontrarse. Se había dicho que era lo mejor, que lord Neale era un canalla, un individuo grosero y maleducado que no desaprovechaba una sola ocasión para insultarla. La detestaba y ella lo detestaba a él. Su vida sería indudablemente más fácil si se mantenían alejados.

Pero todas sus buenas intenciones desaparecieron de golpe. Además, había dado orden de que lo hicieran pasar y era demasiado tarde para cambiar de opinión.

Lo único que podía hacer era recobrar el aplomo y no permitir que notara su inquietud. De manera que adoptó una expresión de fría indiferencia, se volvió a sentar y cruzó las manos sobre el regazo.

Anthony entró en la habitación con su estilo de siempre. Pasos seguros, expresión alerta, casi como si se preparara a entrar en batalla. Eleanor lo miró con curiosidad.

—Milady...

—Lord Neale... Pase, por favor. Siéntese.

Anthony se sentó en una silla. Pero lo hizo en el borde y daba la impresión de estar a punto de saltar en cualquier momento. A Eleanor le pareció un detalle inequívoco de nerviosismo, lo cual bastó para que se relajara un poco. Al menos, no se sentía tan cómodo.

—Debo confesarle que me sorprende verlo en mi casa —dijo ella, tras unos segundos de silencio.

—Me marché de Kent ayer por la tarde, poco después de usted —explicó, muy serio—. Creo que tenemos que hablar.

—¿Hablar? —preguntó Eleanor, arqueando una ceja—. Yo pensaba que todo había quedado bastante claro.

—No lo crea. Descubrí un par de cosas después de que se marchara.

Eleanor frunció el ceño, sorprendida por sus palabras y por su evidente cambio de actitud.

—Me temo que no lo entiendo... ¿qué cosas? ¿Algo sobre Edmund? ¿Sobre el dinero?

Él negó con la cabeza.

—No, no, no tiene nada que ver con eso —respondió, mirándola de una forma extraña—. En realidad he venido para... disculparme.

Eleanor estaba tan sorprendida que tuvo que hacer un esfuerzo para no quedarse boquiabierta.

—¿Cómo ha dicho?

—He venido a presentarle mis disculpas. Siento haberme comportado de ese modo. Es evidente que la juzgué mal. Saqué conclusiones absurdas, sin sentido... usted tenía razón. Debí preocuparme por la felicidad y el bienestar de Edmund. Pero en lugar de eso, me dejé llevar por los prejuicios a partir de una simple suposición.

—Francamente, me sorprende lo que dice.

La declaración de Anthony, expresada sin excesos verbales ni intentos de halago, sin más contenido que la dura y seca sinceridad, bastó para convencer a Eleanor. Había descubierto que se había equivocado y lo lamentaba.

—No me extraña que le sorprenda —dijo Anthony—. Seguramente creerá que soy un cretino torpe y obstinado.

—Sí, no lo puedo negar —dijo ella, con una sonrisa—. Pero debo confesarle que yo también lo juzgué mal. Di por sentado que sólo le interesaba el dinero de Edmund.

—Por lo visto, somos un par de desconfiados sin remedio...

—Tal vez, porque los dos teníamos motivos para desconfiar —declaró ella, más relajada—. Llevo toda la vida defendiéndome de cazafortunas.

—Sí, bueno, yo también tengo cierta experiencia en ese sentido. Pero eso no justifica mi comportamiento, sobre todo el de la otra noche. Fui un grosero y un...
—¿Zafio?
—Sí, sí. Actué como un bellaco. Sólo espero que me crea si afirmo que no suelo comportarme de ese modo.
—Puede que sólo se comporte así conmigo. He descubierto que usted tiene la extraña habilidad de sacar lo peor que hay en mí.
—No, nada de eso. Usted era mi invitada. Ya es bastante terrible que fallara en mi obligación de protegerla, pero intentar forzarla para...

Eleanor prefirió no puntualizar que no la había forzado en absoluto, que estaba encantada de recibir sus atenciones y que, de hecho, eso era lo que la hacía sentirse humillada.

—Creo que será mejor que nos olvidemos del asunto —dijo ella—. Acepto sus disculpas.

Él asintió, aliviado.
—Gracias.

Anthony dejó que el silencio dominara la habitación. Después, dijo:
—Ése no es el único motivo de mi visita.

Eleanor lo miró con incertidumbre. ¿Sería posible que la disculpa sólo fuera una excusa?
—Siga, por favor.
—He venido a ofrecerle mi protección.

Aquello la dejó helada. No supo qué pensar. ¿Le estaba pidiendo que se convirtiera en su amante?
—¿Cómo?

Eleanor lo preguntó con tanta frialdad que lord Neale supo lo que había interpretado.

—Oh, no... no pretendía insinuar... caramba... veo que nunca acierto con usted. Sólo quería decir que se encuentra en peligro. Y le estoy ofreciendo mi ayuda.
—¿También usted?
—¿También?
—Darío se ofreció a lo mismo durante el viaje de vuelta —le explicó—. Y le diré lo mismo que le dije a él, que no soy frágil flor que necesite de la protección de nadie. Soy perfectamente capaz de cuidar de mí misma.
—No sea tan obstinada —dijo él.
Eleanor se cruzó de brazos y frunció el ceño.
—No soy obstinada. Sencillamente, no me pongo histérica por cualquier cosa. No he sufrido ningún daño hasta el momento. Y supongo que el ladrón se habrá contentado con el relicario y que no volveremos a tener noticias de él.
—Yo no estaría tan seguro.
—He tomado las precauciones necesarias. Hemos establecido una guardia nocturna. Y tengo una pistola en mi mesita de noche.
—Pero aceptar la ayuda de otra persona no está de más.
—La ayuda suele tener condiciones.
—Yo no tengo ninguna condición —insistió—. Pero, ¿por qué se niega a recibir mi ayuda?
—¿Eso es lo que realmente le extraña? Yo diría que su extrañeza es, más bien, que me niegue a acatar sus órdenes.
Anthony la miró durante unos segundos. Después, exclamó:
—¡Al diablo con todo!
Entonces se levantó y caminó hasta la puerta. Acto

seguido, se detuvo, abrió la boca, la cerró y, por fin, habló de nuevo.

—Buenos días, milady.

—Buenos días.

Cuando lord Neale salió de la habitación, Eleanor no supo si sentirse ofendida o divertida con la situación.

Era evidente que no estaba acostumbrado a que le llevaran la contraria. Pero ella tampoco estaba acostumbrada a que le dijeran lo que tenía que hacer. Era una mujer independiente, que vivía con sus propias normas, y no estaba dispuesta a cambiar por mucho que le gustaran los ojos grises de aquel hombre.

El resto del día transcurrió sin incidentes reseñables, al igual que el siguiente. No hubo nada nuevo salvo la visita de Darío, que insistió en su invitación de llevarla a Italia.

Eleanor se negó.

—¿Eso quiere decir que piensas marcharte pronto?

Darío la miró con una irritación no muy alejada de la de lord Neale.

—No, no puedo marcharme así. Me quedaré hasta que el problema se haya solucionado.

Eleanor pensó que iba a ser una espera larga y aburrida, porque ya habían pasado varias noches y el intruso no se había presentado. Cada vez estaba más segura de que el ladrón había encontrado lo que buscaba o había renunciado a conseguirlo.

A la tarde siguiente, los niños se fueron al parque con Kerani y Eleanor decidió acompañarlos. Hacía días que no conseguía concentrarse en los negocios. No dejaba de pensar en lord Neale, que no se había puesto en contacto con ella desde que rechazara su oferta de protección. Tal vez lo había ofendido más de lo que había imaginado.

Mientras paseaban por un camino flanqueado de árboles, Claire y Nathan salieron corriendo hacia un claro para volar sus cometas. El sol iluminaba los rizos castaños de Claire, que parecía muy contenta mientras charlaba con Nathan.

Eleanor sonrió. Había encontrado a Claire dos años antes. Estaba abandonada en las calles de París, malviviendo con lo que podía y tan delgada que sus ojos parecían todavía más grandes de lo que eran. Su madre, una prostituta, había fallecido. Ella estaba a cargo de un tío suyo, pero el individuo no le prestaba la menor atención. Cuando fue a hablar con él y le habló de la posibilidad de llevársela, protestó; pero su actitud cambió radicalmente cuando le ofreció una importante suma de dinero.

Durante los primeros días, Claire estuvo tan callada que parecía muda. Por suerte, se llevó muy bien con Nathan a pesar de que hablaban en idiomas diferentes. Y menos de un año después, estaba completamente recuperada.

Nathan, por el contrario, siempre había sido un chico locuaz. Tenía un enorme sentido del humor que había llamado la atención de Eleanor desde el principio. Lo había conocido en Nueva Inglaterra, en Estados Unidos, donde trabajaba con su madre en una fábrica. Eleanor había considerado la posibilidad de adquirir la empresa, aunque finalmente no lo hizo porque el dueño la desagradaba sobremanera.

Sin embargo, durante la visita a las instalaciones, se

fijó en el niño y le pareció lamentable que una criatura de tan corta edad se viera obligada a trabajar. Su inteligencia y sus respuestas rápidas le divirtieron mucho, a pesar de la tristeza que le causaba la situación. Su madre tenía muy mal aspecto y no dejaba de toser, aunque intentaba disimularlo para no asustar al pequeño.

Eleanor apuntó su dirección y les envió una cesta con comida y un médico. El médico confirmó las sospechas de Eleanor sobre la salud de la mujer, que tenía neumonía y estaba a punto de morir. Al saberlo, la madre del chico le rogó que se lo llevara. Ella no quiso hacerlo. No quería separar a una madre de su hijo. Así que se encargó de que estuviera tan cómoda como fuera posible y compró mantas, carbón para la estufa y medicinas. Lamentablemente, falleció una semana más tarde.

Eleanor se llevó al niño y nunca había lamentado la decisión. Nathan estaba a punto de cumplir diez años y llevaba cuatro con ella, de modo que lo quería como si fuera hijo suyo. Aunque sentía lo mismo por Claire.

Al llegar al claro, los niños se detuvieron. Nathan sacó su cometa y ayudó a Claire con la suya. Eleanor se acercó para echarles una mano.

De repente, un hombre pasó corriendo junto a Eleanor y se dirigió hacia los niños. Todo fue tan rápido que casi no se dieron cuenta. El hombre tomó a la niña por la cintura, la alzó en el aire y se la llevó.

Eleanor pegó un chillido y corrió tras ellos, aunque temía no poder alcanzar al hombre. Por fortuna, Nathan, que estaba mucho más cerca, reaccionó con rapidez y se arrojó contra el rufián, al que logró agarrar por el faldón de la levita. Y se aferró a él con tanta fuerza, gritando y pataleando, que el raptor no tuvo más remedio que girar sobre sí mismo e intentar quitárselo de encima. Claire también se resistía y lo golpeaba.

Eleanor lo alcanzó gracias a los esfuerzos de los dos niños. Al llegar a su altura, abrió su sombrilla y se la estampó con tanta fuerza como pudo en la cabeza. El hombre soltó un grito de dolor y frustración, liberó a Nathan y alzó la mano que tenía libre para protegerse de los golpes de Eleanor. Pero Nathan todavía no había terminado con él; se abrazó a sus piernas y le pegó un buen mordisco en la pantorrilla.

El rufián gritó y dejó caer a Claire para apartar a Nathan. Justo en ese momento, vio que un hombre corría hacia ellos, gritando, y se alejó de allí tan deprisa como pudo.

Eleanor se arrodilló y tomó en brazos a Claire. La niña se abrazó a ella como si le fuera la vida en ello.

—¿Estás bien? Oh, cariño, estaba tan asustada.... Nathan, has estado magnífico.

El desconocido que había salido en su ayuda se acercó a ellos y preguntó si habían sufrido algún daño. Tras convencerse de que se encontraban bien, salió en persecución del atacante, que se dirigía hacia la arboleda.

Eleanor los observó hasta que estuvieron fuera de la vista. Pero no tenía muchas esperanzas de que consiguiera capturarlo, porque le sacaba demasiada ventaja.

Nathan sonrió.

—He conseguido detenerlo, ¿verdad?

—Desde luego que sí, y estoy muy orgullosa de ti. Y de ti también, Claire, mi pequeña tigresa...

Eleanor la abrazó con fuerza.

Entonces apareció Kerani, que balbuceaba una incomprensible mezcla de inglés e hindi. Abrazó a Nathan, dio una palmadita a Claire y se puso a limpiar las hojas de hierba y los trocitos de ramas que se habían quedado en las faldas de Eleanor.

—¿Quién era ese hombre, señorita Elly? —preguntó Nathan—. ¿Por qué quería llevarse a Claire?

—No lo sé, pero gracias a Dios, no lo ha conseguido. Anda, Nathan, recoge las cometas y vámonos a casa.

Nathan obedeció y los cuatro regresaron de inmediato. Eleanor llevó a Claire en brazos durante casi todo el trayecto, hasta que la niña decidió que ya no estaba asustada. Sin embargo, se empeñó en caminar de la mano de las dos mujeres.

Eleanor no dejaba de dar vueltas al asunto. No sabía quién era el hombre que había intentado raptar a Claire, pero sospechaba por qué lo había hecho. No había sido una elección arbitraria; se había dirigido directamente hacia ella. Pero era evidente que Claire sólo era un medio para llegar a ella; tan evidente como que todo el suceso estaba relacionado con los dos robos y con las intenciones del ladrón.

Estaba asustada, terriblemente asustada. Eso era mucho peor que encontrar a un ladrón en su dormitorio, porque ahora estaban en juego las vidas de sus seres queridos. Aunque era muy capaz de enfrentarse al mayor de los peligros, no soportaba la idea de que los niños sufrieran algún daño.

Kerani, Nathan y Claire subieron al cuarto de los niños en cuanto llegaron a la casa. Eleanor comprobó las ventanas para asegurarse de que estaban cerradas y bajó en busca de Bartwell y Zachary.

Los dos hombres quedaron profundamente consternados por la explicación de lo sucedido.

—Dios mío, señorita Elly... ¿qué está pasando?

—No tengo ni idea, pero hay que hacer algo. De momento, quiero que un criado monte guardia, día y noche, delante del cuarto de los niños.

—Muy bien. Yo me encargaré de que otros dos hombres vigilen la casa de noche. Pero necesitaríamos más ayuda.

Eleanor asintió.

—La que sea necesaria.

—Iré a ver cómo se encuentran y me quedaré con ellos —dijo Zachary.

—Perfecto —dijo Eleanor—. Bartwell, prepara mi carruaje.

Bartwell la miró con sorpresa.

—¿Adónde va, señorita?

—A buscar ayuda —respondió.

El criado de lord Neale se sorprendió mucho al descubrir a una mujer en la puerta, porque iba sola y no había anunciado su visita. Eleanor sospechó que su primera intención fue echarla de allí, pensando que sería una vagabunda; pero al ver su aspecto elegante y la calidad de sus ropas, dudó.

—Dígale a lord Neale que lady Scarbrough quiere verlo. Lady Eleanor Scarbrough.

Eleanor lo dijo con frialdad y avanzó hacia la entrada. El criado no tuvo más remedio que apartarse.

—Pero señorita...

—No te preocupes, Burke, yo me encargo de esto.

Era Anthony. Estaba en las escaleras de la casa y caminó hacia Eleanor.

—He visto su carruaje al asomarme a la ventana —explicó él.

En ese momento, notó el gesto de preocupación de Eleanor y comprendió que había ocurrido alguna desgracia.

—Eleanor... ¿qué sucede? ¿qué te ha pasado? —preguntó, tuteándola por primera vez.

Eleanor estaba tan alterada que también olvidó las formalidades del usted. Apenas podía contener las lágrimas.

—Pensarás que estoy loca. He venido sin sombrero y

sin guantes... la verdad es que he salido corriendo de la casa.

—Eso ya lo veo —dijo él—. ¿Qué ha pasado?

—Alguien... alguien ha intentado raptar a Claire —respondió.

—¿La niña que vive contigo?

Eleanor asintió. Hasta entonces había conseguido dominarse, pero el miedo que había pasado amenazaba con romper todas sus defensas.

—Oh, Anthony... el otro día me ofreciste tu ayuda y yo la rechacé. Ahora he venido para rogártela. ¿Me ayudarás?

—Por supuesto que sí.

Impulsivamente, Anthony la tomó entre sus brazos. Y para sorpresa de la propia Eleanor, ella respondió con lágrimas en los ojos, apretándose contra su pecho.

—¡Estoy tan asustada!

—Es lógico que lo estés —dijo, mientras le acariciaba la espalda—. No te preocupes. Lo solucionaremos, te lo prometo. A los niños no les pasará nada.

Eleanor empezó a sollozar. Se sentía tan bien allí, entre los brazos de lord Neale, que se quedó sin habla. Siempre había sido una mujer fuerte, la persona a la que todos podían acudir en busca de ayuda. Odiaba parecer débil y habría hecho cualquier cosa por evitarlo, pero, por una vez, se alegraba de poder apoyarse en otra persona.

Anthony acarició su cabello y la besó en la cabeza.

—Eleanor... —murmuró.

Ella se estremeció. Quería quedarse entre sus brazos para siempre. Quería alzar la mirada y volver a sentir sus labios. Quería dejarse llevar y permitir que el deseo dominara su camino.

Pero no podía hacerlo. No en momentos tan graves. El bienestar de los niños era lo primero. Así que se secó las lágrimas, se apartó de él y lo miró.

—Fuimos a dar un paseo a Hyde Park. Para que los niños jugaran con las cometas.

Anthony suspiró. Echaba de menos el contacto de su cuerpo. Deseaba volver a abrazarla. Pero era obvio que Eleanor ya había superado su momento de debilidad, así que se cruzó de brazos y dijo:

—¿Quiénes fuisteis?

—Kerani, yo y los niños, claro... Nathan y Claire. Kerani y yo caminábamos a cierta distancia de ellos. Entonces, un hombre surgió de la nada y agarró a Claire. Salió corriendo con ella, pero Nathan fue tan valiente que se arrojó contra él y lo detuvo el tiempo suficiente para que yo pudiera alcanzarlos.

—¿Y qué hiciste? —preguntó Anthony, en cuya boca se empezaba a formar una sonrisa.

—Golpearlo, por supuesto. Afortunadamente llevaba mi sombrilla. Y Nathan le pegó un bocado en la pierna.

Anthony sonrió de oreja a oreja.

—Por supuesto. De modo que os librasteis del agresor...

Eleanor asintió.

—Sí. Soltó a Claire y huyó. Un hombre que estaba en los alrededores se acercó a ayudarnos e intentó atraparlo, pero le sacaba demasiada ventaja y no creo que lo consiguiera —continuó ella—. Después, me llevé a los niños a casa. Pero tengo miedo.

—Es perfectamente normal que tengas miedo. Sin embargo, llegaremos al fondo de este asunto. ¿Cómo era ese canalla?

Eleanor se encogió de hombros.

—Todo fue tan rápido... no lo conocía de nada. Era un hombre de altura media y complexión normal. Llevaba ropa de trabajo y una gorra. No recuerdo haberle visto el pelo.

—¿Era moreno? ¿Pálido?

—Más bien pálido. Y de nariz grande. No pude ver el color de sus ojos, porque la visera de la gorra se los tapaba —respondió—. Siento no poder decirte nada más.

—Es lógico. Con toda seguridad, tomó precauciones para que nadie lo pudiera reconocer —observó.

En ese momento llamaron a la puerta. Anthony fue a abrir.

—Espero que sea Rowlands.

Abrió la puerta. Era un hombre joven, sudoroso y de aspecto cansado. Se quitó el sombrero que llevaba y saludó a Eleanor con una inclinación.

—Señora...

Era el hombre que había salido en persecución del atacante.

Eleanor se sorprendió mucho.

—¿Cómo es posible que...? ¿Qué está pasando aquí?

—Te presento a Rowlands. Hace trabajos para mí de vez en cuando. Cuando rechazaste mi ayuda, le pedí que vigilara tu casa.

Ella se sobresaltó.

—Pero eso es... eso es...

—Es lo único que podía hacer para protegerte —dijo Anthony.

—Lo siento, señor —se disculpó Rowlands—. He tenido que seguirlo por todo el parque. No quería acercarme demasiado porque temía que me descubriera.

—¿Hasta dónde lo has seguido?
—Hasta donde ha sido posible. Salió del parque y se subió a un carro de lechero, pero pude tomar un coche de caballos y lo seguí. Al cabo de un rato se bajó del carro y yo hice lo mismo. Lamentablemente, me vio y perdí su rastro en East End. He pasado un buen rato preguntando por él, por si alguien lo conocía.
—¿Quiere eso decir que podrías reconocerlo?
—Por supuesto, señor. Pero mi descripción no ha sido de gran utilidad. Un hombre me dijo que podía ser un tipo que se llama Smiley, *el sonrisas*. Lo dijo porque tiene una cicatriz aquí, en la boca, y da la sensación de que siempre está sonriendo. Otro comentó que podía ser un tal Farnston, que al parecer es vecino suyo. Pero creo que lo han dicho para quedarse con el dinero que les he ofrecido. Yo no confiaría en ninguno de los dos.
—Es posible que sea un ladrón profesional al que han contratado para este trabajo. Es una pena que lo hayamos perdido... podríamos haberle sacado el nombre de su jefe.

Eleanor escuchó toda la conversación en silencio, sin saber lo que pensar. Su naturaleza independiente se rebelaba contra la idea de que Anthony le hubiera puesto vigilancia sin su permiso, pero por otra parte agradecía sus buenas intenciones.

—Llévate a un par de hombres y sigue buscando. Intenta localizar a Smiley o Farnston. Hudgins te dará dinero para que lo uses según convenga. Y si consigues encontrar al secuestrador, quiero hablar con él.

Rowlands asintió y se marchó. Anthony se giró hacia Eleanor. Su mirada era tan cautelosa que ella rió.

—No te voy a morder. No me agrada que enviaras a un hombre a vigilar la casa, pero es obvio que cometí un error al rechazar tu ayuda. Si las cosas hubieran salido de otro modo, es muy posible que tu hombre hubiera sido nuestra única esperanza.

—Doy por sentado que ya sabes que este incidente está relacionado con los robos...

Eleanor se encogió de hombros.

—Ciertamente sería demasiada coincidencia. El que ha intentado raptar a Claire quería usarla para llegar a mí.

—Sin duda. Esperaba intercambiarla por lo que esté buscando.

—¡Pero no sé quién es ni qué quiere! —exclamó, frustrada.

—Si Rowlands tiene suerte, encontraremos la pista del responsable. Mientras tanto, deberíamos investigar e intentar descubrir lo que sucede.

Eleanor asintió.

—Sí, pero antes tengo que asegurarme de que los niños estén fuera de peligro. No puedo arriesgar sus vidas.

—Se me ocurre una solución temporal. Tengo una casa en Escocia, que uso cuando voy de pesca. El encargado es un escocés feroz que tiene lazos familiares con media comarca. Ningún forastero podría acercarse a la casa sin que lo detectaran —explicó—. Podríamos enviar allí a Kerani y a los niños.

—Diré a Bartwell que los acompañe. Y también Zachary, claro; de todas formas querrá ir —dijo, aunque detestaba alejarse de los pequeños.

Anthony se acercó, la tomó de la mano y la miró a los ojos.

—Estarán a salvo. Estoy seguro.

Eleanor sonrió con debilidad.

—Lo sé. Me preocupa que se alejen de mí, pero tienes razón. Confío en ti.

Las palabras de Eleanor lo emocionaron. No era una mujer que ofreciera su confianza a cualquiera, así como así. Y sin embargo, dejaba a los niños, a sus seres más queridos, a su cargo.

—Gracias.

Anthony besó su mano.

Besó las puntas de sus dedos, y luego, la besó en la palma. El suave y cálido contacto de sus labios provocó un escalofrío a Eleanor, que lo miró con pasión y los ojos oscurecidos por el deseo.

Anthony quería abrazarla y besarla profunda y lentamente, disfrutando de cada segundo. Pero aquél no era ni el momento ni el lugar más adecuados, así que la soltó con un suspiro y dio un paso atrás.

—Si me disculpas, debo ir a organizarlo todo.

—Yo volveré a casa y explicaré el plan a los niños y a mis empleados. Estarán preparados esta misma tarde.

Él asintió.

—Entonces viajarán en mi carruaje, con un par de hombres a caballo. Si alguien los sigue, lo atraparemos —le prometió—. Y en cuanto se hayan marchado, tú y yo nos dedicaremos a buscar ese objeto tan misterioso.

Eleanor volvió a casa y comprobó los alrededores antes de entrar. Era bastante probable que el secuestrador hubiera estado vigilando el lugar. Pero si el criado de lord Neale no lo había visto, debía de ser todo un profesional de la ocultación.

Ya en la casa, llamó a Bartwell y subió al cuarto de los niños, donde encontró a Zachary, Kerani, Claire y Nathan. Estaban leyendo un cuento en alto, aunque era evidente que la estratagema no había servido para tranquilizar a los niños. Claire parecía muy preocupada, y corrió hacia Eleanor cuando abrió la puerta.

Eleanor se sentó, la puso sobre su regazo y le explicó lo que habían planeado. Como ya había imaginado, a los niños no les gustó la idea de alejarse de ella; tuvo que insistir en que no estarían solos, sino acompañados por Kerani, Zachary y Bartwell, y el propio Zachary se lanzó a una descripción de todas las cosas interesantes y divertidas que se podían ver y hacer en Escocia. Nunca había estado allí, pero habló como si viajaran a un verdadero paraíso y Claire se entusiasmó.

—Serán unas vacaciones maravillosas —dijo Eleanor—. Y como no tendréis que hacer los deberes durante dos semanas, podréis pescar, montar a caballo y explorar los alrededores.

Eleanor se encargó de que las criadas hicieran el equipaje y de que la cocinera preparara una cesta de comida. Cuando Anthony llegó con su espacioso carruaje, todo estaba preparado. Eleanor besó a los niños, los ayudó a subir e hizo un esfuerzo por contener las lágrimas. Zachary y Kerani se sentaron con los pequeños, pero Bartwell, que llevaba dos pistolas de duelo al cinto, prefirió acomodarse en el pescante, con el cochero.

Por la expresión de Kerani y su forma de mirar a Zachary, Eleanor tuvo la impresión de que el viaje y la estancia en Escocia les iban a parecer más cortos de lo que imaginaban.

Por fin, el carruaje se puso en marcha, seguido por los dos hombres a caballo que Anthony había prometido. Eleanor se quedó en el exterior un rato, escudriñando las sombras por si distinguía algún movimiento extraño. Lord Neale se quedó con ella.

—Nadie los ha seguido. Y si los siguen más tarde, mis hombres los descubrirán —dijo él.

Eleanor asintió.

—En Escocia estarán a salvo.

Los dos entraron en la casa.

—¿Y bien? —preguntó Anthony—. ¿Por dónde empezamos?

Ella suspiró.

—Supongo que por mis joyas. Obviamente no encontró lo que andaba buscando cuando se llevó mi relicario. Pero las joyas le interesan por algún motivo.

Dando por sentado que el intruso no sabía por dónde empezar a buscar, empezaron por comprobar las joyas más caras. Estaban donde debían estar, en la caja fuerte: una cadenita de diamantes y rubíes; un collar de zafiros azules; un broche de perlas y otro de rubíes; dos brazaletes, uno de pesados eslabones de oro y otro de esmeraldas; y por último, varios anillos entre los que se encontraban el anillo de casada de la madre de Eleanor y uno de oro que había pertenecido al padre de Edmund.

—Tienes joyas muy valiosas, sin duda —dijo Anthony.

—Sí, pero ninguna se podría confundir con un relicario ni con un broche —observó Eleanor—. Si estaba buscando joyas caras, no se habría llevado simples minucias.

—Puede que se llevara el broche porque lo tenía en la mano cuando despertaste y gritaste.

—Puede ser. Tal vez pensara que guardaba las joyas en el dormitorio, pero... ¿quién puede creer que iba a llevarme unas joyas tan caras a Tedlow Park, cuando sólo iba a pasar unos días fuera de Londres?

—Si el intruso es un hombre inteligente, no hay más remedio que llegar a la conclusión de que no busca joyas.

Eleanor asintió y devolvió las joyas a la caja fuerte. Después, se dirigieron a su dormitorio.

En cuanto entraron, los ojos de Eleanor se fijaron en la enorme cama. De repente, le pareció que estar allí con Anthony era jugar con fuego. Recordó lo que había sucedido la última vez, en aquella misma casa, y se ruborizó.

—Lo he comprobado todo varias veces —dijo mientras lo llevaba hacia el tocador, donde tenía las joyas de menos valor—. Pero dado que el ladrón tiene una extraña fijación con estas cosas, supongo que deberíamos examinarlas otra vez.

Eleanor extrajo los collares, pendientes y broches, y los extendió por el tocador. Anthony y ella los examinaron con sumo cuidado, uno a uno.

Ella se detuvo al llegar a uno de los broches, de color negro. Era el regalo que le había dado Edmund antes de su muerte.

—Éste es el que llevaba la noche del primer robo —explicó ella—. Edmund me lo regaló, y me dijo que...

Se detuvo un momento para intentar recordar las palabras exactas.

—Fue bastante extraño, ahora que lo pienso. Dijo que lo llevara por su bien. O que lo guardara por su bien, no estoy muy segura... Después, me pregunté si había presentido que iba a morir. E incluso... si había planeado su propia muerte.

—¿Cómo? —preguntó Anthony, sobresaltado—. ¿Crees que Edmund se suicidó?

—No, no puedo creer tal cosa. No parecía infeliz en modo alguno. La última vez que nos vimos estaba de muy buen humor, a punto de que estrenaran su última ópera. No tenía ningún motivo para querer morir... pero se comportó con una extraña solemnidad —explicó—. Cuando supe que había muerto ahogado, me acordé de la historia que me había contado sobre la muerte de Percy Shelley. Le parecía que todo aquello de la pira era fascinante, incluso heroico. Me he preguntado si no se suicidó para despedirse del mundo de una forma igualmente grandiosa.

Eleanor lo miró con expresión de angustia. Anthony la tomó de la mano.

—No pienses eso. No creo que Edmund se suicidara. Se había aferrado a la vida durante muchos años... ¿por qué iba a querer morir en la cima de su carrera y de la felicidad?

—Gracias por intentar animarme, Anthony. Yo tampoco puedo creer que se suicidara. Pero en tal caso, ¿qué sentido tienen sus palabras? ¿Qué quiso decir?

—Puede que sólo pretendiera remarcar la importancia del broche, que sólo quisiera informarte para el caso de que le sucediera algo malo. ¿Tiene algún valor o significado especial?

—Es de buena calidad, de *pietra dura*, un método italiano que consiste en engarzar pequeñas piezas de piedra hasta formar un dibujo, como si fuera un mosaico.

Exige de mucha habilidad, por supuesto, pero no son piedras preciosas.

Eleanor pasó la mano por el dibujo de las flores y por el círculo de oro que rodeaba a la piedra negra. Después, le dio la vuelta y lo miró por detrás.

Por primera vez, notó que en el borde dorado había una pequeña fisura.

—Espera un momento... ¿qué es esto?

Acercó el objeto a una vela. Efectivamente, había una grieta en el dorado, no más ancha que un cabello.

—¿Lo ves?

Anthony asintió e inclinó la cabeza para verlo mejor. Estaba tan cerca de ella que Eleanor podía sentir su calor y el aroma de su colonia. De repente, le costaba respirar. Sólo esperaba que Anthony no hubiera notado el leve temblor de sus dedos.

—¿Se puede abrir? —preguntó él.

Eleanor intentó introducir una uña, pero no sirvió de nada. Tiró de un lado, de otro, empujó por aquí y por allá, y no sucedió nada.

Pero de repente, al ir a girarlo, la parte trasera del broche se movió y se abrió una tapa.

—¡Mira!

Allí, oculta en una cavidad de la piedra negra, había una minúscula llave de plata.

10

—¡Una llave! —exclamó Anthony—. ¿Tienes idea de qué puede abrir?

—Lo sospecho. Ven, sígueme.

Eleanor tomó la llave y lo llevó, escaleras abajo, hacia el despacho. Una vez dentro, abrió el compartimento secreto de la caja de palisandro.

Eleanor le explicó lo que era.

—¿La caja era de Edmund? ¿Para qué la usaba?

—Para guardar las partituras y las plumas. Siempre la llevaba consigo.

Se inclinó sobre la caja e introdujo la llave en la cerradura del compartimento secreto. Se oyó un suave clic y Eleanor soltó un grito ahogado.

En el interior había varias partituras de Edmund. En la parte superior se leía: *Sonata napolitana*.

—¿Qué es? —preguntó Anthony.

—No lo sé. No lo había visto nunca. Debe de ser una obra nueva en la que estaba trabajando. Pero, ¿por qué querría ocultarla?

Eleanor sacó las partituras y las sostuvo de un modo casi reverencial.

—Esto era lo que buscaba el ladrón, sin duda. Debía de saber que la llave estaba en una de mis joyas. Seguramente se llevó el relicario por esa razón —dijo ella.

—¿Pero por qué no se llevó la caja directamente? —preguntó Anthony—. Aunque no tuviera la llave, podría haberla roto.

—Supongo que sí. Pero es posible que no conozca todos los detalles y que no sepa cuál es la caja que abre la llave. Quién sabe.

—No lo entiendo. Dos intentos de robo por unas simples partituras...

—¿Unas simples partituras? ¡Edmund era un genio! —bramó Eleanor—. Éste es su último trabajo, su obra póstuma. Su valor es incalculable.

—Tal vez para ti y para otros melómanos. Pero, ¿por qué querrían robarlas? La motivación de un ladrón normal es conseguir dinero.

—Hay un motivo mucho más sencillo: alguien las quiere para quedarse con la obra y poder decir que es suya. Muchas personas harían cualquier cosa por obtener fama y reconocimiento en el mundo de la música.

—Puede ser.

Anthony no parecía muy convencido, pero Eleanor estaba tan asombrada con el descubrimiento que no le dio importancia. Salieron de la habitación, avanzaron por el corredor y entraron en la sala de música. Después, acercó un candelabro, se sentó al piano y colocó las partituras, cuidadosamente, en el atril.

Mientras interpretaba la pieza, notó un detalle bastante extraño. Era una composición muy sencilla, nada parecida al resto de la obra de Edmund, de gran complejidad. Además, había algunos fallos evidentes.

Eleanor miró a Anthony con confusión.

—Esto es absurdo. No parece de Edmund.

Anthony frunció el ceño.

—Puede que no lo sea.

—Pero reconozco su letra, sus notas...

—Tal vez la copiara.

—¿Copiarla? ¿Para qué? ¿Y por qué la guardó en un compartimento secreto? Es una composición bastante mala.

—Es posible que la guardara por eso, para ocultarla.

—¿Para ocultarla? Edmund la habría destruido. Cuando no estaba satisfecho con su trabajo, destrozaba las partituras. Y te aseguro que jamás compuso algo tan malo como esto.

Desconcertada, tomó las partituras y las miró con atención.

—Y si... ¿y si sospechaba que estaba perdiendo su talento?

—¿Es eso posible?

—Lo desconozco. Esta obra es de una calidad tan baja que en circunstancias normales ni siquiera se habría molestado en pasarla a las partituras. Pero si tenía problemas para componer, si esto era lo mejor que conseguía...

Eleanor calló durante unos segundos.

—Si pensaba que había perdido su talento, es muy posible que decidiera suicidarse —concluyó.

—Qué estupidez. El talento no desaparece de la noche a la mañana. ¿Te habló alguna vez de esa obra? ¿Te pareció que estuviera inquieto?

—No. Pero si fuera cierto, si realmente creía que había perdido el don de la música, no me lo habría confesado ni siquiera a mí. Edmund vivía por y para la música. Ni su éxito ni su fama ni su salud recobrada habrían significado nada para él en comparación con la pérdida de su talento —respondió.

—Sea como sea, no quiero que hables de suicidio. Edmund no se suicidó. No es verdad —insistió Anthony.

—Recuerda lo que me dijo sobre el broche. Es muy extraño. Y luego... salió solo a navegar, a pesar de que siempre iba con Darío o con otros amigos. Lo que más le gustaba de la vela no era el mar ni los barcos, sino la compañía. Pero aquel día quería salir solo. Me ofrecí a acompañarlo y se negó con la excusa de que tenía cosas en las que pensar. Parecía... no sé. Ahora que lo pienso, parecía algo alterado.

—Das demasiada importancia a detalles insignificantes porque temes que se suicidara. Buscas significados en sus palabras y en sus actos, pero en lo que me has contado no hay nada que induzca a pensar seriamente en esa posibilidad.

—¿Y qué me dices del accidente? No había marejada, ni una brizna de viento. Era un día precioso y estaba totalmente despejado. Además, Edmund se había convertido en un navegante experto —declaró Eleanor—. Hasta ahora no me atrevía a pensar que se hubiera quitado la vida, pero esto... Si pensaba que había perdido su capacidad musical, la vida habría perdido todo sentido para él.

—Son simples suposiciones, Eleanor. Para empezar, no estás segura de que la obra sea suya, aunque esté escrita de su puño y letra. Incluso es posible que sólo fuera un simple experimento. En cualquier caso, el talento no desaparece de repente. Se va poco a poco.

Eleanor quiso hablar, pero Anthony le tapó la boca con un dedo.

—Espera. Pregúntate esto: ¿por qué querría guardar una obra sin valor en un compartimento secreto? ¿por qué te regaló ese broche, con una llave cuya existencia desconocías? ¿por qué te dijo que lo guardaras por su bien? Si la obra es tan mala como dices, no habría querido que nadie, ni siquiera tú, la viera. Y tú misma has dicho que no la habría escondido; la habría roto —dijo.

—Sí, es bastante raro.

—Yo diría que hay otra explicación para el incomprensible accidente de Edmund. El asesinato.

Eleanor se ruborizó.

—¿Todavía crees que yo lo maté? ¿Cómo te atreves...?

—No, no... controla tu temperamento —dijo, sonriendo—. Yo no creo que tú mataras a Edmund. Deberías saberlo a estas alturas.

Anthony le apartó un mechón de cabello que le había caído sobre la cara. Fue un gesto simplemente amable, pero su caballerosidad no ocultaba el deseo que contenía. Y cuando le rozó la mejilla, ella se estremeció.

Todas sus preocupaciones empezaron a difuminarse. Sentía un intenso calor. Deseaba apretarse contra él y sentir la dureza de sus músculos y de sus huesos.

—¿Has dicho algo sobre un asesinato? —preguntó ella, ausente y en un murmullo.

Anthony la abrazó.

—No. No quiero hablar de eso. Disfrutemos del momento... tú y yo.

Él la acarició en el cuello y ella se fundió contra él, cediendo por un momento al deseo. Era exquisitamente consciente de su largo y duro cuerpo, de los brazos que la rodeaban, del aterciopelado roce de sus labios. Sentía los senos pesados, hinchados, como con ansia; y al recordar lo sucedido aquella noche en Hall, la respuesta de sus pezones a las caricias, se tensaron todavía más.

Anthony la mordió entonces en el lóbulo de la oreja y apretó su pelvis contra el cuerpo de Eleanor. Ahora le acariciaba los pechos, sin dejar de besarla en ningún momento, e irradiaba tal calor que ella se sentía como si estuviera dentro de una llama.

Gimió y se dejó llevar. Había empezado a frotarse contra él y sólo quería sentirlo en su interior y saciar su deseo.

—Anthony... —murmuró, como en un sueño.

Pero Eleanor seguía dominada por sus temores y pensó que no podía entregarse a la pasión. Hizo un esfuerzo, intentó convencerse de que su voluntad era más fuerte que la suma de sus emociones y poco a poco, pero con firmeza, se libró del hechizo.

—No —dijo al fin—. No. No podemos.

Se apartó de él y abrió los ojos. Por si fuera poco, estaban en la casa de Edmund, en la sala de música, el lugar que había sido tan suyo que había recuerdos de él por todas partes. Y aunque nunca había sentido por Edmund lo que sentía por lord Neale, tenía la sensación de estar traicionándolo.

—Eleanor...
—No —insistió—. No podemos seguir.
—¿Por qué no? No negarás que sientes lo mismo que yo...
—No lo niego.
Eleanor lo dijo con un tono tan inseguro que equivalía a una confesión de lo que sentía por Anthony.
—No, no lo niego —continuó—. Pero no puede ser ahora. Aquí no. Yo no soy de la clase de personas que...
—¿Crees que no lo sé? —la interrumpió—. Te respeto profundamente, Eleanor.
—No sigas, por favor... —dijo, estremecida.
El apretó los dientes e intentó contenerse y controlar su deseo.
—Será mejor que vayamos a mi despacho.
Eleanor no esperó a que la siguiera. Salió de la habitación y no paró hasta alcanzar su objetivo.
—¿Quieres tomar algo?
Antes de que Anthony pudiera responder, ella se acercó al armario donde estaban las bebidas y sacó dos botellas. Le sirvió un whisky a él y ella optó por un jerez. Después, se sentaron frente a frente, con la mesa de por medio.
—¿Qué motivo podía tener alguien para asesinar a Edmund? —preguntó ella.
—Lo desconozco.
Anthony todavía no se había recobrado del encuentro en el dormitorio. Intentaba tranquilizarse, bajar la intensidad del deseo que lo había dominado unos minutos antes, pero incapaz de quitárselo de la cabeza.
—Si el motivo era económico, los únicos beneficia-

rios que se me ocurren son sir Malcolm y Samantha —dijo ella, pensando en voz alta—. Por motivos evidentes, podemos descartar a Samantha. Y en cuanto a sir Malcolm, tengo entendido que estaba en Inglaterra cuando Edmund murió. Además, sir Malcolm no sabía que la salud de Edmund había mejorado y pensaría que no faltaba mucho para que muriera y le dejara la mansión en herencia.

—No, no creo que sir Malcolm tenga nada que ver en el asunto —afirmó él—. Por otra parte, ni siquiera estamos seguros de que Edmund fuera asesinado. Sólo son suposiciones, aunque tengan una base lógica... En circunstancias normales, nunca habría pensado que había algo raro en su muerte. Pero ahora, después de lo que me has contado, tras los dos robos y el intento de secuestro de Claire, parece demasiada coincidencia.

—¿Y qué podía querer el ladrón? ¿La llave? ¿Las partituras? No entiendo que alguien se pueda arriesgar tanto por cosas que aparentemente no tienen valor. Y mucho menos que cometa un asesinato.

—Olvidémonos ahora del asesinato. Lo cierto es que te han robado dos veces y que han intentado secuestrar a la niña. Todos los datos que tenemos apuntan a que estaba interesado en tus joyas. Piensa, intenta recordar... ¿hay algún otro objeto extraño entre tus pertenencias? Algo como el broche, quiero decir.

Eleanor suspiró.

—No. Pero, ¿qué podemos hacer? La solución de alejar a los niños y llevarlos a Escocia es temporal. No pueden estar allí para siempre.

Anthony se levantó y empezó a caminar de un lado a otro.

—Si damos por sentado que quería la llave y las partituras, lo mejor que podemos hacer es intentar atrapar al ladrón. Hablaré con algún agente de policía para que ejerza de vigilante. Tú lo contratarás como si fuera un criado normal y corriente, para no levantar sospechas, y seguirás con tu vida habitual —dijo él—. Dale todas las ocasiones que puedas para que vuelva a entrar en la casa. Asiste a fiestas, a obras de teatro, a lo que sea. Facilitémosle el trabajo. Es importante que se confíe y que lo intente otra vez.

—Y el vigilante lo estará esperando...

—Exactamente. Pero no me gusta la idea de que te quedes sola en casa.

Eleanor se levantó y lo miró. Aunque el jerez le había calentado el estómago, no había conseguido calmar sus nervios. Era demasiado consciente de la presencia del hombre que deseaba.

—No estaré sola. Tengo criados.

—Pero ninguno duerme en el mismo piso —observó.

—Bueno, estará el vigilante. Y uno de los criados montará guardia en la planta baja. Nadie podrá llegar hasta mí cuando esté en casa.

—Eso no es suficiente. Debería quedarme hasta que lo atrapemos.

Eleanor se estremeció con la perspectiva de tenerlo tan cerca. Lo imaginó durmiendo a escasos metros, a un par de habitaciones de distancia, y sintió una extraña mezcla de calor y de frío.

—No, eso no es posible. ¿Qué diría la gente?

—Creía que esas cosas te daban igual.

—En general me da igual lo que piensen, sí. Pero eres un hombre soltero. No puedes alojarte en mi casa, y mucho menos ahora, con Kerani y los niños fuera. Destrozarías mi reputación. Lo sabes de sobra.

Eleanor no añadió que el verdadero motivo de su negativa era el miedo a tenerlo demasiado cerca. Anthony era demasiado peligroso para ella. Unos cuantos besos y caricias habían bastado para destrozar sus barreras y situarla al borde del abismo. Si se quedaba allí todas las noches, no estaba segura de poder contenerse.

Anthony apretó los dientes. Eleanor no lo había engañado. Sabía que su negativa no tenía nada que ver con la opinión de la gente ni con su reputación.

—¡Maldita sea, Eleanor! Esto es muy peligroso. Sin la ayuda de tu mayordomo y de tu asesor, eres un objetivo demasiado fácil.

—Estaré bien. Dormiré con la pistola junto a la cama.

Anthony empezó a caminar otra vez. Pero se detuvo de repente y dijo:

—¡Ya lo tengo! Haremos que vengan Honoria y Samantha. Se quedarán contigo.

—¿Te has vuelto loco? Prefiero enfrentarme a todos los ladrones del mundo a tener que compartir techo con tu hermana. Además, ¿de qué forma podrían ayudar? Lejos de protegerme, se pondrían en peligro.

—Ésa no es la cuestión. La idea es perfecta porque me daría una excusa para pasar mucho tiempo en esta casa sin que tu reputación sufriera ningún daño. La presencia de mi hermana y de mi propia sobrina evitaría cualquier rumor.

Eleanor apretó los puños. Tenía razón. Por mucho que le disgustara la perspectiva de compartir la casa con Honoria, era un buen plan. Incluso un plan atrayente, porque Anthony estaría a su lado.

—Sin embargo, insisto en que ellas también se pondrían en peligro —objetó—. No puedes ponerlas en la línea de fuego.

—Yo estaré aquí para protegerlas. Y para protegerte a ti.

Lord Neale caminó hacia ella, la tomó de las manos y la miró.

—Por favor, Eleanor, permíteme que te ayude. No puedo permanecer con los brazos cruzados mientras tú estas sola y vulnerable en esta casa. Quiero estar contigo, quiero protegerte, y es la única forma que se me ocurre.

Las manos de Eleanor temblaban ligeramente.

—Está bien —murmuró.

Él sonrió, la abrazó y la besó. Fue un beso rápido, lleno de promesas, que terminó enseguida. Pero Eleanor se quedó sin aliento.

—Ahora, cierra todas las puertas y ventanas.

—Lo haré —dijo, con una sonrisa—. Pero te advierto una cosa: no creas que tu presencia en esta casa te concede derecho alguno a darme órdenes.

En la cara de Anthony se dibujó una amplia sonrisa. Eleanor pensó que los hoyuelos de sus mejillas eran sencillamente irresistibles.

—Mi querida Eleanor, jamás se me ocurriría ordenarte nada.

—Ja.

Anthony la miró durante unos segundos y le acarició la mejilla con el índice. Después, giró en redondo y salió del despacho.

Eleanor vio cómo se alejaba. Se sentía una tonta por permanecer allí, de pie y sonriendo como una adolescente, pero ni podía borrar la sonrisa ni evitar su sentimiento de alegría.

Se dijo que era ridículo que reaccionara de ese modo. Completamente absurdo. En otras circunstancias le habría molestado el carácter hiperprotector de Anthony. En aquéllas, le resultaba molesto, divertido y apasionante a la vez.

Tomó un candelabro y salió del despacho. Luego, subió por la escalera y entró en su dormitorio. No tenía sueño, pero tampoco le apetecía hacer ninguna otra cosa. Así que se acercó al balcón, apartó la pesada cortina y contempló la calle. Anthony todavía estaba en el vado de la casa, echando un vistazo al jardín.

Al cabo de un rato, aparentemente satisfecho, habló con su cochero y subió al carruaje. Ella siguió mirando, pero el carruaje no se movió. El cochero bajó del pescante, dio unas palmaditas a los caballos y volvió a subir. En ese momento, Eleanor comprendió que el carruaje no iba a ir a ninguna parte.

Anthony tenía intención de pasar la noche allí, vigilando la casa desde el exterior.

Eleanor pensó que aquello tendría que haberle molestado. Pero sólo sirvió para que se sintiera querida y segura.

Tomó la pequeña llave de plata, se la puso en la palma de la mano y la miró. ¿Era posible que un objeto tan aparentemente insignificante justificara dos robos y un intento de secuestro? ¿Tanto valor tenían las partituras? ¿O es que el ladrón creía que aquella llave abriría algo de mucho más valor?

Negó con la cabeza. Lo que estaba pasando no tenía ningún sentido, ninguna lógica aparente. ¿Qué habría hecho Edmund para meterse en semejante lío? ¿Y cómo podía salir, ella, de él?

Pero ninguna de esas preguntas le parecían tan importantes como ésta: ¿cómo mantener su independencia y su libertad, si cada segundo en compañía de Anthony la empujaba más y más hacia el amor?

El vigilante llegó a última hora de la mañana del día siguiente. Era un hombre bajo, fuerte y taciturno cuya presencia pasó pronto desapercibida. Por desgracia para Eleanor, no se podía decir lo mismo de Honoria, que llegó con su sobrina dos días después.

Desde el momento en que Honoria descendió del carruaje, inició una catarata de quejas interminables sobre el viaje, los caminos, la desconsideración de su hermano al obligarla a partir hacia Londres con tan poco tiempo, la decoración de la casa de Eleanor, la distribución y el tamaño de las habitaciones y el hecho de que Eleanor no la hubiera invitado antes. Naturalmente, la última parte era falsa. Honoria la odiaba y siempre se había negado a compartir techo con la bruja que se había casado con su hijo.

Samantha parecía muy avergonzada por los malos modales de su madre e intentó justificarla con el argumento de que el viaje había sido ciertamente molesto. Eleanor sonrió a la joven y le aseguró que lo comprendía perfectamente. Luego, le pidió a una doncella que llevara agua de lavanda a Honoria, para quitarle su dolor de cabeza, y un té para reanimarla.

Mientras Honoria se dirigía a su habitación, enfrascada en una discusión con la doncella, Eleanor aprovechó la ocasión para llevarse a Samantha.

—Ven a tomar el té conmigo.

—Oh, me encantaría...

La estancia de Honoria en la casa no resultó tan terrible como había imaginado. Normalmente, Eleanor agradecía su compañía; pero agradecía todavía más que Samantha se las arreglara siempre para alejarla cuando su madre se ponía demasiado impertinente y estaba a punto de acabar con la paciencia de su anfitriona.

Anthony, fiel a su palabra, pasaba mucho tiempo en la casa. Eleanor no sabía cómo se las había arreglado Anthony para convencer a Honoria de que abandonara su casa de campo y se fuera a pasar una temporada a la casa de la mujer que más detestaba. Honoria no se atenía a razones, y no le habría extrañado nada que su hermano le hubiera pagado. O tal vez se había limitado a observar que, estando allí, tendría infinidad de ocasiones para complicarle la vida a su peor enemiga.

En los dos días siguientes no pasó nada. Cuando Eleanor se lo comentó a Anthony, dijo que tenían que salir.

—Estamos aquí todo el tiempo y no le hemos dado ocasión de entrar. Salgamos esta noche. ¿No estás invitada a ninguna fiesta?

—No suelo asistir a fiestas —respondió—. La muerte de mi esposo está demasiado cercana.

—Por Dios, Anthony... —intervino Honoria—. No deberías animar a una viuda a comportarse de forma frívola.

—No creo que asistir a una fiesta sea indecente —observó él—. Se puede ir perfectamente aunque se esté de luto.

—Pero no todas las noches —dijo Eleanor—. Además, prefiero dedicar mis noches a algo que me divierta de verdad.

—A ver, ¿dónde tienes esas invitaciones?

—Anthony, te estás comportando de forma grosera —dijo su hermana—. Estoy segura de que recibe muy pocas invitaciones.

Con perverso placer, Eleanor abrió uno de los cajones y sacó un montón de cartas. Honoria se quedó asombrada.

—Tonterías, Honoria —dijo Anthony—. Además de ser rica, Eleanor es la viuda de un aristócrata. Eso la convierte automáticamente en un partido deseable.

Anthony se acercó a las cartas y empezó a mirar los nombres de los remitentes.

—Aburrido... muy aburrido... aún peor... Oh, Dios mío, no lady Montrose... Ah, aquí hay una invitación que podría estar bien. El cónsul de Nápoles da una recepción esta misma noche. En honor de un conde o algo así.

—Probablemente, del conde de Graffeo —dijo Eleanor—. No se puede decir que me gustara demasiado. Lo encontré... desagradable.

—Supongo que la mayoría de los invitados encajarán en esa descripción —observó él.

—¿Por qué insistes en que asista a esa fiesta?

Anthony empezó a repetirle todas y cada una de las razones por las que convenía que saliera de la casa. Al cabo de unos segundos, arqueó una ceja, se detuvo un momento y añadió:

—Se me acaba de ocurrir que lo sucedido puede tener alguna relación con Nápoles o con alguna persona que viva en Nápoles. Si no recuerdo mal, también entraron en tu casa de Italia. Si la llave de Edmund es la clave del asunto...

—¿La llave? —preguntó Honoria—. ¿Qué llave? ¿De qué estás hablando, Anthony?

—De nada serio, Honoria. Es una especie de juego que tenemos Eleanor y yo.

—Ah. Un juego.

—Sí, una especie de rompecabezas que intentamos montar.

Anthony se inventó lo del juego porque sabía que a Honoria no le interesaban nada esas cosas. De hecho, su hermana olvidó el asunto y se concentró en coser el dobladillo de uno de sus vestidos.

Aprovechando el momento de paz, Anthony se llevó a Eleanor a uno de los balcones que daban a la calle. Se sentaron enfrente y hablaron en voz baja.

—De modo que crees que el culpable podría ser un napolitano...

—Evidentemente es alguien que conocía la existencia del broche y de la llave, si es que es eso lo que están buscando. Y has estado viviendo un año en Italia.

—Sí, pero... me parece absurdo que alguien me haya seguido desde Nápoles para robarme esa llave.

—A pesar de ello, es lógico.

—¿Darío? ¿Sospechas de Darío? —exclamó.

Eleanor había alzado demasiado la voz. Lo suficiente para que Honoria lo oyese.

—¿Darío? ¿Estáis hablando del encantador caballero que te acompañó a Tedlow Park? ¿Estará en la fiesta?

—Sí, en efecto, hablábamos de ese encantador caballero —dijo su hermano con ironía—. Y no me sorprendería que estuviera en una fiesta, teniendo en cuenta que es italiano.

—En tal caso, me gustaría asistir. Es un joven muy educado... me pregunto si este vestido serviría para la ocasión. ¡Samantha! ¡Ve a mi habitación! ¡Tu madre te necesita!

—Te equivocas con Darío —dijo Eleanor en voz baja.

—¿Por qué? A mí me parece un personaje bastante sospechoso. Estaba en mi mansión la noche que te robaron el relicario.

—Ciertamente notable —dijo Eleanor con sarcasmo—. Darío dijo exactamente lo mismo de ti.

—¿Insinuó que yo había robado tu relicario? —rugió.

—Fue algo más que una insinuación —dijo ella, divertida.

—Por supuesto. Lo dijo para que las sospechas recayeran sobre mí. Típico de alguien que tiene algo que ocultar.

Eleanor arqueó una ceja.

—Ese mismo argumento se podría aplicar igualmente contigo.

—No seas ridícula. Además, no creerás todavía que yo...

—No, claro que no. Sólo he dicho lo que he dicho. Y por otra parte, no tenemos motivo alguno para sospechar de Darío.

—De todas formas, la idea de una conexión italiana es bastante lógica.

—Sí, eso es verdad.

Anthony la miró, se llevó una mano al corazón y puso expresión de asombro infinito.

—No puedo creerlo. ¿Me estás dando la razón?

—Bueno, es mejor que no se te suba a la cabeza. No es algo que pueda ocurrir con demasiada frecuencia —bromeó ella.

—Lo sé. Eres la mujer más obstinada que he conocido.

Anthony le acarició en la muñeca. Eleanor intentó controlar su deseo. Honoria había subido a su habitación para encontrarse con Samantha, pero estaban en la casa y podían presentarse en cualquier momento.

—Sí, bueno... tal vez deberíamos ir a la fiesta del cónsul.

—Muy bien. Pero reservarás dos valses para mí.

—¿Dos? —preguntó ella con humor—. Ten cuidado... la gente empezará a murmurar.

—Dos bailes no suponen un escándalo —le recordó, acompañando su sonrisa seductora con otra caricia.

Eleanor apartó la mirada.

—Anthony...

—Sí...

—Honoria y Samantha están en casa.

—Pero no están en esta habitación.

—Tampoco están precisamente lejos. Por no hablar de los criados...

—No hacemos nada malo. Sólo estamos hablando.

Ella le lanzó una mirada que pretendía ser una advertencia. Sin embargo, le salió tan mal que pareció una invitación.

—De momento.
—¿Quieres que cierre la puerta? —preguntó él.
—Eso sería peor.
—Vaya por Dios. Me gustaría tener una varita mágica para que desaparecieran de la casa —dijo Anthony.

Eleanor pensó que a ella también le gustaría, pero sacó fuerzas de flaqueza y se apartó de él.

—¿Honoria vendrá con nosotros?

Él suspiró, pero no intentó acercarse.

—Sí. Es conveniente que la casa se quede tan vacía como sea posible.

—¿Y qué hacemos con Samantha? —preguntó, al caer en la cuenta de que se quedaría sola—. No puede asistir a un baile. Sólo tiene quince años. Pero tampoco podemos dejarla aquí. Si aparece el ladrón...

Él asintió.

—Le diré a Rowlands que venga a buscarla y que se la lleve a mi casa. Mi ama de llaves cuidará de ella.

Eleanor asintió.

—Perfecto.

Anthony caminó hasta la puerta, donde se detuvo.

—¿Te parece bien que pase a buscaros a las ocho?

Eleanor asintió otra vez. En ese momento, le parecía más seguro que hablar. Tenía miedo de abrir la boca porque estaba a punto de rogarle que se quedara unos minutos más, que no se marchara tan pronto.

—De acuerdo. Pero recuerda que me has prometido dos valses...

Anthony sonrió y se marchó.

Eleanor se sentó en un sofá y suspiró. Trabajar con Anthony estaba resultando más difícil de lo que había previsto.

Arreglarse le llevó más tiempo que de costumbre. Intentó convencerse de que no había nada de particular en ello, pero lo cierto es que se puso su mejor vestido de noche, una prenda de satén blanco con un escote amplio y redondo que dejaba ver gran parte de sus hombros y una porción no desdeñable de sus senos. Como complemento eligió unos pendientes de azabache y un collar. El único adorno que llevaba en el cabello eran unas flores blancas fijadas con horquillas a sus rizos oscuros.

Estaba tan elegante como atractiva. La mirada de Anthony, cuando regresó a la casa, confirmó su opinión. También Samantha, que la elogió varias veces. Y hasta lady Honoria, generalmente propensa a las críticas negativas, se limitó a comentar que aquel año estaban de moda los escotes redondos.

Samantha se marchó a casa de lord Neale en compañía de su ama de llaves, que lo había acompañado. Anthony, Honoria y Eleanor subieron al carruaje para cubrir el corto trayecto que los separaba de la mansión del cónsul del Reino de Nápoles.

El cónsul, un hombre bajo, voluminoso y locuaz, saludó a Eleanor de un modo muy afectuoso y la presentó a su mujer, una mujer muy delgada. Después, le explicó que lady Scarbrough era la viuda de sir Edmund Scarbrough, el genio musical. La esposa del cónsul la miró con renovado interés y charlaron unos minutos, animadamente, sobre cuestiones relativas a la ópera. Anthony y Honoria no llamaron tanto la atención.

Al cabo de un rato, Eleanor notó que Honoria la miraba de forma distinta, casi con respeto o, por lo menos, con sorpresa y cautela. Por lo visto, empezaba a cambiar de opinión sobre ella.

En determinado momento, la esposa del cónsul quiso presentarle al invitado de honor, el conde de Graffeo.

—No es necesario que nos presente, Sofía —dijo el conde—. Ya nos conocíamos.

—Me alegro de volver a verlo, conde —dijo ella.

Eleanor forzó una sonrisa. En realidad, el único motivo que tenía para desconfiar del conde era la opinión negativa de Darío. Pero Eleanor confiaba en su instinto y algo le decía que aquel individuo no era de fiar.

Pronto fue evidente que lady Honoria no poseía un instinto tan desarrollado. Cuando Eleanor los presentó, Honoria quedó encantada con sus halagos falsos y más bien fríos.

—Me gustaría poder bailar con usted esta noche, lady Eleanor —dijo el conde.

—Por supuesto.

A Eleanor no le apetecía nada, pero se recordó que habían ido a la fiesta por un buen motivo y, a fin de cuentas, prefería bailar con él a tener que enfrentarse al ladrón. Sólo entonces, se le ocurrió que el conde parecía un hombre muy capaz de contratar a alguien para robar o para secuestrar a otra persona. Pero no le dio importancia.

El primer vals de la noche se lo concedió a Anthony. En el momento en que estuvo entre sus brazos, olvidó todo lo demás y se limitó a disfrutar. No era el mejor bailarín del mundo. Carecía de destreza y resultaba algo rígido, pero lograba que se sintiera en el paraíso.

Mientras bailaban, lo miró y se preguntó qué había en él que lo hacía tan diferente del resto de los hombres. Naturalmente, no pudo encontrar la respuesta.

El vals terminó más pronto de lo que le habría gustado. Cuando salían de la pista, el conde de Graffeo los interceptó.

—Ah, lady Scarbrough... Creo recordar que prometió un baile.

—Es cierto.

Eleanor se tragó su irritación y tuvo que volver a la pista.

Esta vez, el tema musical era algo más complejo y exigía de cierta concentración. Por suerte para ella, era un baile en el que las parejas se mantenían a una distancia suficiente.

—Fui un gran admirador de su difunto esposo —comentó el conde—. Aunque creo que ya lo sabe.

—Sí. Me alegra que le gustara su música.

—Lamentablemente, nunca tuve ocasión de hablar largo y tendido con él.

Eleanor no supo qué decir, así que no dijo nada. Ni siquiera imaginaba de qué podían haber hablado Edmund y ese hombre.

—Desde luego, estoy seguro de que su esposo se interesaba en otras cosas además de la música —continuó.

Ella lo miró con extrañeza. La música era lo único que le había importado a Edmund en toda su vida.

—Ciertamente. Le gustaba navegar.

—Ah, sí, navegar... —dijo, con expresión inescrutable—. Un divertimento con consecuencias desgracias en este caso, me temo. Muchos artistas ingleses se han interesado por el mar. Shelley, lord Byron... me han dicho que le gusta mucho la natación.

—Sí, eso tengo entendido.

Eleanor estaba completamente perdida. Los comentarios del conde no parecían tener importancia alguna, pero había algo en el tono levemente irónico de su voz y en su énfasis que resultaba sospechoso. Ni siquiera sabía por qué se había referido en particular a dos escritores británicos.

—Admiro a los ingleses —siguió diciendo—. Tan decididos en sus creencias... Si les gusta el mar, debe de ser por una buena razón.

Una vez más, Eleanor tuvo la impresión de que estaba insinuando algo.

—Se podría decir lo mismo de cualquier nación, conde. Los italianos son igualmente decididos con sus creencias, aunque en general las expresan de forma más elegante que los ingleses.

El conde sonrió.

—En eso tiene razón. Napolitanos, venecianos, romanos... todos nos entregamos a nuestras creencias con verdadera pasión. Lamentablemente, esa pasión nos lleva de vez en cuando por caminos equivocados.

Eleanor lo miró.

—Conde, ¿está intentando decirme algo?

El conde la miró fijamente. Pero en ese momento se tuvieron que separar. Era uno de esos bailes donde los participantes se detenían de vez en cuando y formaban filas separadas hasta que las parejas se encontraban de nuevo.

Pasado el interludio, el conde le dijo:

—Las simpatías políticas de su difundo esposo eran

perfectamente respetables, pero eso no quiere decir que tuviera razón. En política hay muchas complicaciones que los jóvenes no siempre conocen.

—¿Sus simpatías? Me temo que no lo he entendido, señor. ¿Qué quiere decir exactamente? —preguntó.

—Vamos, lady Scarbrough, no esperará que crea que desconocía las opiniones de sir Edmund. De otras mujeres podría creerlo, pero de usted... no, definitivamente no.

—Ya le he dicho que...

—Lady Scarbrough, sólo quiero ayudarla. Su marido ya no está aquí y usted ya no vive en Nápoles. No hay razón para que... para que siga el camino de sir Edmund. Debe pensar en su futuro, en su bienestar. Le ruego que no cometa el error de aferrarse a las creencias de un muerto.

Eleanor no podía creer lo que acababa de escuchar.

—¿Me está amenazando?

En ese momento, la orquesta dejó de tocar. El conde se detuvo, se apartó de ella e hizo una reverencia.

—Milady, gracias por el baile.

El conde se marchó de inmediato, y Eleanor se quedó allí, perpleja.

12

Anthony se acercó unos segundos después, con el ceño fruncido.

—¿Qué ha pasado? ¿Qué te ha dicho?

—No estoy segura. Ha sido una conversación francamente peculiar.

—Pareces alterada. Ven conmigo y cuéntame lo que ha pasado.

Él la tomó del brazo y la alejó de la pista de baile. Se detuvieron en un rincón, detrás de una planta.

—Empezó con comentarios vagos, aparentemente triviales... un poco extraños tal vez, pero el tipo de cosas que suelen decir los extranjeros en estos casos. Mencionó a lord Byron y dijo que a los ingleses les gusta el mar.

—¿Cómo? ¿Mencionó a lord Byron? —preguntó, arqueando una ceja.

—Sí. Ha sido bastante extraño. Pero había algo raro en su tono de voz. Tendrías que haberlo oído. Un tono irónico y... no sé, como si estuviera insinuando algo que yo debía saber.

—¿Eso es todo? Ella negó con la cabeza.

—No. También hemos hablado de Edmund. Me ha dicho que las simpatías políticas de mi esposo eran un error y que no debía cometer el error de seguir su camino. Creo que me estaba amenazando. Hasta me ha recomendado que piense en mi futuro y en mi bienestar.

Anthony se sorprendió.

—¿Te ha amenazado?

Eleanor lo tomó de la mano al notar su inquietud. Estaba muy tenso y buscaba con la mirada al conde de Graffeo.

—No, no quiero que te enfrentes a él. Aquí no.

Anthony la miró.

—No puedo permanecer al margen y permitir que te amenace. No puedes pedirme tal cosa.

—Sólo te estoy pidiendo que no organices un escándalo en la recepción del cónsul —puntualizó—. Hemos venido para divertirnos un poco y tender una trampa al ladrón. Además, el conde no ha dicho nada que justifique una pelea.

Lord Neale no parecía nada convencido. Al localizar al conde, que en ese momento estaba charlando con otros invitados, apretó los dientes.

—Por favor... —insistió ella—. Una pelea no serviría para nada, salvo para insultar al cónsul. Tenemos que averiguar lo que sucede, y dudo que un duelo sea de alguna utilidad.

Anthony se relajó y sonrió.

—No estaba pensando precisamente en un duelo.

—Oh, entonces no conoces a los italianos —dijo ella—. Si te acercas a él y recriminas su actitud por lo que me ha dicho, lo tomará como una afrenta a su honor y te retará a un duelo antes de que te des cuenta. Sería una escena de gran dramatismo, pero absurda. Lo que tenemos que hacer es averiguar a qué se refería.

—Muy bien. ¿Y a qué se refería?

—No lo sé. Pero cuando Darío lo vio en la ópera, hace unos días... Ahora que lo pienso, ¿has visto a Darío? Pensaba que estaría en la fiesta.

Anthony miró a su alrededor con manifiesto desinterés.

—No, no lo he visto.

—Qué extraño. ¿Será que no lo han invitado, o que no aceptó la invitación? Sea como sea, parece que desconfía del conde.

Anthony se encogió de hombros.

—En tal caso, su ausencia no me extraña nada.

Eleanor asintió.

—Pero su ausencia indica que no estamos hablando de una desconfianza normal y corriente, sino de algo más profundo. Eso encaja con la impresión que me llevé en la ópera. Darío se puso muy tenso cuando los Colton-Smythe aparecieron en mi palco en compañía del conde de Graffeo —explicó—. Y cuando se marcharon, Darío me dijo que no me preocupara por él. Dijo que es un hombre despreciable.

—Una definición bastante contundente —dijo Anthony—. Pero ¿qué quiso decir con eso de que no te preocuparas por él?

—No estoy segura. Es posible que se diera cuenta de que yo también desconfiaba de él. El conde me habló con un tono muy parecido al de esta noche, como insinuando algo.

—¿Sabes qué motivos tiene tu amigo para llevarse tan mal con él?

—No se lo he preguntado, pero supongo que es a causa de sus diferencias políticas. El conde es un conocido defensor del rey de Nápoles y de su gobierno, y creo que Darío, en cambio, se encuentra entre los que apoyaron al movimiento de los *carbonari*.

—¿Los *carbonari*? ¿Qué es eso?

—*Carbonari* significa literalmente «carbonero». Pero es el nombre de un movimiento liberal y revolucionario de Italia. No sé por qué eligieron ese nombre... supongo que para identificarse con los trabajadores, aunque casi todos sus miembros eran de clases altas. Luchan por la libertad política y por unificar los distintos reinos italianos en una sola nación. En Nápoles tienen bastante fuerza. ¿No lo sabías?

Anthony se encogió de hombros.

—No, y la verdad es que tampoco sé mucho de Nápoles. Sé que su rey se llama Fernando, que está casado con una princesa del imperio austriaco y que Napoleón conquistó el reino y sustituyó al rey por uno de los suyos.

Ella asintió.

—Por Joaquín Murat. Estaba casado con la hermana de Napoleón —explicó—. Y a pesar de que a los napolitanos no les agradaba nada la invasión francesa, Murat hizo algunas reformas en el gobierno y se ganó unos cuantos seguidores.

—Sin embargo, el reino de Nápoles volvió a manos de Fernando tras la derrota de Napoleón, ¿no es cierto?

—En efecto. Pero se había creado una fuerte oposición a la monarquía absoluta y a favor de la democracia. Dos años después se produjo una revuelta y los *carbonari* obligaron al rey a aceptar una constitución. Luego, los austriacos enviaron tropas, derrotaron a los revolucionarios y reinstauraron el absolutismo.

—¿Y qué les pasó a los *carbonari*?

—Los aplastaron. Sus líderes acabaron en prisión.

—¿Y crees que Darío era uno de ellos?

—Tal vez. Ten en cuenta que eran una sociedad secreta. Pero sus miembros eran personas como Darío... estudiantes, intelectuales, los elementos más liberales de la sociedad napolitana. No sé si el movimiento sigue activo. Lo que sé es que el conde de Graffeo sería enemigo suyo.

Anthony frunció el ceño, pensativo.

—¿Edmund estaba involucrado en actividades políticas? ¿Qué pretendía decir el conde al mencionar lo de sus simpatías?

Eleanor suspiró.

—No estoy muy segura, pero supongo que Edmund simpatizaba con sus ideales. Sus amigos y él hablaban muy a menudo de libertades y derechos políticos. Edmund odiaba la opresión en cualquiera de sus formas; pero, por otra parte, nunca fue un hombre comprometido con esas cosas. Su principal interés era la música, como ya sabes.

Anthony asintió.

—Comprendo.

—Y hay otra cosa que se me escapa... si tenía actividades políticas, ¿cómo es posible que no me dijera nada? —se preguntó.

—Has dicho que los *carbonari* eran una sociedad secreta. Es posible que no quisiera ponerte en peligro

—dijo él—. Por absurdo que te parezca, es normal que los maridos intenten proteger a sus esposas.

Eleanor lo miró con rabia.

—¡No puedo creer que Edmund estuviera metido en algo peligroso!

—¿No? —preguntó él con escepticismo—. ¿Por qué? ¿Porque había estado enfermo toda su vida?

—Sí. La enfermedad lo hizo inseguro.

—Yo diría que alguien que es capaz de enfrentarse a la muerte durante tantos años y de empeñarse en seguir viviendo no es precisamente un miedoso. Es un hombre valiente —declaró Anthony.

Eleanor suspiró.

—Pero él se consideraba débil...

—Y odiaba esa debilidad —le recordó.

—¿Estás insinuando que participaba en actividades peligrosas para demostrar su fortaleza? —preguntó Eleanor.

—No, en absoluto. Puede que en parte lo hiciera por eso. Pero no se habría involucrado en algo así si no hubiera creído que era una causa justa.

Eleanor se giró y miró hacia la gente que estaba bailando en la pista. Durante unos segundos, no dijo nada.

—Lord Byron apoya al movimiento contra el absolutismo. Es un ferviente defensor de la democracia.

—¿Colaboró con los *carbonari*?

—No lo sé, pero no oculta que comparte sus ideales.

—Entonces, es posible que el conde lo mencionara por eso.

—Es posible, ciertamente. Si el conde piensa que yo estaba al tanto de las actividades políticas de mi difunto esposo, habrá imaginado que entendería la insinuación.

—De todas formas, sigo sin entender por qué te amenaza —dijo Anthony—. Por lo que me has contado, se ha convertido en el principal sospechoso de los dos robos y del intento de secuestro de Claire. Pero ¿por qué? ¿Qué está buscando?

—Es obvio que se ha equivocado conmigo. Cree que estaba informada de la militancia de Edmund y tal vez piense que me confesó algo importante antes de morir —respondió Eleanor—. No sé cómo ha podido averiguar lo de la llave, pero si la llave es la clave de todo el asunto, quizá piense que el compartimento secreto contiene algo más importante que unas simples partituras.

—¿Y qué podría ser?

Ella negó con la cabeza.

—No tengo la menor idea. Edmund no me dijo nada —afirmó, con amargura.

Anthony dudó un momento. Después, dijo:

—Mira... estoy seguro de que si Edmund prefirió mantener esas cosas en secreto, fue sólo para protegerte. No querría ponerte en peligro, lo cual es perfectamente comprensible. Amar a una persona implica querer protegerla.

Eleanor lo miró con ironía.

—Ignorancia y seguridad no son sinónimos, Anthony. ¿No crees que yo estaría más a salvo si hubiera confiado en mí? Podría haberme preparado para lo que iba a pasar.

—Puede que tengas razón, pero también es cierto que el amor ciega.

Eleanor sonrió. Anthony sabía que se sentía herida e intentaba animarla.

—Gracias —dijo con suavidad.

Él le devolvió la sonrisa y ella se sintió algo mejor. Hasta pensó que podía olvidarlo todo y limitarse a disfrutar de otro baile con él, a coquetear un poco y a lanzarle miradas seductoras por encima del abanico. La vida habría sido maravillosa si vivir el momento hubiera sido su principal preocupación.

Anthony se inclinó sobre ella. Sus ojos se habían oscurecido y la miraba como si adivinara sus pensamientos. Eleanor se preguntó si era posible, si realmente le bastaba una mirada para saber lo que sentía. Por desgracia, ella no era tan perceptiva. Habría dado cualquier cosa por saber si estaba pensando en besarla. Si deseaba besarla tanto como ella a él.

Su nerviosismo la llevó a apartarse un poco y decir lo primero que se le pasó por la cabeza.

—Debería hablar con Darío. Tal vez pueda darnos información sobre las actividades de Edmund en Nápoles.

—No sé si confío en ese hombre, Eleanor.

—Deberías hacerlo. Tu actitud con Darío es muy poco razonable.

Anthony sabía que Eleanor tenía razón. Darío no le gustaba. Sin embargo, no estaba seguro de que ese desagrado se debiera a una intuición sobre su carácter e intenciones. Cabía la posibilidad de que fuera algo tan clásico como un vulgar ataque de celos.

No en vano, había notado que se comportaba de un modo excesivamente íntimo cuando estaba con Eleanor. Ella se engañaba y creía que las atenciones de

Darío se debían a su amistad y a la antigua camaradería con Edmund, pero Anthony había notado cómo la miraba. Paradella no estaba interesado en una relación simplemente platónica.

—Cuando hables con él, me gustaría estar presente.

Lord Neale lo dijo sin pensar y se arrepintió enseguida. Había sonado demasiado brusco y no quería que Eleanor pensara que le daba órdenes.

Por suerte, ella se limitó a asentir.

—Muy bien.

En ese momento, oyeron la voz aguda de una mujer.

—¡Lady Scarbrough! ¡Por fin la encuentro! Sabía que vendría... Mi esposo pensaba que no asistiría a la recepción, pero yo estaba segura de que querría unirse a nosotros y participar en el homenaje al conde.

Eleanor contuvo un suspiro de irritación y se giró hacia la señora Colton-Smythe, que se había acercado con su marido.

—¿Qué tal están? —preguntó—. ¿Conocen a lord Neale?

Si Eleanor esperaba que la presencia de lord Neale derivaría la atención de la mujer, se equivocó. La señora Colton-Smythe charló unos segundos con él, pero estaba más interesada en ella.

—Lady Scarbrough, me gustaría presentarle a una amiga nuestra, de Nápoles —dijo, girándose hacia una mujer morena—. La señora Malducci ha venido a visitarnos. ¿No es maravilloso? Le he dicho que debería haber venido antes. Así habríamos viajado juntos.

Eleanor sonrió a la mujer.

—Encantada de conocerla, señora. Espero que esté disfrutando de su estancia en Inglaterra.

—Oh, sí, gracias, lady Scarbrough —comentó, con fuerte acento italiano—. Ardía en deseos de conocerla. Cuando la señora Colton-Smythe me comentó que se conocían, le pedí que nos presentara.

—¿De verdad?

—Sí. Siempre fui una gran admiradora de su esposo. Su música era...

La mujer se llevó las manos al pecho.

—Gracias.

—Era un genio. Es tan triste, tan triste que...

—Sí, lo es. Todos lo echamos de menos.

—Me gustaría hablar con usted —dijo, mientras la tomaba de la mano—. Aquel día tuve ocasión de verlo, ¿sabe?

—¿A sir Edmund?

—Sí. Ojalá le hubiera dicho que no saliera a navegar.

Eleanor intentó apartar la mano, pero se la apretaba con tanta fuerza que no pudo.

—Bueno, no se preocupe. Usted no podía saber lo que iba a pasar.

—Entonces, ¿vendrá a verme? —preguntó la señora Malducci—. Así podríamos hablar... le diré algunas cosas sobre su esposo. No lo olvide, por favor. Me alojo en la casa de los señores Colton-Smythe.

Malducci la miró con intensidad y Eleanor hizo un esfuerzo para sonreír. No quería hablar con la mujer. No quería saber dónde y cuándo lo había visto. Tras la muerte de Edmund, medio Nápoles la había torturado con descripciones sobre lo que hacía su esposo o dejaba de hacer, que generalmente eran una simple excusa para ganarse su confianza y saber más sobre su muerte y sobre la pira funeraria.

Temía que la señora Malducci fuera una simple cotilla. Pero había un fondo de entusiasmo en su voz que le pareció bastante extraño.

—Sí, venga a visitarnos, lady Scarbrough —dijo la señora Colton-Smythe—. Nuestra casa es pequeña y no podemos ofrecerle las comodidades a las que sin duda está acostumbrada, pero para nosotros sería un honor.

Eleanor pensó que la señora Colton-Smythe era una experta en atrapar a la gente. Su declaración hacía casi imposible una negativa. Si no iba a visitarla, todos la tomarían por una esnob.

Derrotada, no tuvo más remedio que asentir y sonreír a regañadientes.

—Por supuesto —dijo, apretando la mano de la señora Malducci—. Iré pronto.

—Magnífico.

Eleanor se sintió muy aliviada cuando Honoria se acercó al grupo, ignoró por completo a las señoras Colton-Smythe y Malducci, y empezó con una lista de quejas sobre el calor que hacía, la cantidad de gente que había, la calidad de los refrigerios y el estado de sus pies.

Eleanor la observó, divertida. La señora Colton-Smythe encontró tan aburrida la perorata que aprovechó la primera oportunidad para marcharse en compañía de su amiga.

—¿Dónde está ese amigo tuyo? —preguntó Honoria—. Dijiste que asistiría a la fiesta...

—Pensaba que asistiría, pero no lo he visto en toda la noche —respondió—. Deberíamos recriminarle su actitud la próxima vez que lo veamos.

Con el paso del tiempo, Eleanor había aprendido a

tratar con Honoria. El truco consistía en evitar su mal humor, no prestar demasiada atención a lo que decía y dejar pasar sus comentarios más desafortunados.

—Sí, tienes razón —dijo Honoria—. Lo haremos.

—Por cierto, estoy de acuerdo contigo en lo que decías de la fiesta. Hay demasiada gente y tal vez deberíamos marcharnos. ¿Qué te parece, Anthony?

—Sí, ya me he cansado de tanta animación —respondió—. Marchémonos. Honoria...

Anthony ofreció un brazo a su hermana, que parecía desconcertada. Eleanor sospechaba que Honoria no estaba nada descontenta con el baile; sencillamente sucedía que las quejas y recriminaciones eran su forma natural de comunicarse con los demás. Pero ahora no se podía retractar de lo dicho y no tuvo más remedio que callar.

Se despidieron de sus anfitriones y salieron de la casa. La noche era fresca y el cambio resultó muy agradable tras los sofocos de la recepción.

Anthony las llevó de vuelta al domicilio de Eleanor. Todo estaba tan tranquilo que supusieron que no había ocurrido nada, sospecha que confirmó, minutos más tarde, el vigilante. El hombre dijo que la noche había sido tranquila como una tumba. No había visto nada extraño durante sus rondas por el interior y por el exterior del edificio.

Cuando el vigilante se marchó, Eleanor dijo:

—Sospecho que no cree que el intruso tenga intención de regresar.

—En cierta manera, me gustaría que tuviera razón. Pero estoy seguro de que pasará algo. Sólo falta saber qué y cuándo.

—Bueno, la velada ha resultado bastante útil —dijo Eleanor—. Hemos descubierto unas cuantas cosas... al menos tenemos un par de pistas nuevas.

Anthony asintió con seriedad.

—Tenemos que vigilar al conde. Después de lo que ha dicho esta noche... me pregunto si debería quedarme aquí.

Eleanor se estremeció ante la perspectiva de que durmiera tan cerca de ella.

—No... no creo que sea buena idea.

—¿Por qué no? A mí me parece muy razonable.

—No hay necesidad —insistió, con voz entrecortada—. Ya está el vigilante. Y tu hermana. Por no mencionar a los dos criados que montan guardia.

—Honoria no sería de gran ayuda si alguien te atacara —afirmó—. Y puede que los criados y el vigilante no estén cerca y no oigan tus gritos cuando los necesites.

—Si ellos no pueden oírme, es bastante probable que tú tampoco puedas. No dormirías en mi habitación...

Eleanor se ruborizó de inmediato. Aunque no lo pretendía, sus palabras habían sonado a invitación.

—Bueno, quería decir que... En fin, lo mejor es que cierre la puerta por dentro. No hace falta que te quedes. No debes hacerlo.

—Si te preocupa otra vez tu reputación, recuerda que la presencia de Honoria evita ese problema —dijo.

—No, no es eso.

—Entonces, ¿qué es?

Lo miró sin saber lo que decir. Estaba dominada por emociones y sensaciones que ni ella misma comprendía. Quería que se quedara en la casa, pero no se lo podía permitir. Su deseo era demasiado fuerte; sus pensamientos, demasiado confusos. Era la primera vez que un hombre tenía tanto poder sobre ella. Nunca se había sentido tan vulnerable en una situación, tan ajena a su control.

Eleanor siempre había dominado su vida. Estaba segura de las decisiones que tomaba, de sus ideas, de sus capacidades. Todas sus emociones, desde la alegría hasta la tristeza, desde el dolor hasta el placer, estaban subordinadas a los dictados de su voluntad. Normalmente era capaz de enfrentarse a cualquier problema y todo el mundo se dirigía a ella cuando surgía una emergencia.

Nunca había permitido que las emociones la dominaran; ni siquiera en la peor época de su vida, cuando su padre se volvió a casar y la envió a Inglaterra por deseo expreso de su nueva mujer. Incluso entonces, superó el dolor y la amargura. Se convenció de que era normal que su esposa quisiera pasar a un primer plano y de que, a fin de cuentas, los hijos y los padres se tenían que separar en algún momento. Se trataba de dejar de ser una niña y convertirse en una persona adulta. Así que aceptó su destino, hizo amigos y llegó a apreciar Inglaterra y a sus gentes, su belleza, las ventajas culturales de Londres.

Cuando otras jóvenes de su edad empezaron a enamorarse y a casarse, no se preocupó. Ella era distinta, una mujer independiente que controlaba sus emociones. Además, su vida estaba llena; tenía a los niños, a Edmund, y muchos amigos en Italia e Inglaterra. Había muchas cosas de las que disfrutar. Le gustaba su trabajo y el contacto con el mundo del arte. La suya era una buena vida.

Tras la muerte de Edmund, siguió adelante. Estaba muy deprimida, pero concentró su energía en la producción y el estreno de la ópera de su difunto esposo.

Siempre sabía lo que tenía que hacer, y lo hacía.

Pero ahora, por primera vez, se sentía a la deriva. Se enfrentaba a una pasión nueva, mucho más intensa que el resto de las pasiones, que surgía en los momentos más inesperados: cuando bailaba en brazos de Anthony, por supuesto, pero también cuando lo miraba a través de una habitación, cuando oía su voz al llegar a la casa, cuando bajaba por la escalera y se lo encontraba de espaldas a ella. A veces se presentaba de repente, como un golpe. Otras veces, penetraba en su cuerpo con la suavidad de la seda.

No sabía qué hacer ni cómo enfrentarse a esa pasión. Por lo visto, ella no era la mujer fría y dura que siempre había creído. Sólo quería dejarse llevar, arrojarse al deseo y aceptar el hambre que crecía en su interior; entregarse por completo, en cuerpo y alma, a las caricias y besos de Anthony Neale.

¿Pero qué ocurriría después? ¿Qué habría tras el placer? Su estabilidad se encontraba en peligro. No estaba segura de poder separar el deseo y el amor. ¿Podía compartir cama con él sin abrirle el corazón de par en par?

Sospechaba que no sería posible. Más de una vez, al sentir la enorme alegría que la embargaba ante el simple sonido de su voz, pensaba que ya se había enamorado.

Sabía que Anthony le rompería el corazón. Estaba convencida de ello. Aunque se había equivocado al pensar que estaba interesado en el dinero de Edmund, Eleanor todavía creía que en el fondo la despreciaba por ser extranjera y de familia sin título. Para un aristócrata británico, ella sólo era una advenediza sin nombre y sin pasado. Nunca podría ser la esposa de un hombre de su nivel social.

Eleanor había aprendido mucho sobre el clasismo de la nobleza británica. Los nobles sólo se casaban con otros nobles, y cuanto más importante fuera su título, menos posibilidades había de que contrajeran matrimonio con una persona de nivel inferior. Se permitían las aventuras amorosas, pero no los matrimonios.

Anthony podía desearla, respetarla, incluso amarla. Sin embargo, no se casaría con ella. Una mujer cuyo bisabuelo había sido un simple zapatero emigrado a las colonias de América no se podía convertir en la esposa de un conde. Sólo, ser su amante. Y era una perspectiva que no le agradaba en absoluto.

—Anthony, no se trata únicamente de mi reputación —dijo, al fin—. Hay cosas más importantes que eso.

Anthony se acercó a ella y la tocó en un brazo.

—No me aprovecharía de ti, Eleanor.

Ella sonrió con cierta debilidad.

—Ése es precisamente el problema. Que no tendrías que aprovecharte.

Los ojos de lord Neale se oscurecieron. Había entendido lo que quería decir, pero las palabras de Eleanor también habían despertado su deseo.

—Eleanor...

Ella se estremeció.

—No. No podemos hacerlo. No debo hacerlo —dijo, rígida—. Y te ruego que no me lo pidas nunca.

Él dudó durante un momento. La miró fijamente. Pero al final, asintió.

—Por supuesto —dijo—. Entonces... hasta mañana.
Anthony caminó hasta la puerta y se detuvo. Después, llevó una mano al pomo y dijo, sin volverse para mirar:
—No podemos huir de lo que sentimos.
Sólo entonces, Anthony la miró de nuevo.
Eleanor asintió, sin atreverse a hablar.
Él se marchó.
Pasaron varios minutos. Estaba tan alterada que tuvo que hacer un esfuerzo para tranquilizarse. Sabía que Anthony tenía razón. No podrían escapar de sus sentimientos; lo único que había conseguido aquella noche era retrasar el momento. Pero más tarde o más temprano, el deseo vencería en la batalla contra su voluntad. Y se entregaría totalmente a él... o se alejaría para siempre.

13

Al día siguiente, Eleanor escribió una nota a Darío, que se presentó poco tiempo después. En ese momento estaban en la salita matinal. Ella charlaba con Anthony sin demasiado entusiasmo mientras ayudaba a Samantha a enrollar una madeja. Honoria sesteaba junto a uno de los balcones.

Darío se detuvo en el umbral y contempló la escena.

—¿Llego en mal momento?

—No, en absoluto, Darío. Entra, por favor. Estaba a punto de pedir que nos sirvan el té. Samantha, querida, tal vez deberíamos dejar la madeja para más tarde.

—Por supuesto —dijo la joven—. Iré a mi habitación a leer.

Samantha había estado escuchando la conversación de Eleanor y Anthony y se había enterado de casi todo lo sucedido.

—Muy bien.

Eleanor se levantó, llamó a un criado con el tirador de la campanilla, y rozó a Honoria al pasar, mientras decía:

—Es maravilloso que Darío haya pasado a visitarnos, ¿verdad, Honoria?

Honoria despertó, sobresaltada. Vio que Darío estaba saludando a Anthony y aprovechó la ocasión para alisarse un poco la ropa y la cofia de encaje blanco que se había puesto aquella mañana.

—Señor Paradella, me alegro mucho de verlo.

—Lady Honoria...

Darío se inclinó a modo de saludo y pasó a la habitual ronda de halagos antes de volverse hacia Eleanor, quien le pidió que se sentara a su lado.

—Siéntate, Darío. Tengo la impresión de que han pasado siglos desde la última vez que nos vimos.

—Es verdad —dijo Honoria—. Me llevé una gran decepción cuando vi que no estaba en la recepción del cónsul.

—¿La recepción del cónsul? —preguntó, girándose hacia Eleanor—. ¿Estuviste en la fiesta?

—Sí. Pensé que tú también irías.

—Difícilmente, teniendo en cuenta que era un acto en honor de un hombre al que tengo en muy poca estima.

—El conde de Graffeo me dijo varias cosas interesantes —comentó Eleanor, observando a su amigo con atención—. Hizo algunas insinuaciones sobre las simpatías de Edmund y me advirtió de los peligros de seguir sus pasos.

Darío soltó una frase en italiano. Obviamente, no era un cumplido.

—¿Tienes idea de lo que pretendía decir? —continuó ella.

Darío se encogió de hombros.

—¿Quién puede saber lo que ese hombre tiene en mente?

—Darío, no juegues conmigo.

—Pero...

—¿Es que no comprendes que mantener a Eleanor en la ignorancia sólo sirve para ponerla en peligro? —intervino Anthony—. ¿O es que no te preocupa su bienestar?

Darío también se levantó.

—¿Cómo te atreves a insinuar que Eleanor no me preocupa? ¡Moriría por ella!

—¿Peligro? ¿Morir? —preguntó Honoria, confundida—. ¿De qué estáis hablando, Anthony?

Eleanor habló sin prestar atención al comentario de Honoria.

—Darío, no tengo ningún interés en que mueras por mí —afirmó—. Siéntate y dime la verdad sobre Edmund.

Darío dudó. Miró a Anthony, miró a Eleanor y finalmente se sentó.

—Sí, tienes razón. Esto no es justo. Pensaba que no estabas al tanto... y por otra parte, me consta que Edmund no quería involucrarte.

—¿Edmund estaba involucrado en actividades peligrosas? —preguntó Honoria, llevándose una mano a la frente con su habitual dramatismo—. Anthony, tráeme algo de beber... creo que me voy a desmayar.

—Honoria, por Dios. Si quieres beber algo, llama a un criado —dijo Anthony.

Honoria no dijo nada.

—Tendréis que prometerme que guardaréis el secreto. Las vidas de muchas personas dependen de ello —declaró Darío—. Sí, Edmund creía en nuestra causa. Pero eso ya lo sabías, Eleanor. Quería libertad y justicia para la gente. Compartía nuestra visión de una Italia unificada y libre, y deseaba ayudar.

—¿Se unió a los *carbonari*? —preguntó Eleanor.

—No, a ellos no. Los austriacos destrozaron el movimiento de los *carbonari,* pero no pudieron acabar con la causa. Surgieron otros grupos, con otros nombres y otras gentes, pero con los mismos principios. Ahora nos hacemos llamar *L'unione*. Buscamos la libertad y la unidad del país, aunque naturalmente debemos trabajar en secreto.

Darío se detuvo un momento y siguió hablando.

—Nuestra situación es aún más peligrosa que la de los *carbonari*. En cualquier momento nos pueden delatar, y nuestros enemigos ya no se limitan al gobierno y al entorno del rey, sino a organizaciones secretas cuyo único objetivo es eliminarnos. ¿Conoces a los *calderai* o a los *sanfedisti*? Han jurado destruirnos. Y hay otro grupo, aún más secreto, cuyo jefe es el propio conde de Graffeo.

Darío pronunció el nombre como si fuera una maldición, con profunda amargura.

—Son un grupo violento y cruel. Se dice que han reclutado a asesinos sacados de las cárceles, a la escoria de la sociedad. Pretenden matar a todos los integrantes de *L'unione*.

Todos lo miraban en silencio. Hasta Honoria, que estaba boquiabierta.

Al cabo de unos segundos, Eleanor preguntó:

—¿Estás insinuando que el grupo del conde asesinó a Edmund?

La expresión de Darío se volvió sombría.

—No lo sé. No estamos seguros. Pero nos hemos preguntado muchas veces por qué salió solo a navegar. No sabes cuántas veces he lamentado no haber estado allí, con él... ¿por qué lo hizo? ¿Es que lo engañaron con un mensaje falso? ¿Le dijeron que fuera al barco a reunirse, supuestamente, con alguno de los nuestros? Puede que lo raptaran y lo asesinaran, y que luego llevaran su cuerpo al mar y lo arrojaran por la borda para ocultar las pruebas.

Honoria palideció.

—Darío, por favor... —intervino Anthony—. Recuerda que su madre está presente.

—Oh, Dios mío, cuánto lo siento...

Darío se levantó, se acercó a Honoria y murmuró palabras de aliento.

Anthony lanzó una mirada a Eleanor, que interpretó perfectamente. Eleanor se levantó y echó mano al tirador. Cuando llegó la criada, Janet, le pidió que acompañara a Honoria a su habitación y que llamara a Samantha para que estuviera con su madre.

Janet y Honoria se marcharon enseguida.

—Muy bien, continúa —dijo Anthony—. ¿Qué hacía exactamente Edmund en vuestro grupo?

—Sólo quería ayudarnos. Y nosotros pensamos que, siendo inglés, no despertaría sospechas. En el peor de los casos, nadie podía imaginar que se atreverían a atacar a un aristócrata extranjero. Así que le encargamos la responsabilidad de nuestros nombres.

—¿De vuestros nombres? No entiendo lo que quieres decir.

—En sociedades secretas como la nuestra, es mejor que nadie conozca el nombre real de los integrantes. Nunca nos reunimos más de dos o tres al mismo tiempo. Se toman decisiones y luego se pasa la voz. Los *carbonari* también trabajaban de ese modo. Pero tiene la desventaja de que, llegado el caso, no se sabe en quién se puede confiar y en quién no, lo que complica mucho las operaciones. Así que decidimos hacer una lista con todos nuestros nombres y ponerla a buen recaudo. Ésa era la responsabilidad de Edmund.

—¿Tenía una lista con todos vuestros nombres? —preguntó Eleanor—. ¿Y la guardaba en nuestra casa?

Darío asintió.

—Sí. Cuando murió, temimos que no hubiera sido un accidente, que lo hubieran matado y lo hubieran obligado antes a confesar. Fueron días terribles, porque pensábamos que vendrían a matarnos en cualquier momento. Pero no pasó nada y llegamos a la conclusión de que había sido un accidente y de que el conde y los demás no sabían nada de las actividades de Edmund —confesó—. Pero la lista tiene que estar en alguna parte, y nos preocupa. Edmund la escondió en algún sitio. ¿Y qué pasaría si llegara a manos del conde? Sería nuestro fin.

—¿Por eso has venido a Inglaterra? —preguntó ella.

—¿Por eso has venido a esta casa? —rugió Anthony—. ¿Para robar la lista?

Darío se levantó, muy enfadado.

—¿Cómo te atreves? ¿Es que crees que tenía intención de involucrar a Eleanor o de causarle algún daño?

Anthony arqueó una ceja.

—Desde luego, no has sido muy sincero con ella.

—Si no había dicho nada, es precisamente porque no quería poner a Eleanor en peligro —declaró, volviéndose hacia su amiga—. Tienes que creerme, te lo ruego. Sabes cuánto te quiero y te respeto. Sí, es verdad que necesito encontrar esa lista y es verdad que he venido a Inglaterra a buscarla, pero cuando hablé contigo, supe que no sabías nada de ella y que ni siquiera estabas al tanto de las actividades de Edmund.

—No creo que esa lista exista, Darío —dijo Eleanor—. He buscado por toda la casa, intentando averiguar lo que buscaba el ladrón. He buscado entre las pertenencias de Edmund y, por supuesto, en las mías. Pero no hay ninguna lista, te lo prometo. O la escondió demasiado bien o la destruyó antes de morir. Tal vez sospechaba que querían matarlo y se libró de ella.

—Eso ya no importa, Eleanor. El conde de Graffeo seguirá buscando en cualquier caso. Con toda seguridad, es el responsable de los robos. No lo habrá hecho en persona, claro, él no se mancharía las manos. Pero habrá contratado a alguien. Quiere la lista y hará cualquier cosa por conseguirla.

—Pues no la tendrá —aseguró Eleanor—. Te lo prometo. No está aquí.

—Por eso quería que volvieras conmigo a Italia —dijo Darío—. Hay que ponerte a salvo del conde.

—¿En Nápoles? —preguntó Anthony—. ¿No te parece que sería esconder la gallina en la guarida del zorro?

No te preocupes. Me aseguraré de que Eleanor esté a salvo.

Darío miró a Anthony con cara de pocos amigos. El ambiente se cargó de tensión y Eleanor decidió intervenir.

—Yo me encargaré de mi propia seguridad.

Los miró con intensidad, para dejar bien claro que no estaba dispuesta a ponerse en sus manos. Segundos después, Darío dio un paso atrás.

—Por supuesto, discúlpame —dijo el italiano—. Pero espero que no te moleste que me quede en Inglaterra. Quiero que sepas que estoy aquí, y a tu servicio, si me necesitas.

—Gracias —dijo ella, sonriendo—. Lo recordaré.

Darío se despidió entonces y se marchó.

—No me fío de tu amigo —dijo Anthony.

—Vaya, no me había dado cuenta.

Anthony dejó pasar su burla.

—Sí, claro, seguro que te parece un hombre encantador. Pero te ha mentido desde el primer día. ¿No te parece sospechoso?

Eleanor se encogió de hombros.

—Si las mujeres tuvieran que desconfiar de todos los hombres que guardan silencio porque quieren protegerlas, no podrían confiar en nadie.

—No des la vuelta a mis palabras. Yo no he mentido ni he mantenido silencio sobre nada. Sólo te he pedido que permitas que te ayude.

Eleanor sonrió.

—Lo sé. Disculpa mi sarcasmo.

Él se relajó y le devolvió la sonrisa. Caminó hasta ella, llevó las manos a sus brazos y la miró a los ojos.

—Puede que me equivoque con Darío. Es que no me gusta cómo te mira.

—Es italiano, Anthony. Los cumplidos y cierto grado de coquetería son absolutamente normales en Italia y no significan nada.

—¿Eso es lo que tengo que hacer contigo? —preguntó Anthony, con voz súbitamente ronca—. ¿Dedicarte cumplidos? ¿Coquetear? ¿Mirarte con insinuación? ¿Debo decirte que mi corazón se acelera cuando te veo? ¿Que anoche no pude conciliar el sueño porque no podía dejar de pensar en ti?

De repente, Eleanor fue consciente de los cambios físicos que experimentaba su cuerpo. El calor, la tensión en la piel, la aceleración de su respiración.

—Esas cosas sólo importan si son sinceras.

—Son sinceras —afirmó él, mientras le acariciaba la mejilla—. Absolutamente sinceras. Ya casi no me reconozco. No puedo hacer otra cosa que pensar en ti. Sólo quiero besarte y volverte a abrazar.

Anthony se inclinó sobre ella y la besó con suavidad.

—Anthony. Los criados...

—Al infierno con los criados.

—Pero Honoria. Samantha...

—Al infierno también.

La besó en la cara, en el cuello.

Eleanor se excitó. Anthony le mordió suavemente en el lóbulo y ella volvió a sentir la misma combinación de debilidad y entusiasmo. Sabía que debía apartarse de él. Aquello era una locura. Pero no podía hacerlo. No encontraba las fuerzas necesarias para resistirse y mucho menos para protestar. Lo deseaba tanto como él.

Se besaron durante un buen rato. Después, él se apartó lo suficiente como para mirarla a los ojos. Parecía un depredador.

Pero se apartó, frustrado, y metió las manos en los bolsillos.

—Maldita sea —dijo—. Cuando estoy contigo, no puedo pensar.

Eleanor se quedó donde estaba, indecisa. Todos los músculos, todos los nervios, todas las gotas de sangre de sus venas le pedían que se acercara a él, pero estaba segura de que perdería el control si se atrevía a tocarlo. Y cuando lo hiciera, ya no habría marcha atrás. La pasión los dominaría y cambiaría sus vidas para siempre.

Desconcertada, suspiró.

—Perdóname —dijo Anthony—. Será mejor que me marche.

Eleanor lo miró con desesperación.

—¿Volverás?

—Sí, por supuesto. Volveré esta noche. No voy a dejarte sola.

Eleanor no fue capaz de decirle que no lo había preguntado porque tuviera miedo del ladrón, sino porque no soportaba estar sin él.

—Antes tengo que hacer unas cuantas cosas —continuó.

—Sí, por supuesto. Supongo que todo este asunto ha trastocado tu vida...

Anthony se marchó sin confesarle que no era su vida, ni sus negocios, lo que le preocupaba. Tenía intención de hacer una visita al conde de Graffeo. Además, si se quedaba allí, corría el peligro de ceder al deseo, tomarla entre sus brazos, olvidar sus obligaciones como caballero y llevarla al dormitorio.

Necesitaba alejarse un poco de ella. Tener una pequeña conversación con el conde le parecía una solución perfecta. Ya había tomado la decisión la noche anterior, cuando Eleanor le contó lo sucedido, y la historia de Darío confirmaba la necesidad de hacerlo.

Regresó a su casa y le pidió a Hudgins, su mayordomo, que encontrara la dirección del conde en Londres. Hudgins era un hombre bastante estirado y distante que simulaba estar muy por encima de las cosas mundanas, pero mantenía los oídos abiertos y tenía tantos contactos e influencia entre los criados de los aristócratas que era la mejor fuente de información en todo lo relativo a la alta sociedad. Localizaría su domicilio con facilidad.

Anthony no se equivocó. Hudgins volvió al cabo de un rato y le dio la dirección de una de las calles más elegantes de Mayfair, en forma de media luna y un parque en medio. El conde napolitano había alquilado una mansión pequeña y de color gris marengo, perfectamente adecuada para la estancia temporal de un hombre de su riqueza y posición.

La casa no estaba lejos del domicilio de Anthony, así que fue andando. Una vez allí, se acercó a la puerta, de color rojo, y llamó una sola vez con la aldaba. Abrió un criado, y Anthony pasó sin esperar invitación.

El criado se sobresaltó, pero recogió su sombrero y sus guantes.

—He venido a hablar con el conde.

Anthony le dio su tarjeta.

—Muy bien, milord. Iré a informar de su presencia.

Llevó a Anthony a una salita cercana. El conde de Graffeo tardó unos minutos en aparecer. Obviamente había esperado un poco para demostrarle quién mandaba en esa casa, pero la espera le vino bien. Así tuvo ocasión de tranquilizarse.

—Lord Neale... —dijo el conde—. Un placer ciertamente inesperado. Pero, por favor, siéntese.

—Prefiero seguir de pie.

—Muy bien, como quiera. Y dígame, ¿a qué debo el placer de su visita?

—Tengo entendido que anoche amenazó a lady Scarbrough —dijo, con expresión implacable—. He venido para informarle de que cualquiera que pretenda dañar, o intentar dañar, a lady Scarbrough, se las verá conmigo.

—¿Amenazas? —preguntó el conde, con tono vagamente divertido—. Mi querido señor, creo que lady Scarbrough malinterpretó mis palabras. Al fin y al cabo, las mujeres son demasiado nerviosas.

—Esta mujer no lo es.

El conde se encogió de hombros.

—Me limité a comentar que su marido había llevado a cabo actividades poco convenientes. No me gustaría que una dama tan encantadora cometa el mismo error. Eso es todo.

—Dígame una cosa, conde. ¿Mató usted a sir Edmund?

La pregunta de Anthony fue tan repentina e inesperada que consiguió quebrar el aplomo de su anfitrión. De Graffeo lo miró con ira, pero enseguida recobró la calma y el tono caballeresco.

—Nunca me mancharía las manos con personas

como él. Edmund Scarbrough era un niño jugando a juegos de mayores. Un idealista débil e impresionable. Precisamente el tipo de persona que cae con facilidad bajo el influjo de delincuentes y asociales. Fue a Nápoles y se hizo miembro de *L'unione*, un grupo que intenta derrocar al rey y quiere unificar el país. Una idea absurda, por supuesto, sin ninguna posibilidad de triunfar. Pero son muy persuasivos, sobre todo con los más jóvenes e ignorantes.

—Sir Edmund era sobrino mío —le informó con frialdad—. Y jamás fue estúpido ni ignorante. De hecho, poseía un enorme talento e ideales más que respetables. Aunque comprendo que un hombre como usted no puede valorar esas cosas.

—Su música era exquisita. Eso no lo he dudado nunca —afirmó—. Pero debió dedicar sus energías a la ópera, no a la política.

—¿Por qué? ¿Porque la política lo llevó a la muerte? ¿Porque usted lo mató?

—Yo no maté a su sobrino ni ordené que lo hicieran. Sir Edmund no significaba nada para mí. Todos los años llegan montones de ingleses a Italia. Se entusiasman, se meten en lo que no les compete y regresan a su país al cabo de un par de años. Sabía que él haría lo mismo.

—Entonces, ¿por qué hizo esas insinuaciones a lady Scarbrough? ¿Por qué le preocupa lo que haga?

—Sir Edmund poseía cierta información que me interesa —dijo, sin intención alguna de ocultar sus motivos—. Ahora está en manos de la dama. Eso es lo que estoy buscando: una lista de nombres. Y sería mejor para todos que me la diera.

—Veo que le gustan las amenazas.
—Interprete mis palabras como mejor le plazca.
—Las he interpretado muy bien —dijo Anthony—. De manera que organizó dos robos para encontrar la lista, y, al no conseguirla, espera que lady Scarbrough se asuste y se la dé personalmente.
—No he organizado ningún robo. No soy un ladrón —espetó.
—Por supuesto que no. Simplemente se ha limitado a contratar a uno.
—Me temo que lo han informado mal. No necesito robar nada. El dinero hace maravillas, querido amigo. Y por supuesto, estoy dispuesto a ser muy generoso con lady Scarbrough si me consigue esa lista. Puede decírselo de mi parte.
—Le aseguro que su dinero no servirá de nada con lady Scarbrough. Pero permítame añadir que pierde su tiempo; Eleanor no sabe nada de ningún documento relacionado con el grupo al que se ha referido. Sir Edmund no le informó de sus actividades políticas. Es evidente que quería protegerla —declaró con absoluta tranquilidad—. Después de los robos, decidió buscar entre sus pertenencias y entre las de su difunto esposo y no ha encontrado nada.
—Eso dice ella.
—¿Pone en duda la sinceridad de lady Scarbrough? —preguntó, con tono bajo y suavemente peligroso.
—Las personas mienten, mujeres incluidas. Sobre todo, las mujeres bellas.

Anthony dio un paso adelante y se plantó ante el conde. Sus ojos eran tan duros y carentes de emoción como el pedernal.

—Lady Scarbrough no miente. Ni yo. Pero le haré una advertencia: si Eleanor Scarbrough o cualquiera de sus seres queridos sufre algún daño, lo encontraré donde quiera que esté y haré que pague por ello.

Los dos hombres se miraron fijamente. El conde fue el primero en parpadear.

—Como ya le he dicho, no deseo ningún mal a lady Scarbrough. Sólo quiero la lista.

—Entonces, le sugiero que vuelva a Italia y la busque allí.

Anthony se giró y salió de la habitación.

Antes de dejar el edificio, se detuvo un momento. Oyó un golpe en una pared, el inconfundible sonido de un objeto que se rompía y un montón de maldiciones en italiano. Satisfecho, sonrió y salió a la calle.

Eleanor subió a la habitación de Honoria. La hermana de Anthony estaba tumbada en la cama, con un paño impregnado en lavanda sobre los ojos. Su hija y una de las criadas se encontraban con ella.

Por primera vez, tuvo la impresión de que Honoria estaba realmente triste por la suerte que había corrido Edmund.

—¿Por qué actuó de ese modo? —le preguntó, con ojos enrojecidos—. ¿Por qué se puso en peligro? Yo cuidé de él toda mi vida...

—Lo sé, Honoria, y desconozco por qué lo hizo. Supongo que creía firmemente en esa causa —respondió.

—¿Es posible que...? ¿Realmente lo asesinaron?

—No tenemos ninguna prueba al respecto, pero intenta no pensar en ello. ¿Por qué no duermes un poco? Llamaré a la cocina para que te suban una taza de chocolate caliente, y más tarde, algo de comer.

Eleanor salió de la habitación. Pidió que subieran el chocolate a Honoria y se cambió de ropa. Mientras estaba charlando con Honoria, había recordado la conversación de la noche anterior con la señora Malducci. Había prometido que visitaría a la mujer, y aunque no le apetecía demasiado, una promesa era una promesa.

Además, había insistido en que quería contarle algo sobre sir Edmund. Al principio había dado por sentado que sólo pretendía cotillear; pero tras la inquietante declaración de Darío, ya no estaba tan segura. ¿Sabría algo importante? ¿Algo relacionado con la muerte de su esposo? De ser así, necesitaba saberlo.

La casa de los Colton-Smythe estaba a cierta distancia, en el límite de Mayfair, así que Eleanor decidió ir en el carruaje. Cuando llegó a la puerta, llamó y esperó. Como no abría nadie, volvió a llamar.

Segundos más tarde, apareció una criada.

—Lo siento, señorita, hoy no se recibe a nadie.

—Oh, vaya... La señora Malducci me había pedido que pasara a visitarla. ¿Podría decirle de mi parte que...?

La criada la miró con horror y se llevó una mano a la boca.

—Señorita, lo siento tanto... La señora Malducci ha sufrido un accidente esta mañana.

—¿Cómo? No es posible...

Eleanor se quedó helada.

—Me temo que sí, señorita. Ha sido horrible... Salió

a dar un paseo. Hace poco más de una hora, a decir verdad... y en esta misma calle, la ha atropellado un carruaje. Lo lamento terriblemente. La señora Malducci ha muerto.

Eleanor no podía creer lo que acababa de oír.
—¿Ha muerto?
—Sí, milady. Ha sido espantoso. La señora Colton-Smythe la llevó rápidamente a su habitación, y está tan afectada que no puede ver a nadie.
—Lo comprendo, claro... qué horror. Por favor, dígale a la señora que he venido. Y preséntele mis condolencias.

Eleanor sacó una tarjeta y se la dio. La criada asintió y cerró la puerta.

Era increíble. La señora Malducci, la mujer a la que había conocido la noche anterior, había muerto.

Subió al carruaje, muy preocupada. Necesitaba ver a Anthony, hablar con él. Consideró la posibilidad de ir a su casa, pero no estaba segura de que se encontrara allí y decidió volver. Odiaba la idea de depender de Anthony; no dejaba de repetirse que ella era perfectamente capaz de salir de aquel embrollo, pero en realidad no sabía qué hacer. Nunca sabría lo que la señora

Malducci quería contarle. Tenía miedo de no descubrir la verdad sobre la muerte de Edmund.

Al llegar a su casa, bajó del carruaje y se dirigió a la entrada sin dilación.

Uno de los criados la recibió en la puerta y recogió su pamela y sus guantes.

—Lord Neale la está esperando, milady.

—¿Lord Neale? ¿Está aquí? ¿Dónde?

—En el salón, milady.

Eleanor corrió a verlo.

—¡Anthony!

—¿Qué ocurre? —preguntó él, al notar su nerviosismo—. ¿Qué ha sucedido?

—Oh, Anthony...

De repente, los ojos de Eleanor se llenaron de lágrimas.

Anthony se acercó y la abrazó.

—Es horrible, Anthony...

—¿De qué estás hablando? ¿Te ha pasado algo malo?

Ella retrocedió e intentó tranquilizarse.

—A mí no. A la señora Malducci.

—¿A quién?

—La señora Malducci, la mujer que se alojaba en casa de los Colton-Smythe.

—Ah, sí, los que querían que fueras a verlos...

Eleanor asintió.

—He pasado por su casa y una criada me ha dicho que la señora Malducci ha muerto. La ha atropellado un carruaje esta misma mañana.

—¿Cómo?

—Por lo visto, salió a pasear y la atropellaron. Es lo único que sé.

—Dios mío.
—Sí... Y ahora no dejo de preguntarme si su muerte estará relacionada con Edmund y con lo que ha estado pasando.
—Pero, ¿por qué? ¿Qué relación podía tener con Edmund?
—Anoche me dijo que quería hablar conmigo sobre algo relacionado con él. Me dijo que lo vio el día de su muerte.
—¿En serio? Me temo que no la oí... ¿Lo vio?
—Sí. Y parecía... no sé, algo excitada. Pensé que eran tonterías y que sólo quería cotillear un poco, pero había algo sospechoso en su tono de voz. Si vio a Edmund antes de que muriera, tal vez supiera algo que nosotros no sabemos. O es posible que lo viera en compañía de alguien, qué se yo.
—Pero de ser así, te lo habría dicho antes.
—Tal vez, no lo sé. Pero me parece francamente extraño que haya fallecido precisamente aquí, ahora, y en circunstancias tan extrañas.
—Tranquilízate. Puede ser una simple coincidencia. Tal vez no supiera nada importante de Edmund —afirmó.
—No, no... estoy segura de que sabía algo. Lo estoy. Pero anoche desconfié de ella y no quise insistir. Debí preguntárselo allí mismo. O pasar esta mañana, a primera hora, a verla —dijo, muy alterada—. Pero no fui. Y ahora está muerta por mi culpa...

Eleanor empezó a llorar otra vez. Anthony suspiró e intentó calmarla.

—No digas esas cosas, cariño. Tú no eres responsable de la muerte de la señora Malducci.
—La he fallado... como fallé a Edmund. Oh, Dios

mío, ¿por qué no me di cuenta de que pasaba algo raro? Debí hablar con él. Debí averiguar lo que estaba haciendo y haberlo impedido —declaró, desesperada.

—No te culpes por eso, Eleanor. Tú no eres responsable de lo que hagan los demás, por mucho que te empeñes. No podías saber lo de Edmund y tampoco lo de la señora Malducci. Además, puede que sólo haya sido un accidente, cosas que pasan. Y aunque no fuera así, ¿qué podrías haber hecho para evitarlo? Nada en absoluto —dijo, intentando razonar con ella—. En cuanto a Edmund, era un hombre hecho y derecho. Sabía lo que hacía. Creía en la causa de Darío, era consciente de los peligros que corría y tomó la decisión que consideró más acertada. No es culpa tuya.

Eleanor sabía que tenía razón y, poco a poco, consiguió recobrarse. Sin embargo, no se apartó de él. Se sentía demasiado bien entre sus brazos.

Él la besó en la frente.

—Odio verte llorar —dijo.

—Y yo, odio llorar.

En ese momento, Anthony le empezó a acariciar la espalda. Sólo pretendía animarla. Eleanor se apretó contra él y pudo sentir los latidos de su corazón. Pero las caricias de consuelo se convirtieron pronto en algo bien distinto, más sensual, que la emborrachó de placer y provocó que arqueara el cuerpo.

—Te deseo —dijo él—. Te he deseado desde el momento en que te vi. Eras la esposa de Edmund, y a pesar de ello, te deseaba.

Se inclinó sobre ella, como si fuera a besarla. Pero no lo hizo. Se quedó a escasos milímetros de su boca.

—Te deseo más que a mi vida. Más allá de toda decencia y razón... Quiero llevarte a la cama. Quiero tenerte a mi lado. Quiero oír mi nombre en tus labios.

Entonces, se besaron. Durante un buen rato, apasionadamente.

Por fin, él alzó la cabeza. La miró, la tomó en brazos y la llevó hacia la puerta.

—¡Anthony! ¡Alguien podría vernos!

—No me importa.

Eleanor no se resistió. Hundió la cabeza en su cuello y se dejó llevar.

Por suerte, no se encontraron con nadie. Al legar a la habitación de Eleanor, él la dejó en el suelo y cerró la puerta con llave. Después, se quedaron mirándose. Ella era consciente de que incluso en ese momento, a pesar del deseo, podía negarse y pedirle que se marchara. Todavía podía evitarlo.

Pero no lo hizo.

Lejos de eso, lo miró a los ojos y empezó a desabrocharse el vestido. Él la observó con detenimiento. Se quitó la chaqueta y la arrojó a una silla. Luego, se libro del chaleco. En ningún momento apartó la vista de su amada.

Los botones del vestido de Eleanor eran muchos y muy pequeños, pero al final se lo quitó y lo dejó caer. Ahora no llevaba más prendas que las enaguas y la camisa. Se sentía algo avergonzada, pero también excitada por la mirada de deseo de Anthony.

—Eres tan bella... haces que olvide todo lo demás.

Anthony tiró de la cinta que cerraba la camisa de Eleanor. La prenda se abrió y mostró la curva interior de sus senos. Luego, introdujo una mano y acarició sus pechos suavemente, jugueteando.

Sus pezones se endurecieron. Anthony dio el paso siguiente y le quitó la camisa, dejándola completamente desnuda de cintura para arriba. Después, se inclinó sobre ella y lamió la punta de uno de sus senos antes de pasar al otro.

Eleanor tembló y cerró los ojos. Las caricias de Anthony la excitaron tanto que soltó un gemido de frustración. Quería más, aunque no estaba segura de lo que significaba eso. Sólo sabía que no era suficiente, que su cuerpo pedía llegar más lejos.

Anthony siguió lamiendo sus pezones. Ella apartó las piernas y él le introdujo una rodilla entre los muslos. Inconscientemente, empezó a frotarse contra él. Y antes de que se diera cuenta de lo que estaba pasando, sintió que pasaba una mano por debajo de sus enaguas.

Se estremeció. Nunca había sentido nada parecido. Estaba totalmente dominada por el deseo, ardiendo por dentro. Se aferró al cabello de Anthony, desesperada, casi sollozando por la intensidad de su hambre.

Él se quitó la camisa, los pantalones, todo. Ella se liberó de las enaguas. Después, él la llevó a la cama, la tumbó y eliminó los últimos obstáculos que los separaban, sus zapatos y sus medias.

Era la primera vez que Eleanor veía un hombre desnudo, y le pareció maravilloso. Duro, liso, lleno de poder, tan completamente distinto a ella. Quería tocarlo, pagar sus caricias con caricias, probar el sabor de su piel tal y como él probaba la suya. Y cuando se tumbó a su lado, Eleanor llevó las manos a su pecho y fue bajando, poco a poco, dulcemente, hasta que Anthony cerró los ojos y gimió.

—Lo siento —susurró ella—. ¿He hecho algo malo?

—No, no. No has hecho nada malo en absoluto.

Eleanor continuó con la exploración. Acarició los músculos de su pecho, disfrutando de todas sus líneas, y acto seguido pasó a la suave piel de su abdomen y a la aguda protuberancia de los huesos de su pelvis.

Anthony volvió a gemir. La tomó entre sus brazos, la atrajo hacia sí con fuerza y la besó salvaje y profundamente, como si no pudiera cansarse de ella, sin dejar de acariciarla por todo el cuerpo. Eleanor le devolvió el beso con idéntica pasión, sin vergüenza alguna, arqueándose contra él, pidiéndole más y más mientras Anthony introducía una mano entre sus piernas y empezaba a masturbarla.

—Por favor —gimió ella—. Anthony... Ahora...

Anthony se colocó sobre ella.

—Lo sé, cariño. Lo sé...

Eleanor lo sintió entrar en su cuerpo. Notó una punzada de dolor y se tensó. Anthony alzó la cabeza y la miró, asustado.

—¡Eleanor! ¿Por qué no me habías dicho que...?

Ella negó con la cabeza y cerró las piernas a su alrededor para atraerlo hacia sí. Anthony la penetró un poco más, llenándola, y ella gimió de placer y le clavó las uñas en la espalda. Quería que siguiera adelante, que no se detuviera, y obtuvo lo que quiso.

Los movimientos de Anthony se fueron haciendo más rápidos y profundos. La arrastró a un oscuro remolino de pasión donde el placer aumentaba de tal manera que pronto pensó que no lo soportaría más.

Y entonces, al final, Eleanor llegó al orgasmo. Una ola que partía del centro de su ser y llegaba hasta el lugar más recóndito en sucesivas ondas.

Se aferró a Anthony, lo abrazó con todas sus fuerzas.

Entonces, él se estremeció y los dos se rindieron al fuego de la pasión.

Eleanor estaba asombrada. Nunca había imaginado que se pudiera sentir nada parecido, que se pudiera alcanzar un estado tan completo, de una satisfacción tan plena. Ahora, Anthony formaba parte de ella. De un modo que tampoco podría haber imaginado.

Era enormemente feliz.

—Eleanor, lo siento —murmuró él, mientras le acariciaba el cabello—. Yo no sabía que... ¿por qué no me habías dicho que...? Yo pensaba...

—No pasa nada. Es lo que quería —afirmó, rotunda.

La besó de nuevo. Después, la tomó entre sus brazos y la puso sobre su cuerpo, encima. Ella sonrió. El cabello de Eleanor caía sobre ambos como una cortina.

—También es lo que yo quería —dijo él.

Eleanor se tumbó sobre su pecho y escuchó los latidos de su corazón. Pensó que podría estar allí hasta el fin de sus días, disfrutando del calor compartido. No había preocupaciones, problemas, pensamientos de futuro.

Cerró los ojos y dejó volar la imaginación.

Pero los abrió de repente y se incorporó, sobresaltada.

—¿Eleanor? ¿Qué ocurre?

—¡Lo tengo!

—¿Lo tienes? ¿Qué tienes? —preguntó, confundido.

Ella se levantó, recogió su ropa y se empezó a vestir.

—¡Los nombres! —exclamó—. Venga, vístete. Tenemos que buscar.

—¿Los nombres? —dijo, mientras se vestía a su vez—. ¿Te refieres a la lista de Edmund? ¿La que está buscando el conde?

—Exacto. Los miembros de *L'unione*. ¡Sé dónde los escondió!

Anthony terminó de vestirse mientras Eleanor se arreglaba el peinado. Después, ella abrió la puerta con sumo cuidado y se asomó para ver si había alguien en el pasillo. Tras asegurarse, salieron y bajaron por la escalera.

—¿Cómo has sabido dónde está? —preguntó él.

—Todavía no estoy segura. Me ha venido a la cabeza de repente... no sé cómo no se me había ocurrido antes, pero es evidente. Si Edmund hubiera querido ocultar algo, lo habría hecho en lo que más conocía. En su música.

—¿Insinúas que la lista está entre sus partituras?

—No. ¡Insinúo que está en su obra!

Entraron en la sala de música. Eleanor caminó hasta el piano y tomó las partituras que había dejado en el atril.

—¿Quieres decir que las notas son en realidad un código?

Ella asintió.

—Exactamente. Ésa es la respuesta. Escondió la sonata en el compartimento secreto y guardó la llave en el broche que me pidió que guardara... por su bien. Claro, yo no podía entender que se hubiera tomado tantas molestias por una pieza mediocre, incluso más bien mala, que no está a la altura del resto de su obra.

—Sí, parece lógico. Desde luego, mucho más lógico que la teoría de que perdió el talento de repente. Era imposible que acabara de componer una ópera de éxito como la que se estrenó en Nápoles y súbitamente hiciera algo tan malo.

—En efecto. Y era una idea brillante. Aunque alguien encontrara la llave, localizara el compartimento secreto y lo abriera, sólo vería las partituras de una composición musical. No se daría cuenta de lo que era y las dejaría allí.

—Muy bien. Entonces... tenemos que descifrar el código.

Eleanor sonrió.

—Eso no será difícil. En este momento me siento como si pudiera conquistar el mundo...

Anthony le devolvió la sonrisa. Una sonrisa sensual y cálida, que iluminó sus ojos antes de llegar a sus labios.

—A mí me ocurre lo mismo.

Ella se puso de puntillas y lo besó.

—Bueno, pongamos manos a la obra.

—Te aseguro que, en este momento, mi pensamiento está en cualquier cosa menos en ese maldito código —comentó él.

—¿Tu pensamiento? Yo diría que no es precisamente

tu pensamiento, sino otra parte bien distinta de ti, la que dice esas cosas.

Él rió.

—Está bien, como quieras... desciframos esas partituras.

Se dirigieron al despacho y colocaron las partituras sobre la mesa antes de sentarse. Eleanor sacó un pliego y el lapicero que había estado utilizando el día anterior con los libros de contabilidad.

—Veamos. La posibilidad más sencilla es que las notas representen letras.

Eleanor trazó una línea. A un lado puso las notas musicales y al otro su correspondiente letra.

—Pero eso no puede ser —dijo él—. Tendríamos muy pocas letras, sólo siete. Y dudo que con siete letras se pueda hacer toda una lista de nombres.

—Puede que la solución sea igualmente sencilla. Añado la siguiente escala y el siguiente grupo de letras.

—¿Y luego una tercera?

—Tal vez. Vamos a probar con las que tenemos.

Eleanor leyó la partitura, pero el resultado era ininteligible.

—Esto no tiene sentido —dijo él—. Además, ¿cómo separaría los nombres? ¿Cómo saber dónde empieza uno y termina el otro?

—¿Tal vez con una escala para cada nombre? No, no, eso no puede ser. Serían muy pocas notas.

—Ya lo tengo. Con los saltos entre los distintos pentagramas... Hay varios en cada página.

—Es verdad... veamos, en este hay once notas. En el siguiente... trece. Sí, podría encajar con el número de letras de dos nombres. Y aquí hay quince. Claro que sí, eso es... por eso hay tantos saltos entre los pentagramas. Los rompe de forma extraña porque en realidad no está componiendo un tema musical, sino simplemente separando el código de los nombres.

—Ahora sólo queda que desciframos las letras.

—Espera un momento —dijo ella, cada vez más entusiasmada—. En cada octava hay doce notas. Hay que añadir las agudas y las graves. Hay siete blancas y cinco negras. ¿Y si asignamos las letras del alfabeto a las doce notas? Sólo harían falta dos escalas para tener veinticuatro letras.

—¿Y las que faltan?

—No se necesitan todas las letras.

—Entonces podemos eliminar las últimas del abecedario.

—No, no. La «z» es normal en italiano. Pero la «w», por ejemplo, no.

—¿Y qué dos octavas elegimos?

—No sé, vamos a probar a ver qué pasa.

Hicieron varias permutaciones, pero el resultado seguía siendo incomprensible. Eleanor suspiró y se recostó en el asiento.

—No sé, puede que me haya equivocado. Puede que no haya ningún código oculto.

—No nos rindamos ahora. Si no hay ningún código, ¿por qué se tomó tantas molestias para ocultar la partitura?

Estuvieron estudiando las notas durante un buen rato. Como no se les ocurría nada, él dijo:

—¿Por qué no la tocas? Tal vez descubramos algo.

Eleanor se encogió de hombros.

—No perdemos nada, desde luego. Además, hay algo raro en la composición... fíjate en la variación de negras y blancas. Negra, negra, blanca, blanca, negra, blanca, negra... y luego cambia de nuevo.

—Es cierto. Y mira, no hay una sola entera, por lo menos en la clave de sol. Puede que las negras sean la primera mitad del alfabeto y las blancas, la segunda. O viceversa.

—No me convence mucho, pero...

Eleanor trazó otra línea y volvió a escribir las notas a un lado y las letras al otro.

—Mira... pietrocannata. Pietro Cannata. Lo conozco. Era uno de sus amigos.

—¿Y el siguiente?

—Angelo Fasso. Raffaele Savaglia. ¡Anthony! ¡Ya lo tenemos! —exclamó, con ojos llenos de alegría—. ¡Es la lista de nombres!

Ella soltó una carcajada.

—¡Lo has conseguido, cariño! ¡Eres genial! —dijo él.

La tomó entre sus brazos, la hizo girar por toda la habitación y la besó.

Pero en ese momento oyeron que alguien llamaba a la puerta. Al girarse, se encontraron ante una criada que los miraba con asombro.

—Oh, vaya... —murmuró Eleanor.

La criada reaccionó rápidamente. Murmuró una disculpa y se marchó.

Eleanor sintió que el mundo se le hundía bajo los pies. Si sólo hubiera sido por su ropa, no habría pasado nada. Estaba algo revuelta, pero no tanto como para que alguien sacara conclusiones apresuradas. Sin embargo, la criada los había descubierto mientras se estaban besando.

—Eleanor...

—No te preocupes —dijo ella—. Mis empleados saben muy bien que no me gustan las murmuraciones. Si dice algo, no saldrá de la cocina.

En realidad, Eleanor no estaba tan segura. Si Bartwell hubiera estado en la casa, no se habría preocupado. Sabía hacer su trabajo y mantenía a raya a los criados. Pero Bartwell estaba en Escocia.

—Bueno, olvidémonos de ese asunto —continuó—. Ahora tenemos que decidir lo que hacemos con la lista.

—Sí. Seguro que no quieres que acabe en manos del conde.

—Por supuesto que no.

—Entonces deberíamos destruirla y no correr riesgos.

—Pero en ese caso, el esfuerzo de Edmund no habría servido para nada. Él la pudo destruir, pero no quiso hacerlo y la ocultó. Tenemos que devolvérsela a los miembros de *L'unione*. Deberíamos dársela a Darío.

—No sé...

—Comprendo que no te caiga bien, pero...

—Sí, supongo que sólo son mis celos. Es que no me gusta cómo te mira, cómo coquetea contigo, cómo te sonríe...

—Desde luego, siempre ha sido todo un seductor.

—Pero eso no significa que no sea un buen hombre, claro.

—En efecto —dijo ella—. Aunque por otra parte, debo admitir que en realidad no sé mucho de él. Sólo sé que era amigo de Edmund y que Edmund confiaba en él.

—Eso no es suficiente motivo para darle la lista. Además, no tenemos que decidirlo ahora. Es mejor que lo consideremos con detenimiento.

Ella sonrió.

—Tienes razón. Esperaremos un poco. Descifraré el resto de los nombres y veré si Darío está entre ellos. Si no está, podremos llegar a la conclusión de que miente. Si está, será la mejor opción posible, puesto que demostraría ser miembro del movimiento. Entre tanto, guardaré las partituras y la lista completa en la habitación que está junto al *office*. Así estará lejos de los ladrones.

—Me parece muy razonable.

Dedicaron los siguientes minutos a descifrar el resto de los nombres. Fue una tarea muy agradable. Eleanor descubrió que le encantaba trabajar con él. Y no sólo por las caricias y besos que intercambiaban de vez en cuando, sino por el simple y puro placer de sentirse acompañada por el hombre a quien quería.

Lamentablemente, y aunque intentaba disimularlo, seguía preocupada con la posibilidad de que la criada contara lo que había visto. Por una parte, dudaba que quisiera arriesgarse a perder su empleo por una tontería semejante. Por otra, temía que, en ausencia de Bartwell, los criados se tomaran demasiadas libertades. Además, no quería arriesgarse a que la noticia llegara a oídos de Honoria o de Samantha. Samantha era demasiado joven e impresionable, y Honoria lo utilizaría indudablemente en su contra.

Ahora tenía un motivo añadido para solucionar el

asunto de la lista. Cuanto antes lo arreglara, antes se libraría de Honoria y de la casa.

Miró a Anthony y se preguntó qué estaría pensando. Quería saber si estaba preocupado por la situación, si deseaba quedarse a dormir pero no se atrevía, si deseaba volver a hacer el amor con ella.

—Como sigas mirándome de ese modo, no tendré más remedio que volver a besarte aunque nos vean todos tus criados —dijo él.

Las palabras de Anthony interrumpieron los pensamientos de Eleanor.

—¿Cómo has dicho? Oh, Dios mío...

Ella se ruborizó y se apartó, avergonzada.

—No, no te alejes de mí. Me gustaría creer que... bueno, que te ha gustado lo que hemos hecho. Si existe la posibilidad, podríamos hacerlo de nuevo...

Ella sonrió.

—Sí, yo diría que la posibilidad existe, sí.

—¿Y cuándo...?

Eleanor inclinó la cabeza y adoptó expresión pensativa, como si lo estuviera considerando con detenimiento.

—Bueno...

El juego no llegó a su fin. Justo entonces, oyeron una voz en el corredor.

—¿Eleanor?

—Estoy aquí, Samantha...

La joven entró en el despacho como una exhalación.

—¡Ah, aquí estáis! Me alegro mucho de veros juntos. Acabo de saber que pasado mañana hay un espectáculo muy interesante. Globos aerostáticos, en el parque... me gustaría ir.

—Suena interesante, desde luego —dijo Eleanor—. ¿Qué te parece, Anthony? ¿La acompañamos a ver los globos?

—Por supuesto —respondió—. ¿Cómo lo has sabido?

—Por una amiga de mi madre, lady Bricknell. Ha pasado hace unos minutos a verla y ha dicho que deberíamos ir. Pero a mi madre no le apetece, así que vosotros sois mi única esperanza.

—En tal caso, te llevaremos. No podríamos decepcionarte... —dijo Eleanor.

Samantha sonrió de oreja a oreja y estuvieron charlando un rato, hasta que la joven se marchó a prepararse para cenar.

Eleanor y Anthony terminaron con la lista. Darío Paradella estaba entre los nombres.

—Muy bien, en ese caso deberíamos dársela a él —dijo Anthony, a regañadientes.

Ella asintió.

—Mañana le enviaré una nota y le pediré que venga a vernos por la tarde. ¿A qué hora te parece bien? ¿Hacia las dos?

—Me parece perfecto. Aquí estaré. Si es que quieres que venga, claro...

—Oh, por supuesto que sí —dijo, sonriendo.

Eleanor llevó la lista a la pequeña habitación que estaba junto al *office* del mayordomo. Bartwell y ella eran los únicos que tenían llave, y la usaban para guardar la vajilla de plata y los objetos de oro. También estaba allí la pesada caja fuerte que contenía los documentos de cierta importancia y las joyas de valor.

Metió la lista en la caja fuerte y cerró. Ahora estaba completamente segura.

Se aproximaba la hora de cenar y Anthony tenía que regresar a su casa para cambiarse de ropa. Eleanor no tenía ninguna gana de que se marchara, pero no había otra opción. Lo acompañó a la puerta y ni siquiera le pudo dar un beso porque no se quería arriesgar a que los viera otro criado, así que se limitaron a sonreír y él le tomó de la mano, de manera estrictamente formal, y se inclinó.

Eleanor se bañó y se vistió para la cena. Eligió un vestido azul, uno de sus preferidos. No era muy adecuado para una mujer que todavía estaba de medio luto, pero le dio igual. El tono del vestido remarcaba el color de sus ojos y su amplio escote dejaba al descubierto los hombros. Después, se puso unos pendientes y un collar de perlas y se arregló el cabello.

Honoria le dedicó un gesto de desaprobación cuando vio el vestido, pero Eleanor no se dio cuenta. Estaba demasiado ocupada pensando en Anthony, cuyos ojos se abrieron como platos cuando entró en el comedor.

Se acercó a ella, la saludó, y luego se dirigió hacia su hermana y su sobrina.

La cena fue una verdadera tortura. Eleanor no dejaba de dar vueltas a su principal problema, que en ese momento consistía en encontrar la forma de repetir la experiencia con lord Neale sin que los demás lo supieran. Él parecía igualmente ausente, así que Honoria dominó la conversación y la convirtió en la habitual sucesión de quejas y declaraciones más o menos exageradas y melodramáticas.

Por fin, terminaron y salieron del comedor. Samantha y Honoria tenían la costumbre de retirarse a sus habitaciones después de cenar, pero aquella noche, Honoria tomó la perversa decisión de unirse a Anthony y Eleanor en el salón, e incluso permitió que su hija permaneciera con ellos.

Eleanor apretó los dientes y se dispuso a soportar una hora más en su presencia. Samantha y ella estuvieron haciendo solitarios, a los que de vez en cuando se unía Anthony. Pero de repente, y para su sorpresa, Honoria propuso que jugaran al *whist*, un juego parecido al *bridge*.

—¿Cómo?—dijo Eleanor, espantada ante la posibilidad de alargar la velada.

—Somos cuatro y sería lo más adecuado.

—Pero Samantha no sabe jugar —observó Anthony.

—Pues la enseñaremos —dijo Honoria—. Ya es hora de que aprenda. Además, me aburro tanto aquí... En casa juego muy a menudo, pero aquí no hago otra cosa que leer y coser, leer y coser —protestó.

—Bueno, no te preocupes. Es posible que puedas volver pronto —comentó lord Neale, con cierta impaciencia.

—Oh, no, por favor... —dijo Samantha—. Quiero ver los globos en el parque.

—Tranquila. Iremos en cualquier caso —la tranquilizó su tío.

—Entonces, juguemos a las cartas —dijo la joven—. Me gustaría aprender. Seguro que es muy divertido.

Eleanor no tuvo más remedio que aceptar, así que se dirigieron al salón de juegos. Ella se sentó frente a Samantha, dado que iba a ser su pareja, y Anthony y Honoria en las sillas restantes de los dos extremos de la mesa. Empezaron a jugar y fueron explicando las normas a la joven.

En determinado momento, Eleanor notó un roce en la pierna. Sobresaltada, miró a Anthony. Parecía estar concentrado en las cartas, pero le lanzó una mirada traviesa. E inmediatamente después, Eleanor volvió a sentir el roce. Era él, sin duda.

Sus caricias la excitaron tanto que se olvidó por completo del juego.

—Eleanor...

Al oír la voz de Honoria, se sobresaltó.

—Disculpad...

—Te toca a ti —dijo Honoria.

Eleanor echó carta y miró a Anthony con gesto de recriminación. Él se limitó a sonreír, así que ella decidió que a ese juego podían jugar los dos.

Ni corta ni perezosa se llevó las cartas al pecho, pegándoselas al cuerpo de tal manera que Honoria y Samantha no podían ver lo que estaba sucediendo, pero Anthony, sí. Mientras sostenía las cartas con una mano, bloqueando la visión a las dos mujeres, con la otra se dedicaba a acariciarse malévolamente los senos.

Anthony se quedó boquiabierto. Se puso muy derecho, carraspeó y se movió en la silla como si no estuviera nada cómodo. Ella siguió acariciándose, esta vez con un dedo, pasando de un seno a otro.

El juego resultó peor de lo que había imaginado. Había logrado su objetivo con Anthony, pero de paso, también se había excitado ella. En cierta manera, lo sintió como si fuera él quien la acariciaba. Sus pechos parecían más pesados y tensos. Su piel, mucho más sensible. Y las miradas de su amante no hacían otra cosa que aumentar el placer del momento.

Cada vez más desinhibida, estiró una pierna por debajo de la mesa y la introdujo entre las piernas de Anthony. Él la miró con expresión feroz, una promesa de venganzas posteriores.

Siguieron jugando y flirteando durante toda la partida, sin intercambiar una sola palabra entre ellos. Para cuando Honoria bostezó y declaró que ya estaba cansada, Eleanor estaba tan terriblemente excitada que se había visto obligada a abrir el abanico para darse aire.

—Supongo que tú también tendrás que marcharte, Anthony —dijo Honoria—. ¿Vendrás a vernos mañana? Últimamente eres muy atento con nosotras, y debo confesarte que me agrada mucho.

Anthony carraspeó.

—Sí, claro... Vendré mañana por la tarde. Y me alegra que hayas notado mi cambio. Yo...

Honoria rió.

—No me engañas, hermano. Sé lo que estás haciendo.

—¿Lo sabes? —preguntó, asustado.

—Por supuesto —dijo, con malicia—. Sospecho que detrás de ese cambio de modales se esconde una mujer.

—¿En serio?

—Por supuesto. Y debe de ser una mujer joven y en edad de casarse, porque estás haciendo lo posible por evitarla.

Anthony comprendió que Honoria no se refería a Eleanor y sonrió.

—Honoria, me dejas asombrado.

Su hermana sonrió.

—Y ahora, buenas noches. ¿Quieres que te acompañe a la puerta?

—No. Es que... tengo que ver en una cosa en el despacho de Eleanor. Quiero echar un vistazo a los libros de contabilidad —mintió—. ¿Verdad, Eleanor?

—Sí, en efecto —respondió ella, mientras se levantaba—. Casi lo había olvidado... aunque es un poco tarde. Tal vez deberíamos esperar a mañana.

—Sí, Anthony, creo que Eleanor tiene razón —comentó Honoria.

Anthony miró a Eleanor.

—No tardaré mucho. Además, se trata de algo relativamente urgente. Si no es mucha molestia, te agradecería que me dejaras robarte unos minutos más de tu tiempo.

Eleanor sonrió.

—Está bien. En tal caso, vayamos a mi despacho. Estoy segura de que encontrarás lo que buscas... con rapidez.

—No lo dudo en absoluto.

Eleanor se despidió de Samantha y de Honoria, que se había quedado algo desconcertada. Anthony la siguió y enseguida llegaron al despacho, que por supuesto cerraron con llave.

—Bruja —dijo, mientras la abrazaba—. Me has estado torturando toda la noche.

—No más que tú. Y te lo merecías. A fin de cuentas, empezaste tú.

—Y lo pienso terminar.

Anthony introdujo las manos por el escote del vestido y las puso sobre sus senos.

—Eres preciosa. Te deseo tanto que no voy a poder dormir en toda la noche, esperando a verte mañana...

Se inclinó sobre ella y besó sus senos. Después, le

subió los faldones del vestido hasta llegar a las enaguas y encontró la forma de introducirse, también, debajo de la tela.

Ella echó la cabeza hacia atrás y gimió de placer.

—Anthony, por favor...

Anthony la levantó, la sentó en el borde de la mesa y la empujó suavemente para que se tumbara. Luego le bajó las enaguas y ella separó las piernas, invitándolo a tomarla. Cuando por fin la penetró, la expresión de placer de su cara era tan intensa como si casi le resultara doloroso.

Se movieron el uno contra el otro, sin descanso, completamente dominados por el deseo. Por fin, ella gritó y Anthony se deshizo en su interior.

16

La mañana pasó muy deprisa. Eleanor tardó en conciliar el sueño cuando Anthony se marchó. No podía dejar de pensar en él. Todavía sentía el eco del placer y, al mismo tiempo, se encontraba más sola que nunca.

Despertó tarde, bajó a desayunar, aguantó las quejas de rigor de Honoria y se dirigió a su despacho para trabajar un rato. Luego, tomó una comida frugal con sus invitadas y regresó al despacho para matar el tiempo hasta que llegara Anthony. Pero al cabo de un rato, se llevó una buena sorpresa; estaba tan concentrada en los libros de contabilidad que no se había dado cuenta de que alguien la miraba desde la entrada. Era el conde de Graffeo.

—Conde...

Eleanor se levantó e intentó mantener la calma. Aquello era muy extraño. Nadie había anunciado su visita.

—Discúlpeme. No sabía que estuviera aquí —continuó–. Le he dicho a la criada que no se molestara en acompañarme. Espero no ser una molestia. Tengo que hablar con usted.

–Por supuesto. Por favor, siéntese.

El conde se sentó al otro lado de la mesa y sonrió.

–Soy un hombre directo, lady Scarbrough, así que no me andaré por las ramas. Sé que tiene la lista de los miembros de *L'unione*.

–Conde, ya le dije la otra noche que...

–Por favor, milady, dejémonos de subterfugios. ¿Cree que no sé lo que ocurre en esta casa? Hace tiempo que tengo un espía entre sus criados y me mantiene convenientemente informado de lo que sucede. Sé que, anoche, lord Neale y usted estaban bastante... contentos. Sé que hablaron sobre la lista y que los nombres estaban en una composición de sir Edmund. Un detalle muy inteligente por parte de su difunto marido, por cierto.

Eleanor pensó automáticamente en la criada que los había visto la noche anterior. Debía de ser la espía.

–¿Cómo se atreve a meter una espía en mi casa? Es indignante. Le ruego que se marche ahora mismo.

–Tranquilícese, milady, y escuche lo que tengo que decir.

–No me interesa lo que tenga que decir.

–Estoy dispuesto a pagar generosamente por esa lista.

–Jamás deshonraría la memoria de mi esposo con un gesto tan indigno –afirmó.

–Su marido cometió un grave error, milady. Y admitir los errores no supone indignidad alguna.

—Edmund creía en lo que hacía, y yo no voy a tomar ninguna decisión que vaya en contra de sus ideales.

—¿Ni siquiera por su buen nombre? Sé mucho sobre usted. Por ejemplo, sé que mantiene una relación algo más que amistosa con lord Neale. Y sospecho que la sociedad londinense no lo aprobaría.

—Me importa muy poco lo que piense la sociedad londinense. Puede decir lo que quiera y extender los rumores que le venga en gana, señor, pero no le daré esa lista. Y ahora, haga el favor de marcharse de mi casa o tendré que pedir que lo echen.

Como el conde no se movió, Eleanor se levantó para llamar a un criado. Pero no llegó a hacerlo. La estaba apuntando con una pistola.

—Me temo que estaba preparado para esta eventualidad, milady. Sospechaba que no entraría en razón. Ahora, deme la lista.

Eleanor consideró las posibilidades que tenía. Había enviado una nota a Darío para que pasara por la casa a las dos en punto, y Anthony llegaría seguramente antes. Tenía que ganar tiempo como fuera. Por desgracia, no había ningún reloj a la vista y no sabía la hora que era.

—Supongo que no me deja otra elección —dijo—. Pero no la tengo aquí. Se la di a lord Neale.

El conde sonrió.

—No es mala excusa, lady Scarbrough. Pero mire por dónde, sé que la guardaron en la caja fuerte. Así que será mejor que vayamos a buscarla.

Eleanor no sabía qué hacer. Si se encontraban con

algún criado, tal vez tuviera una oportunidad. Pero el conde era perfectamente capaz de disparar.

Acababan de salir al pasillo cuando oyeron una voz. Era Anthony.

—Eleanor...

La alegría de Eleanor duró poco. Comprendió inmediatamente que Anthony no podría ver al conde porque estaba detrás de ella. En lugar de ayudarla, caería en sus garras.

—¡Anthony, no! —gritó.

Antes de que pudiera gritar de nuevo, el conde le retorció un brazo por detrás de la espalda y la apuntó a la cabeza con la pistola.

—Quédese donde está, lord Neale —ordenó.

—¿Qué diablos está pasando aquí? —preguntó Anthony—. Suéltela ahora mismo, conde de Graffeo, o le aseguro que lo lamentará.

—Usted lo lamentará mucho más, señor, si intenta detenerme.

—Sólo lleva una pistola. No nos puede disparar a los dos.

—No. Pero le prometo que lady Scarbrough estará muerta antes de que consiga dar un solo paso hacia mí. ¿Cree que el riesgo merece la pena?

—No, desde luego que no.

—Entonces, acabemos de una vez. Vayamos hacia la caja fuerte. Muy despacio.

Anthony empezó a andar y Eleanor y el conde lo siguieron.

—No sé cómo piensa salir de ésta, conde. Conseguirá la lista, pero no podrá salir del país con ella.

—Cierto. En tal caso, tendré que hacer algo para impedir que me siga. Y ahora, caminen.

Avanzaron por el pasillo en dirección a la habitación de la caja fuerte. Eleanor conocía bien a Anthony, y sabía que estaba esperando el momento oportuno para abalanzarse sobre el conde. Tendría que estar atenta y preparada para echarse a un lado en cuanto surgiera la ocasión.

Segundos después, sucedió lo inesperado.

—¡Conde!

La voz sonó a sus espaldas. El conde se giró.

—¡Paradella!

Eleanor no necesitaba nada más. Aprovechó el momentáneo despiste del conde para apartarse de él. Al ver lo que sucedía, Anthony cargó contra el conde y lo derribó. Los dos rodaron por el suelo.

Darío había sacado una pistola y los estaba apuntando. Pero no dejaban de golpearse y no podía disparar sin arriesgarse a herir a Anthony.

En ese momento, el conde logró dar un puñetazo a Anthony en la mandíbula y se apartó de él. Pero las consecuencias de su éxito no fueron las que esperaba. Ahora, Darío tenía el campo libre. Y disparó.

La bala alcanzó al conde en el pecho, y se derrumbó sobre el entarimado.

Anthony se agachó y le quitó la pistola.

—Paradella... —dijo el conde con su último aliento—. ¡*Traditore*!

—No, conde, no soy ningún traidor. Sólo soy un hombre que ama la libertad.

El conde expiró. Aterrorizada, Eleanor se abrazó a Anthony.

—Deberías tumbarte un poco y descansar —dijo él—. Me encargaré de que llamen a un juez.

—No te preocupes, estoy bien. Además, quiero acabar de una vez por todas con este horror. Le daré la lista a Darío.

—Muy bien —dijo, sonriendo al amigo de Eleanor—. Supongo que debo darte las gracias. Nos has salvado la vida.

Darío se encogió de hombros.

—Es una suerte que el conde no me viera hasta el último momento. Siento haber tardado tanto. Entré en la casa y vi lo que sucedía, pero tuve que volver a mi abrigo para buscar mi pistola.

—¿Siempre llevas pistola? —preguntó Eleanor.

—Sólo desde que supe que el conde estaba en la ciudad. Aunque él no podía demostrarlo, sabía que soy miembro de *L'unione*. Y sospeché que haría lo posible por librarse de mí. ¿Pero qué has querido decir? ¿Es que has encontrado la lista?

Antes de que Eleanor pudiera contestar, oyeron gritos procedentes del piso superior.

—!No, milady, no...! ¡Usted no lo comprende!

—¡Eleanor! ¡Anthony! ¡Uno de los criados tiene una pistola!

La segunda voz era la de Honoria, que bajó por la escalera a toda prisa. La seguía un criado con una pistola de duelo.

Honoria gritó al ver el cadáver en el suelo y se detuvo. Como el criado la seguía muy de cerca, se estrelló contra ella y la mujer cayó.

El griterío que se formó después fue suficiente para

que aparecieran el resto de los habitantes de la casa, Samantha incluida. Eleanor gimió y miró a Anthony. Como todos estaban hablando al mismo tiempo, Anthony decidió intervenir y pegó un silbido que los acalló de inmediato.

Eleanor dio órdenes a los criados para que se ocuparan de avisar a un juez y de acompañar a Samantha y a lady Honoria a sus habitaciones. Después, se giró hacia la criada que los había sorprendido a lord Neale y a ella y le dijo:

—Ya hablaré contigo después.

La chica palideció.

—Lo siento. No sabía que ese hombre fuera un canalla. Yo sólo...

—Sólo me has traicionado, nada más —la interrumpió—. Y tendrás que asumir las consecuencias.

—Sí, milady.

Eleanor, Anthony y Darío entraron en una de las salas que daba al pasillo. Era una habitación menor, que se utilizaba como vestíbulo del comedor.

—Necesito tomar una copa —dijo Anthony, avanzando hacia el armario donde estaban las bebidas—. ¿Eleanor? ¿Darío?

Eleanor asintió.

—Sí, gracias —dijo Darío.

Anthony sirvió tres copas y las repartió.

Darío se tomó la suya de un trago.

—¿Alguien puede explicarme lo que ha pasado?

—Te lo puedes imaginar. El conde averiguó que tenía la lista. Pagó a una de las criadas para que me espiara —respondió Eleanor.

—Ah, claro. Eso lo explica todo —dijo Anthony.

—¿Y dónde has encontrado la lista? —preguntó Darío—. ¿Cómo es posible que...?

Eleanor le contó la historia.

—¡Por supuesto! —dijo, muy alegre—. Es un truco típico de Edmund. Fue francamente inteligente...

Eleanor asintió.

—Sí. Anthony y yo nos pusimos con las partituras y desciframos los nombres. Pero la criada debía de estar escuchando detrás de la puerta, así que se lo contó al conde —dijo ella—. Intentó comprarme con dinero, y al no conseguirlo, intentó chantajearme.

—¿Chantajearte? ¿Con qué?

—Eso no importa. De todas formas, no quise darle la lista. Por eso sacó la pistola.

—Es una suerte que Darío llegara poco después que yo —dijo Anthony—. Sin su ayuda, no sé lo que habría pasado.

—Todos hemos tenido suerte —dijo Darío, sonriendo—. ¿Por eso me has pedido que pasara por tu casa? ¿Para darme la lista?

—Claro.

—Te lo agradezco muchísimo. Será de gran ayuda para nosotros.

—Entonces, te la daré. Creo que es lo que Edmund habría querido.

—Gracias, Eleanor. Has prestado un gran servicio a mi país.

Cuando llegó el juez, le explicaron lo sucedido. El magistrado les tomó declaración y luego procedió a levantar el cuerpo, con la ayuda de varios criados, y se lo llevaron. Anthony los acompañó.

Por fin, Eleanor sacó la lista de la caja fuerte y se la dio a Darío.

—Todavía no puedo creerlo. Esta lista nos será de gran ayuda. Ahora podremos acelerar nuestros preparativos... menos mal que no cayó en manos del conde.

—Me extraña que el conde no intentara encontrarla antes. Estuvo escondida en esa caja durante meses.

—Tal vez no supiera de su existencia hasta hace poco. Ni yo sabía que Edmund fuera el responsable de la lista, porque nuestro movimiento opera en estricto secreto. Pero los hombres del conde capturaron a uno de los nuestros, el único que sabía lo de Edmund además de nuestro líder —explicó Darío—. Y cuando nuestro líder se enteró, me envió a Inglaterra para protegerte.

—Y para recuperar la lista.

Darío sonrió.

—Sí, en efecto. Te estaré eternamente agradecido, Eleanor.

—Entonces, ¿piensas volver a Italia?

—Sí, me marcharé de inmediato. Mañana, si es posible... Pero Eleanor, la oferta de que vengas conmigo sigue en pie.

Eleanor sonrió y negó con la cabeza.

—No, mi querido amigo. Mi sitio está aquí.

—¿Con él? —preguntó.

—No lo sé —respondió con sinceridad—. Bien... entonces, supongo que debemos despedirnos. Hasta siempre, Darío, y buen viaje.

—Adiós, Eleanor.

Darío se marchó y Eleanor bajó a la cocina. La informaron de que Anthony se había marchado con el juez después de que organizaran el traslado del cadáver.

Al cabo de un rato, subió a su dormitorio. Estaba muy alterada y echaba de menos a Anthony, así que se puso a escribir a Zachary para informarle de lo sucedido y decirle que ya podían volver a casa.

Anthony no apareció a la hora de cenar. Honoria todavía no se había recuperado del susto y no bajó al comedor. En cuanto a Samantha, estuvo muy callada y Eleanor no consiguió animarla.

Poco antes de la medianoche, cuando ya se había retirado al dormitorio, oyó un golpecito en el cristal de la ventana. Se asomó y vio que Anthony estaba en el jardín. Obviamente había lanzado alguna piedra para llamar su atención.

Encantada, bajó a toda prisa y le abrió. Él no esperó ni un segundo para abrazarla.

—Siento llegar tan tarde. Pensé que terminaría antes. De lo contrario, te habría enviado una nota.

En ese momento apareció un criado y Eleanor se ruborizó. Había bajado en camisón.

—No se preocupe, Everson —acertó a decir—. He visto a lord Neale y he decidido abrirle yo misma.

—Sí, milady, por supuesto... Es que he oído un ruido y he temido que...

—Gracias, Everson. Puede volver a la cama.

—Por supuesto, milady.

Elanor se volvió hacia Anthony.

—¿Dónde has estado todo este tiempo? ¿Con el juez?

—No. He estado haciendo viajes entre el consulado italiano y la sede de nuestro gobierno. El conde era un hombre importante en el Reino de Nápoles, así que la cuestión es bastante delicada. También han llamado a Darío, aunque el juez aceptó mi palabra de que disparó para salvarnos la vida.

—¿Y ya se ha solucionado todo?
—Creo que sí. El cónsul parecía desconfiar, pero no se ha atrevido a llamarme mentiroso.
—Siento todos los problemas que te he causado...
Él se encogió de hombros.
—No ha sido nada. Cuando pienso en lo que podría haber pasado...
—Pero no ha pasado nada.
—Gracias a Dios.
Anthony la besó en la frente.
—Será mejor que me marche. No quiero alimentar la curiosidad de los criados.
—Supongo que tienes razón.
—Sólo he venido para informarte de lo sucedido y verte otra vez.
—Te lo agradezco mucho.
Él se inclinó sobre ella y la besó. Eleanor se apretó contra él, temblorosa, y estuvo a punto de pedirle que no se marchara.
—Volveré mañana. Si quieres...
—Por supuesto que quiero —dijo ella—. Además, le prometimos a Samantha que la llevaríamos a ver esos globos.
—Oh, vaya, lo había olvidado. ¿Todavía quieres ir?
—Por supuesto. No quiero decepcionarla. Está bastante deprimida después de lo sucedido. Puede que el paseo la anime un poco.
Anthony suspiró.

—Tienes razón. En fin, debo marcharme... de lo contrario, mi fuerza de voluntad podría fallarme —declaró.

Cuando se marchó, ella cerró la puerta y volvió al dormitorio. ¿Qué iba a ser de ella a partir de entonces? ¿Tendría que resignarse a pasar las noches en soledad, deseando las caricias de Anthony, su sonrisa, su presencia? Ya no podía negar lo que sentía por él. Lo amaba. Lo sentía en el corazón, en los músculos, en los huesos. Lo amaba y sabía que no podía hacer nada para dejar de amarlo.

Sin embargo, seguía convencida de que Anthony no querría casarse con ella, con una extranjera sin título y sin historia. No tenía elección. Podía ser su amante o no ser nada.

Estuvo despierta casi toda la noche, pensando en el terrible problema que se le presentaba. Se levantó tarde y se vistió con desgana. Después, informó a Samantha de que pensaban llevarla al parque y la chica se animó bastante.

Anthony llegó poco después de la hora del almuerzo. En cuanto estuvo ante él, la tristeza y las preocupaciones de Eleanor desaparecieron.

—Tenemos que marcharnos enseguida —le dijo—. Acabo de pedirle a una criada que avise a Samantha.

—Espera. Antes tengo que hablar contigo.

Eleanor se quedó helada. Anthony lo había dicho con un tono extraño, grave. Automáticamente, pensó que él habría estado pensando en su relación y que quería decirle que lo suyo no tenía futuro.

—¿Tiene que ser ahora? Samantha está a punto de bajar, y además... tengo que cambiarme.

No tenía ganas de hablar con él.

—¿Cambiarte? ¿Qué tiene de malo el vestido que llevas?

—Nada, pero quiero cambiarme de todas formas. ¿No podríamos hablar esta noche, o mañana?

—Está bien —dijo, no muy convencido—. Hablaremos más tarde.

Aliviada por haber evitado un enfrentamiento, Eleanor subió al dormitorio. Ahora no tenía más remedio que cambiarse de ropa.

Cuando bajó, los demás la estaban esperando. Sorprendentemente, Honoria había decidido acompañarlos.

—Las madres tienen que hacer este tipo de sacrificios por el bien de sus hijos —declaró Honoria con tono de mártir.

Eleanor imaginó lo que había pasado. Ellos ya se habían comprometido a llevar a Samantha al parque, así que ése no era el motivo del súbito cambio de opinión de Honoria. Si de repente se decidía a acompañarlos era, simplemente, porque le apetecía.

—Espero que nadie haya visto al juez. No sabría cómo explicar a mis amigos de la alta sociedad que había un cadáver en mitad del pasillo —dijo Honoria—. En serio, Eleanor, deberías dejar de hacer esas cosas.

—No te preocupes —dijo Eleanor—. No tengo intención de que se repita.

Subieron a la calesa de Anthony y se dirigieron al parque. Cuando llegaron, los globos seguían en tierra. Se había reunido una verdadera multitud para contemplar el espectáculo.

Anthony detuvo la calesa y comentó:

—Supongo que tardará un poco en despegar. ¿Te apetece que demos un paseo corto, Eleanor?

Eleanor recordó que no quería quedarse a solas con él, así que derivó la invitación a Honoria y Samantha.

—¿Os apetece?

—No, gracias, sería agotador —dijo Honoria—. Sois demasiado activos para mí.

—Entonces, Samantha puede quedarse con su madre —dijo Anthony.

Resignada, Eleanor no tuvo más remedio que acompañarlo.

Caminaron entre los carruajes, contemplando los globos aerostáticos y a la gente que pasaba.

—Oh, Dios mío, acabo de ver a los Colton-Smythe...

—¿No quieres verlos? —preguntó él—. En tal caso, podemos volver sobre nuestros pasos...

—No, es igual. Además, quiero presentarles mis condolencias por el fallecimiento de su amiga.

Anthony la tomó del brazo.

—Antes de eso, tengo que hablar contigo.

Elanor se sintió desfallecer. Pero Anthony la miró de un modo que no esperaba. Con una calidez y un cariño que la desarmó por completo.

—Eleanor, quería pedirte... Verás, yo... Nunca había conocido a nadie como tú. Yo...

—Creo que sé lo que quieres decir —dijo ella, con la voz rota—. Has comprendido que lo sucedido entre nosotros es un grave error y quieres...

—¿Un error? —dijo él, atónito—. ¿Crees que ha sido un error?

—¡No! No lo creo en absoluto —dijo, con más énfasis del que pretendía—. Pero supongo que quieres...

—¿Dar por terminada nuestra relación? Por Dios, Eleanor, ¿quieres hacer el favor de dejarme hablar?
—Si, claro, adelante... —dijo, nerviosa.
—Gracias, porque no quiero terminar con nada. Excepto con la frustración que siento —afirmó—. Te estoy pidiendo que te cases conmigo.

Eleanor lo miró con asombro. Durante un momento, pensó que no lo había entendido bien.

—Yo... ¿estás bromeando?

—No podría hablar más en serio.

—Pero no es posible... es decir...

Eleanor estaba tan contenta que no sabía si reír o llorar.

—¡Lady Scarbrough! ¡Qué sorpresa!

Eran los Colton-Smythe. Y Eleanor se sintió tan defraudada que tuvo que hacer un verdadero esfuerzo para no responder con una grosería.

—Me alegro mucho de verlos. Hace un día maravilloso, ¿no les parece?

La señora Colton-Smythe se puso a hablar como una cotorra sobre el tiempo y los globos. Cuando se calmó un poco, Eleanor dijo:

—Siento mucho lo de la señora Malducci.

—Oh, sí, es terrible. Está visto que nunca se sabe lo

que puede pasar. Morir así, por el descuido de un conductor.

—¿Hablaron con él? ¿Qué les dijo?

—No, no hablamos con él. Ni siquiera tuvo la decencia de detenerse. Lo supimos porque un vecino se puso a gritar.

—Qué horror...

—Desde luego.

—¿Y la señora Malducci? ¿Ya estaba muerta cuando llegaron? ¿O pudo decirles algo?

—No pudo decir nada. Falleció un minuto después.

—Siento no haber pasado antes a verla.

—Sí, es una pena. Tenía mucho interés en hablar con usted.

—¿Sabe por qué?

—No estoy segura. Pero no creo que tenga importancia... al parecer vio a Edmund el día de su muerte. Iba con un amigo.

—¿Con un amigo? —preguntó, súbitamente preocupada—. ¿Edmund iba con un amigo?

—Sí, eso es lo que me dijo. Sin embargo, no sé por qué estaba empeñada en hablar con usted. Sólo sé que cuando vio al señor Paradella en la recepción del cónsul...

—¿Darío? ¿Darío Paradella? Pero si no estuvo en la recepción...

—No, es verdad, no se quedó. Sin embargo, estuvo antes. Lo sé porque lo vimos salir de la casa cuando llegamos.

—Comprendo. ¿Y qué pasó cuando la señora Malducci vio al señor Paradella? —dijo Eleanor, cada vez más inquieta.

—Bueno, se dirigió al señor Paradella y le comentó que lo había visto en compañía de Edmund el día de su muerte —respondió—. El señor Paradella se limitó a comentar que lo habría confundido con otro, y la verdad es que fue bastante brusco con ella... Es extraño. Con lo educado que parecía.

—¿Estaba segura de la fecha? ¿Seguro que lo vio con Edmund el día de su muerte?

—Estaba completamente segura. Me dijo que se encontraban cerca de los muelles. Ella estaba allí con una amiga que se marchaba ese mismo día, así que no cabe confusión posible.

—Qué extraño.

—Isabella, la señora Malducci, se quedó muy pensativa después de hablar con él. Y cuando la vio a usted en la fiesta, quiso que las presentara.

—Sí, lo sé. Siento muchísimo no haber podido charlar con ella.

Eleanor miró a Anthony, que había escuchado toda la conversación. Él la tomó del brazo y dijo:

—Discúlpennos, pero me temo que debemos que marcharnos. Tenemos una cita urgente...

—Pero...

Los Colton-Smythe se quedaron boquiabiertos.

—Ya nos veremos.

Anthony y Eleanor se dirigieron hacia el lugar donde habían dejado la calesa.

—Anthony, ¿qué significa todo eso?

—Lo sabes tan bien como yo. Al parecer, hemos entregado la lista al hombre que asesinó a Edmund.

—¡No puedo creerlo! Pero, ¿por qué querría matar a Edmund? Darío y él eran grandes amigos.

—¿Sabías que Darío estuvo con él ese día?

—No, no tenía la menor idea. Sé que tenía intención de acompañarlo, pero dijo que le había surgido un compromiso.

—Todo esto es muy sospechoso, Eleanor. En primer lugar, la señora Malducci lo ve salir del consulado italiano, donde se alojaba el conde de Graffeo, un hombre al que supuestamente odiaba. En segundo, esa misma persona lo vio con Edmund el día de su muerte. En tercero, Darío siempre ha negado que estuviera con Edmund ese día. Y por último, la señora Malducci fallece en un accidente.

—Oh, Dios mío, esto es una pesadilla... Yo confiaba en Darío. Era amigo de Edmund. Me ofreció su amistad, su ayuda... ¿Es posible que lo asesinara?

—No lo sé, pero todo parece indicar que trabajaba para el conde de Graffeo.

—Pero si lo odiaba... Además, Darío es miembro de *L'unione*...

—Puede que sea un infiltrado, Eleanor.

—No tiene ningún sentido. Nos salvó la vida. Mató al conde.

—Es cierto, lo mató. Pero eso lo hace todavía más sospechoso, porque no tenía por qué matarlo. ¿Por qué no se limitó a apuntarlo con la pistola? El conde ya estaba desarmado y no podía defenderse.

—Tal vez reaccionó de forma instintiva —observó ella.

—Me parece muy extraño, Eleanor. Es obvio que Darío trabajaba para el conde. Tal vez, por convicciones propias. O puede que el conde lo chantajeara con algo, no sé... eso explicaría que lo odiara tanto a pesar de estar a su servicio —comentó—. ¿Recuerdas que el conde lo llamó traidor antes de morir? Dimos por sentado que lo llamaba traidor por pertenecer a un grupo que él consideraba subversivo. Pero es posible que no lo dijera por eso.

—Sea como sea, tenemos que encontrarlo. No podemos permitir que regrese a Italia con la lista.

Corrieron hacia la calesa. Al llegar, tuvieron que echar mano de toda su inventiva para convencer a Honoria de que se quedara allí con Samantha. Como no quería, Anthony tuvo una idea y desapareció unos minutos. Al volver, informó a su hermana de que lady Thornbridge, una dama de alta alcurnia, la invitaba a contemplar el espectáculo desde su carruaje. Naturalmente, Honoria cambió de opinión.

Una vez cumplido su objetivo, se dirigieron a la casa donde se alojaba Darío.

No tardaron en llegar. Averiguaron que las habitaciones de Darío estaban en el segundo piso y subieron. Anthony llamó a la puerta. Eleanor creyó oír ruidos en el interior, pero no contestó nadie.

—Darío, soy yo, Eleanor —dijo ella—. Necesito hablar contigo.

Ahora ya no había duda. Los dos oyeron pasos apresurados.

—¡Paradella! ¡Abre la puerta! —exclamó él.

Anthony se lanzó contra la puerta, sin éxito. Pero lejos de darse por derrotado, lo intentó de nuevo. Esta vez, la puerta se abrió.

Entraron en la casa. Avanzaron por un pasillo que terminaba en un dormitorio, pero no vieron a nadie. Sin embargo, Anthony notó que una de las ventanas estaba abierta y se asomó.

—¡Maldita sea! ¡Se ha escapado por la ventana!
—¡Anthony, mira!

Eleanor apuntaba hacia una bolsa de viaje que Darío había dejado sobre la cama. Encima de dos camisas perfectamente dobladas, estaba el relicario de oro.

—Tenías razón —dijo ella—. Darío era el ladrón... Es increíble. Pero no podemos permitir que se escape. No debe salir del país...

Anthony la tomó de la mano y corrieron escaleras abajo. Subieron a la calesa y se pusieron en marcha, intentando localizarlo por los alrededores.

—¡Está allí! ¡Gira a la derecha!

Anthony tiró de las riendas y giró a la derecha. Darío los sacaba mucha ventaja, pero iba a pie y no tardarían en darle alcance.

En ese momento, vio que lo seguían y se dirigió hacia un hombre que iba a caballo. Antes de que el hombre pudiera reaccionar, Darío lo derribó, montó y escapó al galope.

Anthony forzó a los caballos. Eran animales rápidos y fuertes y pudieron mantener las distancias, pero la calesa tenía el inconveniente de su tamaño y no resultaba tan maniobrable en las calles de la ciudad.

Poco a poco, Darío se fue alejando. Sin embargo, todavía lo tenían a la vista. En ese momento entraron en Hyde Park. Darío dejó el camino y avanzó campo a través. Anthony dudó porque el carruaje estaba pensado para ir por calles, pero al final lo siguió.

Eleanor se agarró a donde pudo. Darío se introdujo entre los árboles, con la evidente intención de que no pudieran seguirlo. Pero Anthony conocía la zona y no se salió con la suya.

De repente, se encontraron en el claro donde se estaba llevando a cabo el espectáculo de globos aerostáticos. Darío se sorprendió tanto que frenó a su montura, y Anthony aprovechó la oportunidad para acortar las distancias.

Ahora ya no podía seguir adelante. Los globos y toda la gente que se había dado cita en el parque se lo impedían.

Cuando llegaron a su altura, Anthony se arrojó sobre él y los dos hombres cayeron al suelo. El caballo de Darío se encabritó, asustado, y Eleanor tuvo miedo de que cayera sobre ellos. Pero, por fortuna, el animal mantuvo el equilibrio y se alejó al galope.

Eleanor bajó de la calesa tan deprisa como pudo. Para entonces, varios hombres se habían acercado y habían separado a los dos contendientes.

—¡Basta ya! —gritó un caballero.

—¡Por Dios! ¿Es que no ven que hay damas presentes? —exclamó otro.

La intervención de la gente tuvo un efecto desastroso. Darío aprovechó la oportunidad y sacó una pistola. Después, agarró a Eleanor y le apuntó a la cabeza.

Todo el mundo se quedó helado.

—Atrás —ordenó Darío.

—Maldito seas, Paradella, no conseguirás escapar —amenazó Anthony.

—¿Tú crees? Yo diría que tengo grandes posibilidades de conseguirlo.

—Darío, ¿cómo es posible...? —preguntó Eleanor.

—Querida mía, no tengo ningún deseo de hacerte daño. Y si lord Neale y los demás permiten que me marche, te dejaré libre. No te preocupes.

—¡Tú asesinaste a Edmund! —gritó ella—. ¿Cómo pudiste? Era tu amigo...

—Me costó mucho, créeme. Fue la decisión más difícil que he tomado en toda mi vida —le confesó—. Pero había descubierto que yo trabajaba para el conde. Cometí la estupidez de pedirle que me dejara ver la lista y sospechó de mí. Luego, hizo que me siguieran y averiguó que yo trabajaba para el conde. Por fortuna para mí, Edmund era todo un caballero y me ofreció la posibilidad de explicarme... así que aproveché la ocasión y fui a verlo al muelle.

—Y lo mataste —dijo Eleanor con profundo dolor—. Lo mataste porque fue tan estúpido como para confiar en ti.

—Edmund no era tan estúpido. Cuando vio que pretendía subir al barco, intentó impedírmelo. Le di un golpe en la cabeza y lo maté —dijo—. Luego solté amarras, navegué hasta estar lejos de la costa y regresé a nado. Siempre he sido un buen nadador.

—¡Eres un monstruo! —gritó—. ¡Te odio!

—A pesar de eso, mi querida amiga, vas a venir conmigo.

—Nunca.

—Lo harás. A menos que prefieras morir.

Eleanor miró a Anthony. Si conseguía obstaculizar un momento a Darío, tal vez pudiera salvarla. Intentó forcejear, pero Darío no apartó la vista de lord Neale ni la pistola de su cabeza.

Caminaron hasta el globo más cercano. Ya lo habían llenado de gas y estaba amarrado al suelo con varias cuerdas para impedir que se elevara.

—Sube —ordenó Darío.

—¿Al globo?

—Por supuesto. Vamos a hacer un pequeño viaje.

Ella subió a la cesta del globo y Darío la siguió. El dueño del globo, que estaba al lado, los miró con verdadero asombro.

—¿Qué están haciendo? Ese globo es mío. No pueden subirse en él...

—Darío, por favor, piensa lo que estás haciendo —dijo Eleanor—. No sabes manejar estas cosas...

—Aprenderé.

—¡Maldita sea, Paradella! —exclamó Anthony—. ¡Déjala ir! ¡Ahora puedes escapar!

—No, me temo que no —dijo Darío—. Es posible que la necesite más tarde.

—¡No! ¡No! —gritó el dueño del globo—. No sabe pilotarlo... ¡Por favor, caballero! ¡Por favor!

—Suelte las amarras —dijo Darío—. A menos que desee que mate ahora mismo a esta señorita, suéltelas de inmediato.

El hombre no tuvo más remedio que obedecer y empezó a soltar las amarras.

Eleanor notó la impaciencia de Darío. Tenía que distraerlo de algún modo. Anthony se había acercado sin que se diera cuenta y tal vez pudiera rescatarla. Y aunque no pudiera, tenía que hacer algo.

—Darío, te lo ruego. Déjame ir. No intentaremos detenerte, te lo prometo.

—Lo siento, Eleanor.

—Es que no lo entiendes... No puedo subir. No soporto las alturas...

—No seas absurda. Eres la mujer más valiente que he conocido.

—Eso lo dices porque no me has visto en ciertas situaciones. Sabes que nunca quise subir a la azotea de la villa de los Martelli, aunque todo el mundo decía que las vistas eran espectaculares.

—No, no lo sabía.

—Pues es verdad. Detesto las alturas. Y las montañas. Por eso nunca fui con Edmund a los Alpes...

Eleanor estaba mintiendo. Era cierto que no habían querido ir a los Alpes, pero porque Edmund tenía problemas respiratorios y las alturas no le sentaban bien.

—Sobrevivirás, no te preocupes.

—¡No! ¡No creo que pueda soportarlo! —gritó, simulando que estaba histérica—. Por favor, Darío... ¡Tienes que creerme!

—¡Escuche a la señorita, por el amor de Dios! —gritó el dueño del globo.

Al soltar una de las amarras, el viento arrastró un poco el aerostato y el pobre hombre cayó hacia delante. Sobresaltado, Darío lo apuntó con la pistola.

Fue todo lo que Eleanor necesitaba. Se arrojó contra él y forcejó con Darío. El arma se disparó, pero cayó al suelo. Entonces, Anthony se acercó y le pegó un buen puñetazo. Sin embargo, Darío mantuvo el equilibrio.

El globo se balanceaba peligrosamente. Ahora estaban los tres en la cesta, y de repente, la última de las amarras se soltó y el globo empezó a tomar altura.

Todo sucedió muy deprisa. Apenas unos segundos después, Anthony lo golpeó con tanta fuerza que Darío chocó con el lateral de la cesta y rompió parte de la estructura. Intentó agarrarse. Anthony y Eleanor intentaron agarrarlo. Pero no pudieron.

—¡Oh, Dios mío! —gritó ella.

Cuando se asomaron, Darío yacía seis metros más abajo, inmóvil.

—¿Se ha matado? —preguntó Eleanor.

Anthony la abrazó y volvió a mirar.

—No, parece que no. Ahora se está moviendo... pero descuida, la gente impedirá que huya.

Eleanor suspiró.

—Menos mal que has conseguido librarte de él.

—Sólo porque tú le quitaste la pistola... Tendrás que quitarte esa fea costumbre de jugar a que te apunten a la cabeza. Si sigues así, me vas a matar de un disgusto.

—Está bien, prometo que seré buena —bromeó, mientras se asomaba por la cesta—. ¿Y qué vamos a hacer ahora?

—No lo sé. Supongo que no sabes manejar un globo aerostático, ¿verdad?

—Me temo que no. Pero sospecho que tiene algo que ver con esas bolsas que cuelgan por los lados.

—Hum. Creo que si las tiramos, sólo conseguiremos subir más alto. Lo hacen para evitar montañas y árboles.

—O torres de iglesia —dijo ella, mientras contemplaba el paisaje de la ciudad.

Anthony miró a su alrededor.

—Vaya, tienes razón. Pero, por el momento, creo que estamos a suficiente altura. Tendremos que aprender a manejar este trasto.

—Y sobre todo, averiguar cómo se baja.

—No creo que eso sea un problema —dijo Anthony, mientras miraba hacia arriba—. ¿Recuerdas que la pistola se ha disparado? Pues bien, me temo que la bala ha atravesado el globo.

—Oh, no...

—Oh, si. Y el agujero se está haciendo más grande.

—Entonces, supongo que bajaremos más tarde o más temprano... sólo espero que no lo hagamos muy deprisa.

—Estoy de acuerdo contigo, querida.

Anthony rió, la abrazó y añadió:

—Contigo, la vida nunca puede ser aburrida.

—Bueno, hay que reconocer que aquí arriba se está bien. A los niños les encantaría. Tal vez deberíamos darles una vuelta.

—Eres increíble, Eleanor —dijo él—. Pero ya que estamos aquí y que estamos solos, creo recordar que todavía no has contestado a mi oferta.

—¿A tu oferta?

—Por si no lo recuerdas, te he pedido que te cases conmigo.

—Ah.

Eleanor bajó la mirada.

—¿Es que he malinterpretado tus sentimientos? —preguntó él, preocupado—. ¿No quieres casarte conmigo?

—Anthony, estoy segura de que no hablas en serio... Lo dices porque te has dejado llevar por el deseo y te lo agradezco, pero sabes perfectamente que no te puedes casar con una mujer como yo. No soy aristócrata. No sería una buena condesa.

—Desconozco si puedes ser una buena condesa en general. Lo único que sé es que serás mi condesa perfecta —afirmó él—. Además, no me importa que no tengas título ni que seas extranjera ni ninguna otra cosa por el estilo. Me equivoqué contigo al principio y lo siento. Pero eso ha quedado atrás.

Eleanor lo miró y dudó. Quería responder afirmativamente, pero se contuvo.

—No me gustaría que despiertes dentro de un mes o de un año o de diez y te arrepientas de haberte casado conmigo.

—Eso es imposible, mi amor. No podría vivir sin ti. Cuando pienso en mi comportamiento contigo, en el intento de evitar que te casaras con Edmund, siento una profunda vergüenza. Pero ahora sé por qué me oponía a vuestra relación... me oponía porque te quería para mí.

Eleanor lo miró con escepticismo.

—¿Cómo?

—Es verdad. Al verte, pensé que eras la mujer más bella del mundo. Te deseé tanto que odié la idea de que te casaras con Edmund o con cualquier otro hombre. Tanto, que no me atrevía a acercarme a ti, por miedo a cometer un disparate —explicó—. Por eso no fui a visitaros. No quería verte con él. No quería ver que te habías convertido en su esposa. Me resultaba demasiado doloroso. Te amo, Eleanor.

Ella sonrió y lo abrazó.

—Anthony... nunca pensé que te oiría pronunciar esas palabras. Yo también te amo. Y sí, por supuesto que sí. Me casaré contigo.

Lord Neale se inclinó sobre ella y le dio un largo, lento y delicioso beso.

Al cabo de un rato, alzó la cabeza y la miró.

—Bueno, creo que ha llegado el momento de que aterricemos —dijo con una sonrisa.
—Oh, vamos. Esperemos un poco...
Entonces, ella pasó los brazos alrededor de su cuello, tiró de él y lo besó.

Títulos publicados en Top Novel

La noche del mirlo – Heather Graham
Escándalo – Candace Camp
Placeres furtivos – Linda Howard
Fruta prohibida – Erica Spindler
Escándalo y pasión – Stephanie Laurens
Juego sin nombre – Nora Roberts
Cazador de almas – Alex Kava
La huérfana – Stella Cameron
Un velo de misterio – Candace Camp
Emma y yo – Elisabeth Flock
Nunca duermas con extraños – Heather Graham
Pasiones culpables – Linda Howard
Sombras en el desierto – Shannon Drake
Reencuentro – Nora Roberts
Mentiras en el paraíso – Jayne Ann Krentz
Sueños de medianoche - Diana Palmer
Trampa de amor - Stephanie Laurens
Resplandor secreto - Sandra Brown
Una mujer independiente - Candace Camp
En mundos distintos - Linda Howard
Por encima de todo - Elaine Coffman
El premio - Brenda Joyce
Esencia de rosas - Kat Martin
Ojos de zafiro - Rosemary Rogers
Luz en la tormenta - Nora Roberts
Ladrón de corazones - Shannon Drake
Nuevas oportunidades - Debbie Macomber
El vals del diablo - Anne Stuart

www.ingramcontent.com/pod-product-compliance
Lightning Source LLC
LaVergne TN
LVHW030341070526
838199LV00067B/6392